JASMIN SCHREIBER

Marianengraben

Weitere Titel der Autorin:

Romane
Der Mauersegler
Endling

Sachbücher
Schreibers Naturarium
Liebe, Sex und Erblichkeit

JASMIN SCHREIBER

MARIANEN GRABEN

ROMAN

eichborn

Eichborn Verlag

Für die Originalausgabe:
Copyright © 2020 by Bastei Lübbe AG, Köln

Für die deutschsprachige Ausgabe:
Vollständige Paperbackausgabe der bei Eichborn erschienenen
Hardcoverausgabe
Copyright © 2024 by Bastei Lübbe AG, Schanzenstraße 6–20, 51063 Köln

Vervielfältigungen dieses Werkes für das
Text- und Data-Mining bleiben vorbehalten.

Textredaktion: Aylin LaMorey-Salzmann, Berlin
Umschlaggestaltung: Massimo Peter-Bille, Köln
Einband-/Umschlagmotiv: © Channarong Pherngjanda/
shutterstock, vareen-nik/shutterstock
Illustration: AkimD/shutterstock
Satz: hanseatenSatz-bremen, Bremen
Gesetzt aus der Adobe Caslon
Druck und Verarbeitung: GGP Media GmbH, Pößneck

Printed in Germany
ISBN 978-3-8479-0199-0

5   4   3   2   1

Sie finden uns im Internet unter www.eichborn.de
Bitte beachten Sie auch: www.luebbe.de

ich kann fliegen.
ich kann im dunkeln sehen.
ich bin unsterblich.

– Ianina Ilitcheva

»Wie tief muss man tauchen, um einen leuchtenden und noch nicht entdeckten Tim-Fisch zu finden?«, fragtest du mich kurz vor deinem Tod.

»Ich weiß nicht, aber in der Tiefsee ist noch vieles unentdeckt. Da schwimmen sicher eine Menge potenzieller Tim-Fische herum.«

»Kannst du nicht so tief runtertauchen, bis du einen neuen Fisch entdeckst?«

»Puh, dafür brauche ich ja ein Team und einen Tauchroboter, aber theoretisch kann ich das machen, ja.«

»Nennst du ihn dann Tim-Fisch?«

»Auch das kann ich machen.«

»Und wenn du eine neue Krabbe entdeckst?«

»Dann nenne ich sie natürlich Tim-Krabbe, das ist ja wohl mal klar.«

»Versprochen?«

»Ich verspreche es.«

11000

Dein allerallerallerliebstes Tier war der Gespensterfisch – bei dir mussten es immer mindestens drei »aller« sein, wenn dir etwas ganz besonders wichtig war. Der Schädel dieses Fisches ist komplett durchsichtig, weshalb man in einem Tauchboot sitzend den Scheinwerfer auf ihn richten und seinem Gehirn beim Arbeiten zugucken kann. Überhaupt Tiefseefische, das war total dein Ding. Viele dieser Lebewesen besitzen sogenannte Leuchtorgane, die durch die Biolumineszenz von Bakterien beleuchtet werden. Strahlende Tentakeln, schimmernde Flossen, eine lasziv ausgeworfene Angelrute mit leuchtendem Köder, verborgen in der Dunkelheit: Zähne. Stellt man sich die Tiefsee vor, sieht man vor seinem inneren Auge nur Schwärze, doch das ist gar nicht so. Millionen von Lebewesen schwimmen wie kleine Lampen durch das Wasser, entweder als einzelne Sterne oder in großen Gruppen, die leuchtende Galaxien bilden. Diese Parallelwelt war für dich *megakrass*.

Manchmal sitze ich da und dann denke ich an all das und generell an dich, und mit manchmal meine ich eigentlich oft und mit oft eigentlich ununterbrochen. Mir fallen deine weichen Kükenflaumhaare ein, ich erinnere mich, wie du deinen ersten Fisch gefangen hattest und dann sehr weinen musstest, als der Fisch starb (das war deshalb auch dein letzter Fisch). Ich denke daran, wie wir zusammen über Biologie-Bücher gebeugt saßen und den Tieren neuen und in deinen Augen besseren Namen gaben. Der Haifisch wurde zum Mehrzahn (wegen der vielen Zahnreihen), der Rochen zur schwimmenden Untertasse, das Kamel zum Zweihöcker und das Dromedar zum Einhöcker, damit man die leichter unterscheiden konnte und endlich mal Schluss mit dem ganzen Verwechseln war. Denke ich an all das, setzt das Herz kurz aus, das Blut sackt in die Beine und die Ohren rauschen, als würden alle Meere dieser Welt darin zusammenfließen. Irgendwann kommt wieder die Ebbe, das Rauschen nimmt ab, der Sinusknoten erwacht aus seiner Lethargie und lässt mein Herz sich regelmäßiger zusammenziehen. Oft lege ich mich dann auf den Boden wie wir früher und denke noch ein bisschen weiter an dich, ramme das Messer noch tiefer in meine Eingeweide. Wie du jetzt wohl aussähest. Ob Gespensterfische immer noch deine Lieblinge wären und was du dazu sagen würdest, dass schon wieder drei neue Tiefseefische entdeckt worden sind und wieder einmal keiner davon Tim-Fisch heißt. Ob du wütend wärst, dass ich das nicht geregelt habe, dass einer von ihnen Tim-Fisch heißt. Ob du dich mittlerweile mal verliebt hättest, in ein Mädchen oder in einen Jungen. Ob deine Haare immer noch so weiche Kükenflaumhaare wären und wie groß deine Hand jetzt wohl wäre, wenn sie, wie früher so oft, in meiner Große-Schwester-Hand läge. Das sind Dinge, die ich nie erfahren werde. Überlegungen, die eigentlich sinnlos, jedoch zwangsläufig sind. Gedanken sind oft so unkontrollierbar wie die Liebe, die sie auslöst. Und jetzt liebe ich dich nur noch gefangen in einer Zwischenwelt aus Präteritum und Konjunktiv und in einer Realität, die vor deinem Tod ein Leben und danach nur noch ein Zustand war.

Wir waren einander so nah wie niemandem sonst, seltsam irgendwie, denn eigentlich war ich ja viel älter und immer schon das Gegenteil von dir. Nie war ich dynamisch und agil, schon als Kind wollte ich nirgendwohin, also körperlich. Wenn, dann nur in meinem Kopf, mit Fantasie und Literatur als Fluchtwagen hinaus in die Welt, mutig sein, stark sein, all das verkörpern, was ich in Wirklichkeit gar nicht war. Ein Buch in der Hand kann ein echter Rettungsanker sein – wenn die See des Lebens zu rau ist, klammert man sich an Geschichten und lässt sich von ihnen in Sicherheit bringen.

Am liebsten las ich die Geschichten der »Harry Potter«-Reihe, davon, wie der junge Zauberer bei seinen furchtbaren Verwandten im Schrank unter der Treppe leben muss, bevor er auf das Zauberinternat kommt und dadurch den Klauen seiner schrecklichen Familie entfliehen kann. Und auch wenn ich in meiner Kindheit durchaus ein richtiges Zimmer hatte, mit Bett und Schreibtisch und allem, lebte ich die meiste Zeit trotzdem irgendwie auch im Schrank unter der Treppe – nur eben in mir drin.

Wie schon gesagt, warst du da ganz anders. Während ich mit zehn Jahren unsportlich war, lieber im Haus las und mich von Menschen eher fernhielt, ranntest und tobtest du im selben Alter draußen herum und warst so drahtig wie ein junger Hund. Du wolltest immer irgendwohin, hattest immer etwas vor, hattest immer den Drang, das Haus zu verlassen, nicht stehen zu bleiben, niemals zu ruhen. Du warst Zauberer und Abenteurer, Tierdompteur und Taucher, du warst ein Seeadler, wolltest fliegen und schwimmen und rennen und tauchen und das alles, bis es eben vorbei war. Tim, der Fisch. Tim, der das Meer so liebte und dann vor zwei Jahren in ihm ertrank.

Wusstest du, dass der Marianengraben die tiefste Stelle des Weltmeeres ist? Okay, dumme Frage, natürlich wusstest du das. Elftausend Meter tief bohrt sich dieses Loch in die Erdkruste, würde man den Mount Everest hineinwerfen, versänke er spurlos darin. Du konntest dir damals nicht viel darunter vorstellen, als ich dir das erzählte, fandest es aber *krass*, wie du alles Unglaubliche immer erst einmal *krass* oder *megakrass* fandest. Auch mir war das mit den elftausend Metern eigentlich zu abstrakt. Erst als ich selbst dort ankam, also ganz unten in der Dunkelheit, wo es kein Licht mehr gibt, keine Farben und kaum noch Sauerstoff, bekamen diese elf Kilometer und all diese Ziffern und Größenordnungen eine greifbare Qualität für mich – elftausend Meter unter Wasser sind gleichbedeutend mit einem Meter neunzig unter der Erde, der Tiefe deines Grabes.

10430

Weißt du noch, als Ronny gestorben ist und du zwei Tage lang so traurig warst, dass dir nicht einmal dein Lieblingseis geschmeckt hat? Als ich mit dir zum Kinderarzt gehen musste, weil du der Meinung warst, dass das komische Gefühl in deinem Bauch bestimmt eine sehr schlimme Krankheit sei, dabei war es nur Trauer um unseren Hund? Nach zwei Tagen konntest du wieder essen, nach einer Woche war es besser und einen Monat nach Ronnys Beerdigung hast du nur noch selten an ihn gedacht.

Bei mir ist es auch so gewesen, als du plötzlich fort warst, nur stärker. Ich konnte gar nichts mehr essen, nicht mehr zur Uni gehen. Ich hatte dieses Gefühl, das du im Bauch hattest, in meinen Armen und in meinen Beinen und in meinen Ohrläppchen und in der Nasenspitze und sogar im Blinddarm. Ja, ich weiß, was du jetzt denkst, den Blinddarm hätte ich wegmachen lassen können, so wie du damals mit sieben. Aber ich brauche ja noch meine Nasenspitze und meine Arme, daher hätte das gar nicht viel geholfen, nur den Blinddarm entfernen zu lassen. Das Gefühl war so schlimm, dass ich nicht mehr aufstehen konnte, nicht mehr duschen, gar nichts mehr. Und irgendwann ist das komisch umgekippt und ist weggegangen, aber kein neues Gefühl setzte sich an seine Stelle. Stattdessen war da nur noch: Leere.

Weißt du noch, als ich dir *Die Unendliche Geschichte* vorlas und die Stelle kam, an der das Nichts um sich greift?

»Wie sieht das denn aus, das Nichts?«, fragtest du mich.

»Na ja, das Nichts sieht eben nicht aus. Sonst wäre es ja was.«

»Wie kann denn etwas nicht sein?«

»Hm«, sagte ich dann nur. Das war eine wirklich schwierige Frage. Du hast immer sehr schwierige Fragen gestellt, was vermutlich daran lag, dass du sehr schlau warst, vermutlich auch viel schlauer, als ich es in deinem Alter gewesen war.

»Vielleicht so wie: Hier neben mir steht kein Stuhl?«, überlegte ich laut. Neben mir stand nämlich kein Stuhl.

»Hm«, sagtest du dann.

Wir hatten keine Lösung und das beschreibt auch die Situation, in der ich damals nach deinem Tod war, sehr gut: Ich hatte keine Lösung. In mir breitete sich das Nichts aus, es hatte kein Gefühl, kein Aussehen, keinen Geruch, keinen Klang, keinen Geschmack. Ich war ein Menschenkostüm, das Nichts enthielt. Depression nennt man das landläufig, behandlungsbedürftig natürlich und deshalb ging ich zu einer Ärztin in der Hoffnung, dass sie irgendwas in mich reinschütten würde. Ich ging zu einer Psychiaterin.

Eines Tages saß ich also im Wartezimmer auf einem sehr harten Holzstuhl neben einem Schirmständer, der voller Regenschirme war, obwohl sich außer mir nur zwei ältere Menschen im Raum befanden und es nicht einmal geregnet hatte. Die beiden anderen gehörten zusammen, ich schätzte das Paar auf Ende achtzig oder Anfang neunzig, sie waren so klein und zart wie Elfen, sogar älter als Oma und Opa und puh, das ist dann ja ganz schön alt. Ich glaube, sie waren so alt wie die Ticktack-Oma, kurz bevor sie starb. Du nanntest sie so, weil du lange gedacht hast, es hieße Uhr-Oma und nicht Ur-Oma, und eine Uhr macht eben *Ticktack*.

13

Ich betrachtete jetzt das Ticktack-Paar genauer. Die Frau sank immer mal wieder in sich zusammen, woraufhin der Mann sie wieder ein bisschen zurechtrückte. Sie richtete sich dann auch ein wenig von selbst auf und blieb so, wie sie positioniert worden war, bis sie nach und nach wieder in ihrem Stuhl nach unten rutschte. Die Haut an ihren Händen war so fein, dass ich aus circa drei Metern Entfernung ihre Blutgefäße sehen konnte, sie war ein fragiler Vogel aus Transparentpapier. Der alte Mann legte ihr eine Zeitschrift auf den Schoß und bemühte sich um Normalität, doch sie nahm das gar nicht wahr. Er nahm ihren Arm, hob ihn an, platzierte die Zeitung darunter und legte den Arm wieder darauf, er befestigte die Seiten regelrecht an ihr, es war traurig und skurril gleichzeitig. Die Frau schwieg und blickte durch ihren fürsorglichen Partner hindurch – ihren Partner, dem die Angst und Verzweiflung tief ins Gesicht geschrieben standen. Leise sprach er zu ihr, flüsterte ihr aufmunternde Dinge zu, wollte sie aktivieren, wollte sie für etwas begeistern (»Schau doch, da ist die Helene Fischer!«), doch eine Reaktion blieb aus. Mir kam es so vor, als ob die Frau sowieso nichts mehr mitbekam, dass sie weder wusste, wo sie war, noch, was da gerade mit ihr geschah. Ihr Blick blieb leer, er durchdrang diese Welt, schaute an uns vorbei und war auf eine Galaxie gerichtet, zu der wir keinen Zugang hatten. Ob du da jetzt auch bist und auf Asteroiden reitest? Oder vielleicht tauchst du gerade in einem unendlich großen Ozean gemeinsam mit schwimmenden Untertassen und Mehrzahn-Fischen auf der Suche nach einem Tim-Fisch. Wer weiß das alles schon.

Irgendwann wurde ich im Wartezimmer aus meinen Gedanken gerissen und aufgerufen. Ich ließ mich von der Ärztin untersuchen. Sie erklärte mir, dass meine Trauerreaktion mittlerweile *pathologisch* sei. Pathologisch ist etwas, wenn es krank macht. Kurz gesagt: Ich war ein bisschen falsch traurig, also ungesund traurig, so habe ich es damals zumindest aufgefasst, auch wenn das jetzt stark vereinfacht ist. Aber du bist ja kein Psychiater, sondern Meeresforscher und Abenteurer, deshalb lasse ich das jetzt so stehen. Für mich klang es jedenfalls wie: *zu* traurig, und ich dachte mir: Hä, wie kann das sein? Ich fand, dass ich gar nicht traurig genug war, weil mein Herz ja noch schlug, obwohl ich eigentlich dachte, ohne dich sterben zu müssen, ganz im Ernst. Normalerweise hat das Gehirn gute Mechanismen, um mit Trauer klarzukommen. Deshalb kamst du nach einer Weile ja auch wieder zurecht, nachdem Ronny gestorben war. Ich jedoch hing irgendwie fest, weshalb mir die Ärztin Medikamente verschrieb und das von der Krankenkasse angeforderte Formular ausfüllte, mit dem ich dann einen Therapieplatz suchen konnte.

Therapie fand ich dann so mittel. Die ersten Stunden saß ich meinem Therapeuten gegenüber, der mich fragte, wie es mit den Medikamenten so liefe, und mich anschließend fünfzig Minuten anschwieg, während ich irgendwas aus mir selbst schöpfen sollte. Doch in mir gab es nichts zu schöpfen, ich saß im Marianengraben mit einer kleinen Suppenkelle und sollte damit all das Wasser und den Schmerz aus mir herausholen, damit es mir besser ginge, ich sollte alles hochholen und zur Betrachtung ausbreiten und zeigen. Doch das funktionierte nicht. Ich saß elftausend Meter weit unten und der Druck war so hoch, dass von außen sofort wieder alles in mich einströmte, sobald ich ein bisschen abschöpfte. Da war so viel schwarzes Wasser und Angst und Dunkelheit und kein Lichtstrahl, kein einziger. Meistens schwieg ich, manchmal stammelte ich etwas, lenkte ab, erzählte von meinen unspektakulären Tagen im Bett. Ich erzählte dem Therapeuten von der Tiefsee (»Wussten Sie, dass unten im Marianengraben auf einem Quadratzentimeter ein Gewicht von über einer Tonne lastet?« – »Nein.« – »Sehen Sie mal.«), ich philosophierte über den Zusammenhang von Feinstaub und Klima, ich erzählte ihm sogar, was meine Lieblingsnudeln waren, weil mir nach und nach wirklich die Themen ausgingen. Die Krankenkasse hatte fünfundsiebzig Stunden bewilligt, so viele Nudelsorten kannte ich gar nicht. Über dich verlor ich aber erst einmal kein Wort.

Das Ding mit dem Schmerz ist ja: Er kennt immer erst mal nur Stärke, der Auslöser ist egal. Schmerz fährt hoch, bis er einhundert Prozent hat, und dann steht man da und muss das irgendwie überleben, egal, was der Auslöser ist. Weil der Hund stirbt. Weil der Freund Schluss macht. Weil der Vater sich nicht mehr meldet. Weil der Bruder stirbt. Natürlich hängt vom Auslöser ab, wie tief der Schmerz in dich eindringt, wie lange er dort ausharrt, was er alles zerstört. Manche Dinge sind schlimmer als andere. Aber wenn einem jemand in die Nieren tritt, ist es im ersten Moment egal, wieso er das getan hat, wir liegen dann alle erst einmal am Boden und krümmen uns und versuchen, irgendwie zu atmen. Ein, aus. Ein, aus. Das Einzige, das ich damals immerhin irgendwie und mit Ach und Krach zustande brachte, war, nicht zu ersticken.

Eines Tages fragte mich der Therapeut, ob ich eigentlich dein Grab besuchen würde. Das war in der siebten oder achten der bewilligten unzähligen Sitzungen und ich spürte, dass er jetzt langsam begann, die Schlinge um mich enger zu ziehen, dass ich nicht weiter über Nudeln mit Pesto schwadronieren konnte, vor allem, da ich ohnehin eh fast nichts aß.

»Nein, ich habe sein Grab seit der Beerdigung nicht besucht«, hatte ich geantwortet. Das war einfach so, es ging nicht.

»Wieso nicht?«, fragte er mich.

Ich schwieg. Keine Ahnung, ich wollte es irgendwie nicht wahrhaben, dass das sozusagen deine neue Anschrift war. Dass du nun in der Erde lagst statt in deinem Kinderzimmer, das früher einmal meines gewesen war. Tim, der Fisch. Du warst fast zwei Meter tief gefangen in Erde, das war so gar nicht dein Element, der Gedanke daran zerriss mich. Mama und Papa gingen regelmäßig hin und ich behauptete, dass ich auch sehr oft zu dir ginge, obwohl ich über zweihundert Kilometer entfernt studierte. Es war natürlich gelogen, also das mit dem Hingehen.

»Ich fühle mich da nicht so wohl«, antwortete ich nach einer Weile.

Der Therapeut schwieg, ich fuhr fort: »Es fühlt sich nicht nach Tim an, außerdem sind da die ganzen anderen Menschen, die dort ihre Kreise ziehen und einen beobachten, während man am Grab steht. Das gefällt mir nicht.«

»Aber fühlen Sie sich gut damit? Also damit, dass Sie nicht zum Grab zu gehen?«

»Weiß nicht.«

Wieder Schweigen. Eigentlich wollte ich dich schon gern mal besuchen, aber wenn ich mir vorstellte, dass auch nur eine andere Person außer mir den Friedhof betrat, war mir das schon viel zu nah. Nähe und Distanz – ein schwieriges Thema für mich. Ich stellte mir vor, wie die Person vielleicht zweihundert Meter entfernt von mir stand, mit sich selbst beschäftigt, ich hingegen saß jedoch gefühlt auf ihrem Schoß, während ich eigentlich nur bei dir sein wollte.

»Sie könnten versuchen, zu einer Zeit zu gehen, wenn niemand da ist.«

17

»Wann denn?«

»Na ja, vielleicht am Abend?«

»Da ist dann doch richtig viel los, da kommen die, die tagsüber arbeiten.«

»Dann eben, wenn wirklich niemand da ist.«

»Das wäre ja nur nachts.«

»Hm«, sagte der Therapeut.

»Sie wollen, dass ich nachts auf einem Friedhof einbreche?«

»Unsinn, da verstehen Sie mich jetzt komplett falsch«, antwortete er mir, sah mich dabei jedoch auf eine Art und Weise an, die sagte: Doch, doch, genau so meine ich es, meine Liebe, ich sag es nur nicht, weil es ja reicht, wenn Sie vor Gericht landen wegen Störung der Totenruhe, da muss ich ja nicht auch noch wegen Anstiftung mit drinhängen.

»Die Idee ist total bescheuert«, sagte ich entschieden.

Das ist die beste Idee der Welt, dachte ich. Das hättest du auf jeden Fall *megakrass gefunden*, das ist schon mal sicher.

Ich tat dann erst mal das, was jeder normale Mensch tun würde, der plant, auf einem Friedhof einzubrechen: Ich googelte. Nach kurzer Zeit war mein Suchverlauf angefüllt mit Phrasen wie *friedhof einbruch konsequenzen*, *friedhof einbrechen was passiert wenn man erwischt wird*, *friedhof einbruch werkzeug* und Ähnlichem. Unser Friedhof war schließlich nicht auf dem Land oder so, Mama und Papa lebten ja, genau wie ich, in einer Großstadt mit etlichen Friedhöfen, und deiner wurde um neunzehn Uhr abgeschlossen und wer dann noch drauf war, beging mindestens eine Ordnungswidrigkeit. So stand es zumindest im Internet.

Ein weiteres Problem war meine Unsportlichkeit, für dich jetzt natürlich nichts Neues. Ich würde die ein Meter achtzig hohe Mauer erklimmen müssen und hatte noch keinen Masterplan, wie zur Hölle ich das anstellen sollte. Vielleicht mit einer Trittleiter? Dennoch würde ich dann meine rund achtzig Kilo und meinen ein Meter dreiundsechzig kleinen Körper hochziehen müssen. Ich überlegte, ob ich vielleicht dafür trainieren sollte, also so als Underdog ein halbes Jahr jeden Tag Muckibude und Klimmzüge, doch ich sah schnell ein, dass das ein absolut unrealistisches Vorhaben war. Als Depressive jeden Tag zum Sport, mich noch gesund ernähren und zur Uni gehen und ganz normal leben, zack, Problem gelöst! Sicher nicht. So ging das alles nicht. Ich musste erst einmal tagsüber zum Friedhof fahren und mir die Sache ansehen, das war klar. Die Vorstellung, da jetzt doch zu den normalen Öffnungszeiten hin zu müssen, beunruhigte mich, doch ich beschloss eisern so zu tun, als lägst du da nicht verbuddelt in der Erde. Ich würde hinfahren, um mir einfach nur eine Mauer anzusehen, mehr nicht. Dabei war es egal, wie viele Leute da herumliefen, es war egal, wer da alles in der Erde herumlag, es ging um die Mauer. Nur um die Mauer.

Dennoch entschied ich mich dazu, vorher wenigstens ein oder zwei Mal joggen zu gehen. Ich wollte herausfinden, wie fit (oder eher: unfit) ich war. Wie weit und schnell ich davonlaufen könnte, wenn mich jemand auf dem Friedhof überraschte. Oder etwas. Ja, haha, tagsüber ist man ja mutig und Wissenschaftlerin und alles, aber nachts auf einem Friedhof überlegt man dann vielleicht doch, ob es eigentlich Geister geben kann, ob man sich *wirklich* sicher ist, dass keine Zombies existieren, all so etwas. Zombies fandest du auch immer »megakrass«.

Jedenfalls stellte ich als Nächstes meine halbe Wohnung auf den Kopf – bei einer winzigen Zweizimmerwohnung ist das auch nicht so schwer –, um meine Pulsuhr zu finden. Früher trug ich sie täglich, als ich abnehmen wollte und zum Sport ging und all diese gesunden und sehr erwachsenen Sachen machte. Die Uhr sendet alle möglichen Daten an mein Smartphone, unter anderem meinen Puls, den sie jede Minute einmal misst und in einem Graphen aufzeichnet, wenn ich sie am Handgelenk trage.

An meinem Kühlschrank hing damals ein kleiner Ausdruck aus diesem Graph, ein Ausdruck vom 23.09.2016, auf dem man sah, wie mein Herz von vierundsiebzig Schlägen pro Minute auf einhundertsechsundfünfzig Schläge beschleunigte, wie die Herzrate dann noch auf einhundertzweiundsiebzig kletterte und sich dort eine Weile stabilisierte und nicht mehr sank, minutenlang. Das war, als Mama mich aus eurem Urlaub auf Mallorca angerufen hat, als ich erst beim zweiten Mal Klingeln ans Telefon ging und sie erst nichts sagte, es war, als ich sie dann genervt anfuhr: »Mama, was ist denn? Ich bin gerade einkaufen«, denn ich dachte, dass das wieder einer ihrer berüchtigten versehentlichen Hosentaschenanrufe sei, und dann sagte sie: »Der Tim ist tot.«

An meinem Kühlschrank hängt bis heute ein Graph, auf dem man sieht, wie ein menschliches Herz zerbricht.

9950

Ich war bereit. Es war ein Uhr sechsundvierzig in einer warmen
Sommernacht und ich stand vor der Stelle der Friedhofsmauer,
die ich mir bei meinem Besuch eine Woche zuvor ausgesucht
hatte. Sie war perfekt. Der Blick von der Straße zu mir wurde
von einem Haselstrauch versperrt, sodass ich in Ruhe die mit-
gebrachte Trittleiter in Position bringen konnte. Ich sah mich
noch einmal um, stellte fest, dass die Luft rein war, und stieg
die fünf Stufen hinauf, durch die ich die Mauer recht einfach
überwinden konnte. Oben angekommen drehte ich mich zur
Leiter und zog sie an dem Seil hoch, das ich an ihrem Griff be-
festigt hatte. Dabei schlug und scharrte sie an der Mauer entlang, was mir in der nächtlichen Stille unendlich laut vorkam.
Ich hielt kurz inne und horchte, ob ich Geräusche oder Rufe
vernahm, doch es blieb alles ruhig. Ich zog die Leiter vollständig hoch und ließ sie auf der anderen Seite hinunter, sodass ich
entspannt hinunterklettern konnte, ohne mir wehzutun. Ich
klappte die Leiter zusammen und hängte sie mir mit dem Seil
über die Schulter. Das war geschafft.

Ich sah mich um und das Herz rutschte mir in die Hose. Ja,
ein nächtlicher Friedhof ist genau so gruselig, wie man es sich
vorstellt, und ich wette, du hättest das richtig super gefunden.
Ich hatte vorsorglich drauf geachtet, dass ich mein Vorhaben in
einer klaren Mondnacht umsetzte, um möglichst viel zu sehen,
ohne eine Taschenlampe benutzen zu müssen. Jetzt bereute ich
es jedoch, weil ich für meinen Geschmack ein bisschen *zu* viel

sah. Ich blickte auf einen Weg, der von schwarzen hohen Nadelbäumen gesäumt war, die bizarre Schatten auf dem Kiesweg warfen. Direkt gegenüber von mir lag ein Brunnen, der von einem lebensgroßen Steinengel ohne Kopf bewacht wurde. Was käme als Nächstes? Wolfsgeheul? Kettengerassel? Alles in mir schrie *Paula, renn weg!*, doch ich riss mich zusammen und schaute auf dem Handy nach, wo ich mich befand. Dein Grab hatte ich auf der Karte meines Smartphones markiert, sodass ich mir die Route dorthin anzeigen lassen konnte. Einhundertsechsundziebzig Meter.

Ich setzte mich in Bewegung, meine Hände zitterten und das Herz schlug mir bis zum Hals. Jedes noch so kleine Geräusch versetzte mich in Angst und Schrecken, und als plötzlich neben mir ein Vogel losflog, musste ich fast weinen. Tagsüber rational und logisch zu denken, ist sehr einfach. Nachts auf einem Friedhof jedoch ist man plötzlich wieder sieben Jahre alt und erinnert sich an Bücher wie *Friedhof der Kuscheltiere* oder *ES* und Monster werden im Kopf auf einmal zu einer möglichen Komplikation.

Nach ein paar Metern machte der schmale Weg eine Rechtsbiegung und führte mich auf einen deutlich breiteren Hauptweg, der jetzt von großen Laubbäumen gesäumt wurde. Hier sah alles etwas freundlicher und lichter aus und die Grabsteine und verstümmelten Engel rückten ein wenig weiter vom Weg ab. Einmal rechts, einmal links, dann würde ich da sein, sah ich auf der Karte. Ich lief an einem Mausoleum vorbei, an das ich mich von deiner Beerdigung verschwommen erinnern konnte. Dort hatte sich Mama kurz auf die Stufe gesetzt, als wir vom Grab kamen und ihr die Beine versagten. »Es geht schon, es geht schon«, hatte sie damals immer wieder gesagt, obwohl jeder sehen konnte, dass gar nichts ging. Wie sollte es auch, wo wir dich doch gerade in der Erde zurückgelassen hatten?

Ich schüttelte die Gedanken ab, konzentrierte mich auf meine Mission und ging weiter, bis ich ganz plötzlich vor deinem Grab stand, einfach so. Bumm, da war es. Ich blickte auf den viereckigen dunkelgrauen Grabstein hinab, in den wir einen sehr großen Gespensterfisch haben eingravieren lassen. Ich musste ganz schön mit Papa streiten deshalb, weil er das *albern* und *unangemessen* fand. Das liegt daran, dass er nicht so ein Abenteurer und Meeresforscher ist, wie du einer warst. Was soll man machen, sie sind eben nur Eltern, oder? Auf deinem Stein steht eingraviert:

Tim: Abenteurer, Meeresforscher, weltbester Schwimmer,
Bruder und Sohn.

Darunter dein Geburts- und dein Sterbedatum, mehr nicht.

Ich legte die Leiter auf den Boden und setzte mich im Schneidersitz auf die Wiese, in die dein Grab eingebettet war. Ich wusste nicht, was ich jetzt machen sollte. In Filmen unterhalten sich die Leute ja gern mal mit Grabsteinen, doch für so etwas bin ich einfach nicht spirituell genug. Ich las die Inschrift immer und immer wieder, obwohl ich sie auswendig kannte, weil ich sie damals formuliert hatte. Ich hoffe, dir gefällt, was ich mir ausgedacht habe, aber ich fand eben: Man muss einfach schnörkellos sagen, wie es ist. Nach einer Weile fiel mir auf, dass ich wohl unbewusst begonnen hatte, mit den Händen Grasbüschel auszureißen, woraufhin ich sofort damit aufhörte. Du hättest mich ziemlich geschimpft. *Was ist mit den Ameisen?*, hättest du bestimmt gerufen, oder *du tötest Lebewesen!* Ich knibbelte am rechten Ärmel meines T-Shirts herum,

23

steckte meinen Zeigefinger in eins der Löcher an den Knien meiner Jeans, übersetzte meine Überforderung in kinetische Energie und schaffte es nicht, einfach still dazusitzen.

»Hi«, sagte ich irgendwann leise.

Das Schweigen, das als Antwort kam, traf mich wie eine Faust ins Gesicht. Normalerweise hättest du jetzt mit »-fisch!« geantwortet, doch das ging nicht, da du einen Meter neunzig tief unter der Erde lagst und langsam von kleinen Tieren aufgegessen wurdest. Weil alles vorbei war. Weil deine Stimme aus dieser Welt gefallen war und alle Worte mitgenommen hatte. Weil das sowieso nur noch dein Körper und nicht mehr du selbst warst. Dieses Selbst, das durch neuronale Verbindungen in deinem Gehirn geformt worden war und das mir noch immer so nah war.

Ich fühlte mich beschissen.

Wütend dachte ich an meinen Therapeuten und fragte mich, was genau das hier bewirken sollte, außer, dass ich mich noch schlechter als ohnehin schon fühlte. Ich konnte nicht aufhören mir vorzustellen, wie dein Körper von Würmern und Käfern angeknabbert wurde, wie deine Augäpfel geschmolzen aus den Höhlen gelaufen waren, wie grau deine Zunge sein müsste, wie dein Bauch aufgebläht und voll mit faulenden Organen gegen den Sargdeckel drückte. In meinem Kopfkino lief ein fürchterlicher Horrorfilm ab und ich war nicht in der Lage, ihn zu stoppen. Gleichzeitig musste ich fast lachen, weil ich daran dachte, dass du total begeistert davon wärst. In meinem Kopf war alles Matsch.

Da vernahm ich auf einmal eine Stimme. Ich war mir erst nicht sicher und dachte, das sei vielleicht der Wind oder einfach Stimmengewirr, das von der Straße herübergeweht worden war, doch dafür war ich zu tief im Herzen des Friedhofs.

»Verfluchte Scheiße!«, hörte ich jemanden sagen.

Ich hielt den Atem an. *Fuck!* Wann fingen Friedhofsgärtner eigentlich an zu arbeiten? Ich richtete mich ein wenig auf und sah über das Gewirr aus Grabsteinen, das mich verbarg, hinweg und versuchte, etwas zu erkennen. Erschreckend wenige Meter von mir entfernt sah ich einen schwachen Lichtschein flackern und eine Gestalt, die sich hin und her wand. Scheiße, war das ein Totengräber? Es sah aus, als hielt er eine Schaufel. Aber wurden Gräber heutzutage nicht mit dem Bagger gegraben? Langsam robbte ich in seine Richtung, kauerte mich hinter einen Grabstein und spähte rüber. Ich sah eine gebückte Gestalt, die definitiv mit einem Spaten in der Erde herumwühlte. Das alles sah mir jedoch wenig nach professioneller Gärtnerei aus. Eher ein wenig chaotisch und bestimmt nicht legal. Ich zog mich wieder zu deinem Grab zurück und beschloss, mich auf den Rückweg zu machen. Als ich die Leiter hochhob, klapperte sie laut und ich drehte mich noch einmal zu der Gestalt hinter mir um – sie hatte innegehalten.

»Wer ist da?«, rief eine brüchige Stimme.

Ich reagierte nicht, sondern versuchte, die Leiter zu schultern und mich aus dem Staub zu machen. Da das jedoch ein wenig hektisch ablief, stolperte ich sofort über einen niedrigen Grabstein seitlich von mir und fiel unter lautem Scheppern der Länge nach hin. Deine Schwester glänzte mal wieder als ein Ausbund an Eleganz und Geschicklichkeit, es war magisch.

»Verdammte Scheiße«, fluchte diesmal ich und hielt mir mein rechtes Schienbein, das ich mir schmerzhaft gestoßen hatte. Nun bewegte sich das flackernde Licht auf mich zu und ich sah, dass die Gestalt ein Mann war und es sich bei dem Licht um eine kleine altmodische Petroleumlampe handelte, was du natürlich ziemlich piratenmäßig finden würdest. Ich krabbelte panisch rückwärts, wer wusste das schon, vielleicht war der Typ ja irgendein verrückter Mörder, der hier eine Leiche verbuddelte? Doch als die Person schließlich vor mir stand, konnte ich erkennen, dass sie zumindest nicht sonderlich gefährlich aussah.

Es war ein alter Mann, dessen dünne Haarsträhnen im leichten Sommerwind wehten – ein bisschen sah er wie unser Ticktack-Opa auf den alten Fotos aus oder wie ein Taubenküken, die haben auch so einen wirren Flaum auf dem Kopf. Der Mann trug eine dunkle altmodische Hose, darüber ein kurzärmeliges Karohemd, dessen Farbe ich jedoch im gelblichen Laternenschein nicht sicher bestimmen konnte. Über dem Kragen des Hemdes starrte mich ein erschrockenes Gesicht misstrauisch und irgendwie auch wütend an. So viel Gefühle auf so wenigen Zentimetern runzeliger Haut! Ich dachte an meine eigene Leere und wurde neidisch auf die Fülle der Emotionen.

»Was machen Sie denn hier um diese Uhrzeit auf einem Friedhof?«, murrte mich der alte Mann an.

»Ich habe meinen Bruder besucht.«

»Um die Zeit? Wieso gehen Sie nicht tagsüber ans Grab, so wie jeder normale Mensch?«

Ich hatte mich mittlerweile hingesetzt und prüfte im Licht der Laterne, ob ich irgendwie verletzt war, schaute aber immer wieder zu dem Mann mit dem Spaten in der Hand herüber. Sicher war sicher.

»Hallo? Ich bin ja wohl nicht der, der hier mitten in der Nacht auf einem Friedhof herumbuddelt«, entgegnete ich. »Was machen Sie da eigentlich?«

»Das geht Sie ja schon einmal gar nichts an«, brummte der Mann.

»Vergraben Sie eine Leiche, oder was?«

»Sie spinnen ja, sehe ich aus wie ein Krimineller?«

»Ich weiß nicht, aber wie ein Nicht-Krimineller jedenfalls auch nicht, so mit dem Spaten und der Laterne und der ganzen Grabbuddelei«, antwortete ich ihm.

Ich erhob mich und klopfte mir die Erde von meinen Klamotten. Da standen wir nun und musterten uns, zwei Friedhofseinbrecher, die sich gegenseitig in flagranti erwischt hatten. Die ganze Situation erinnerte mich an einen deiner Lieblingswitze, der mit *Trafen sich zwei Jäger im Wald* begann, und ich musste absurderweise lachen.

»Was lachen Sie denn jetzt? Sind Sie vielleicht doch eine Irre? Sind Sie Satanistin oder so und praktizieren hier irgendwelche Rituale?«, fragte mich der alte Mann und beäugte mich mit leicht zusammengekniffenen Augen.

»Ich habe doch schon gesagt, dass ich meinen Bruder besucht habe. Der liegt hier«, sagte ich und zeigte auf das Grab hinter mir.

Der Mann wandte seinen Blick nicht von mir ab.

»Was Sie hier machen, haben Sie mir immer noch nicht gesagt«, versuchte ich es noch einmal. Irgendwie war ich neugierig und wollte wissen, was ein alter Mann, schätzungsweise um die achtzig, nachts auf einem Friedhof zu graben hatte. Sich selbst wollte er sicher nicht einbuddeln, denn dafür sah er noch ein wenig zu fit aus.

»Ich hole eine Freundin ab.«

Okay, das war zu viel. Ich versuchte noch, das Lachen zu unterdrücken, was jedoch nicht klappte und in einem Geräusch resultierte, das wie das eines Autoreifens klang, in den man hineingestochen hatte und aus dem daraufhin gluckernd und zischend die Luft entwich.

»Das finden Sie wohl lustig?«, fragte er mich.

»Na ja, schon. Ich nehme an, diese Freundin ist tot? Sie wollen eine Leiche stehlen?«

»Quatsch, ich hole nur die Urne raus. Ich hab ihr was versprochen und in Ihrer Generation ist das vielleicht anders, aber in meiner hält man gegebene Versprechen.«

»Ähm … ja gut …«

Wir schwiegen beide.

»Was machen Sie denn dann mit Ihrer Freundin, wenn Sie sie hier rausgeholt haben?«

»Das geht Sie auch nix an«, murrte er nur.

»Ist ja schon −«, setzte ich an, doch weiter kam ich nicht. Ich hatte etwas gehört und, dem Blick nach zu urteilen, der Alte offensichtlich auch.

»Waren das Stimmen?«, flüsterte er alarmiert.

»Ich glaube schon«, antwortete ich.

Wir lauschten beide. Wieder trug der Wind Geräusche zu uns hinüber, die durchaus von Stimmen herrühren konnten.

»Verdammt, das sind bestimmt die Friedhofsgärtner, die fangen manchmal schon um drei Uhr nachts an«, sagte der Mann.

»Dann sollten wir mal lieber gehen. Schnappen Sie sich Ihre Freundin und dann ab nach Hause«, riet ich ihm und nahm die Leiter wieder auf die Schulter.

»Ich bin noch nicht ganz unten angekommen, ich bin dreiundachtzig Jahre alt, da buddelt es sich nicht mehr so einfach wie mit zwanzig.«

»Oh, tja. Dann vielleicht ein anderes Mal?«

»Was meinen Sie denn, wie oft ich in meinem Alter auf einem Friedhof einbrechen kann?«, kam die wütende Antwort.

Wieder Stimmengewirr.

»Ja gut, da kann ich Ihnen jetzt auch keinen Rat geben. Ich denke, ich werde mich dann mal auf den Rückweg machen«, antwortete ich. Der Mann wandte sich ab, ging zurück zu seinem Spaten und wühlte weiter in der Erde. Jetzt erkannte ich ein kleines Urnengrab. Der Spaten drang nicht sonderlich tief in den Erdboden hinein und nach jedem Stich musste er kurz innehalten. Ich zögerte. Wieder hörte ich die Stimmen, der alte Mann fluchte leise. Er tat mir irgendwie leid. Ich hatte zwar keine Ahnung, wieso er die Urne stehlen wollte, andererseits dachte ich daran, dass ich eigentlich auch gern hätte, dass du in einer Urne liegen würdest, die ich einfach mitnehmen könnte. Ich ging hinüber zu dem Mann, schaute ins gegrabene Loch und sah, dass er schon recht tief gekommen war.

»Noch vierzig Zentimeter oder so, dann habe ich es!«, keuchte er.

»Geben Sie mal her«, sagte ich, stellte die Leiter ab und nahm ihm den Spaten aus der Hand. Jetzt ist eh auch schon alles scheißegal, dachte ich und begann zu graben. Ein Stich, noch ein Stich, noch ein Stich. Mein neuer Bekannter hatte sich schwer atmend gegen einen Grabstein gelehnt und wischte sich über die Stirn. Die Stimmen kamen immer näher. Ich schaute auf die Inschrift des Grabsteins. Anscheinend buddelte ich hier eine Frau namens Helga aus. Plötzlich stieß der Spaten auf etwas Festes.

»Das ist die Urne!«, flüsterte der alte Mann aufgeregt. Ich kniete mich hin und begann, mit den Händen zu graben. Ich buddelte und buddelte und schaffte es, ein kleines verziertes Metallgefäß freizulegen. Parallel hörte ich, wie die Stimmen weiterhin näherkamen.

»Machen Sie die Lampe aus!«, zischte ich, während ich den

Fuß der Urne frei grub. Der alte Mann folgte meiner Anweisung. Ich zog und rüttelte ein wenig – geschafft. Die Urne war frei.

»Jetzt aber weg hier!«, flüsterte ich und drückte dem Mann die Urne in die Hand. Der versuchte, sich den Spaten irgendwie unter den Arm zu klemmen, um ihn mitzunehmen.

»Lassen Sie den Spaten hier!«

»Sind Sie verrückt? Das ist ein Markengerät, wissen Sie, was der gekostet hat?«

»Boah ey, ja gut, wenn Sie den mitnehmen, werden Sie erwischt. Kaufen Sie sich doch einen neuen und jetzt kommen Sie endlich!«

Der alte Mann blieb stur und weil er seinen Spaten anscheinend um keinen Preis der Welt zurücklassen wollte, nahm ich ihn ihm ab und hängte mir die Leiter wieder um.

»Los jetzt!«

»Ich komme ja schon«, antwortete der Mann und lief eilig hinter mir her. Das Mauerstück, über das ich auf den Friedhof eingestiegen war, lag zum Glück in der den Stimmen entgegengesetzten Richtung.

»Wie heißen Sie eigentlich?«, fragte ich.

»Helmut. Und Sie?«

»Paula. Angenehm.«

»Na ja, wir wollen es ja mal nicht übertreiben.«

Netter Typ.

»Wie sind Sie eigentlich auf den Friedhof gekommen?«, fragte ich weiter.

»Na durch das Tor.«

»Was?«

»Ja, der Seiteneingang wird meist nicht abgeschlossen, da kann man einfach durchgehen.«

»Und das sagen Sie mir *jetzt*? Dann hätten wir da ja einfach durchgekonnt!«

»Sie sind ja einfach losgerannt!«

»Kommen wir da jetzt noch hin?«

»Wenn wir Pech haben, sind die Gärtner dort unterwegs.«

»Okay, dann nehmen wir meinen Weg. Ich klettere erst die Leiter hoch und warte dann auf der Mauer. Dann klettern Sie rauf und ich zieh die Leiter hoch. Auf der anderen Seite klettere erst ich hinunter, dann Sie. Einverstanden? Schaffen Sie das?«

»Ja, das sollte gehen«, antwortete Helmut.

Ich stellte die Leiter in Position, kletterte auf die Mauer und wartete, bis er auch oben war. Dann zog ich die Leiter hoch, ließ sie auf der anderen Mauerseite wieder herunter und stieg samt Spaten hinab, den ich unten gegen die Mauer lehnte.

»Sie müssen Helga nehmen, bevor ich hier herunterklettere, damit ich sie nicht versehentlich herunterstoße, wenn ich das Bein über die Mauer schwinge.«

»Ähm, okay. Dann geben Sie sie mir.«

Wieso einfach, wenn es auch kompliziert geht? Helmut nahm Helga, wischte noch einmal mit der Hand über die Urne und statt sie mir zu geben, klappte er erst einmal den Deckel auf.

»Was machen Sie da?«, fragte ich ihn. Jetzt war definitiv nicht die Zeit für was auch immer er da tat.

»Ich muss nur kurz nachsehen, ob Helga da auch wirklich drin ist«, antwortete er und holte einen Schraubenzieher aus seiner Hosentasche. Was dachte er, dass jemand sie vor ihm geklaut hatte? Er holte aus der Urne noch eine kleinere Urne oder so etwas in der Art und machte sich an deren Deckel zu schaffen. Und jetzt ging alles schief. Nach viel Gestöhne und Gewese seinerseits flog ein kleiner Metalldeckel ab, wobei Helmut von der Wucht überrascht wurde. Die kleine Urne oder Kapsel, oder was auch immer das war, glitt ihm aus der Hand, machte einen Überschlag, traf mich am Kopf und fiel klappernd zu Boden. Der alte Mann hatte noch versucht, nach ihr zu greifen, und seine ausgestreckten Arme hingen noch in der Luft, sein Gesicht war zu einem stummen Schrei verzerrt – und ich war über und über mit Helga bestreut. Ich tastete nach der Stelle am Kopf, wo ich getroffen worden war, vielleicht würde das eine Beule werden. Danach versuchte ich, mir die Asche aus den Augen zu wischen.

»Stopp! Nicht!« Hastig kletterte Helmut von der Mauer und hob die Kapsel auf, in der noch Asche drin war.

»Nicht bewegen!«, wies er mich an, während er sich umständlich hinkniete und versuchte, möglichst viel Asche vom Boden aufzukratzen. Ich stand bewegungslos da und dachte darüber nach, dass gerade quasi eine Leiche über mir ausgekippt wurde. Oder so etwas in der Art zumindest. Ächzend stand Helmut auf und begann vorsichtig, die Asche von meiner Kleidung in seine Hände zu bürsten. Er scheute sich auch nicht, mir mit den Händen ins Gesicht zu fassen und die Asche sogar aus meinen Augenwinkeln zu kratzen. Es dauerte ewig, bis ich die Augen öffnen konnte und er sagte: »So.«

Ich wollte gerade anfangen, meine Kleidung auszuklopfen, als er meine Hand festhielt und ein fast schon flehendes »Nein!« aus ihm herausfuhr.

»Ähm, ich muss mich aber ein bisschen sauber machen.«

»Aber das ist Helga.«

»Ja, na ja, ja. Aber ich kann ja jetzt nicht für immer mit Helga auf mir herumlaufen.«

»Ja, ich weiß es ja, ich weiß es ja.«

Verzweifelt trat er von einem Fuß auf den anderen.

»Würden Sie zu mir nach Hause kommen?« Seine jetzt wieder forsche Stimme ließ diese Bitte eher nach Befehl klingen.

»Was? Sie spinnen ja.«

»Dann können wir noch ein bisschen Helga von Ihnen herunterwaschen und das trockne ich dann und dann sind Sie ja auch sauber. Ich bin kein perverser Mörder.« Beim letzten Satz zwang er sich anscheinend dazu, etwas freundlicher zu klingen, und sein Gesicht verzerrte sich zu etwas, das vermutlich ein gewinnendes Lächeln werden sollte, jedoch aussah, als habe er Zahnschmerzen.

»Das ist genau das, was ein perverser Mörder vermutlich sagen würde, denken Sie nicht?«

Er sah mich an und es wirkte, als müsse er würgen. Dann presste er ein »Bitte« hervor und es sah wirklich so aus, als würde er an dem Wort ersticken. Ich betrachtete ihn, wie er da vor mir stand. Sein dünnes Haar wehte im Wind, in den schmächtigen Armen die Reste einer Freundin oder wer auch immer Helga gewesen sein mochte, hinter ihm der Wolf-Gartengeräte-Markenspaten an die Mauer gelehnt. Der Mann wirkte grummelig und elend gleichzeitig. Es war vermutlich schon nach drei Uhr nachts und der erste Zug zu mir nach Hause fuhr um sieben, ich hatte Durst, musste pinkeln und hatte gerade sowieso nichts anderes zu tun, und da mich meine Depression auch nicht unbedingt dazu brachte, an meinem Leben zu hängen, sagte ich: »Auch egal, na gut.«

Helmut wies mich an, meine Arme an den Körper zu pressen, als würde ich ein Baby halten, damit möglichst wenig von Helga davongeweht werden könne. Wir liefen sehr langsam (»Um den Gegenwind zu reduzieren!«, sagte Helmut, aber ich glaube, er war einfach nur müde) und bogen nach rund zwanzig Minuten in eine kleine Straße mit Reihenhäusern ein. Der alte Mann lebte in einem dieser Häuser, die aussahen, als habe man das Innere eines Schwimmbades nach außen gestülpt. Es war mit diesen komischen hellen Kacheln gefliest, die ich an einem Beckenrand erwarten würde, aber doch nicht an der Außenfassade eines Hauses.

Helmut schloss die Tür auf und schob mich direkt nach rechts in ein winziges kleines Badezimmer mit einer Dusche.

»Bitte bewegen Sie sich nicht«, rief er, als er den Flur entlangging. Ich hörte ihn Schränke öffnen und herumkramen, und nach einer Weile kam er mit einer Packung Kaffeefilter und Gewebeband zurück.

»Sind Sie McGyver?«, witzelte ich.

»Wer?«, fragte er zerstreut.

»Ach, schon gut.«

Ich sah zu, wie er die Kaffeefilter zusammenklebte, bis er eine große Matte gebastelt hatte. Dann ging er auf die Knie und passte diesen Riesenfilter der Größe der Duschwanne an. Die Ränder dichtete er mit Gewebeband ab.

»Ich weiß nicht, wie lange das Gewebeband im Wasser Bestand hat, vermutlich nicht so lang. Aber können Sie bitte Ihre Kleidung in die Tüte geben, die ich Ihnen gleich bringe, und mir die Tüte rausreichen, bevor Sie duschen?«

»Was?«

»Ich kann dann Helga von der Kleidung abklopfen und aufsammeln.«

»Ähm, okay, kann ich machen. Aber die Tür ist doch abschließbar, oder?«

»Natürlich. Moment, ich lege Ihnen Handtücher und einen frischen Bademantel hin«, sagte er und verschwand.

Ich besah in der Zeit die Filterkonstruktion. Ich fand die Idee total wahnsinnig, traute mich aber nicht, das zu sagen. Wer auch immer diese Freundin war, sie schien ihm unglaublich nahegestanden zu haben, sodass er kein einziges Aschekörnchen verlieren wollte. Wenn das deine Asche wäre, würde ich mich wohl nicht anders aufführen. Ich bin schließlich nachts auf einem Friedhof eingebrochen, um dich zu besuchen, was ich genauso gut hätte tagsüber tun können. Es war also nicht so, als würde man mir gleich einen Preis für geistige Gesundheit verleihen.

Helmut kam zurück und brachte mir Bademantel und Handtuch. Als er das Bad verlassen hatte, drehte ich den alten Messingschlüssel um und zog mich vorsichtig aus, um möglichst wenig von der Asche zu verstreuen. Ich packte alles bis auf Unterwäsche und Socken in die Tüte, zog mir den Bademantel an und öffnete die Tür. Helmut hatte im Flur gewartet und kniete sich mit einem kleinen Handstaubsauger neben mich ins Bad, um den Aschestaub, den ich auf dem Boden verteilt hatte, aufzusaugen. Ich glaube, ich habe noch nie so etwas Irrationales gesehen. Als er aufstehen wollte, musste ich ihm helfen. Er bedankte sich nicht, sondern nahm nur die Tüte, nickte mir zu und tippelte aus dem Badezimmer heraus. Er drehte sich noch einmal zu mir um.

»Sie müssen beim Duschen aufpassen, dass Sie nicht zu viel Wasser verwenden. Es wird sehr langsam abfließen wegen der Kaffeefilter.«

»Okay. Ich pass auf.«

Als er die Tür hinter sich zugezogen hatte, schloss ich wieder ab und wandte mich der Dusche zu. Das Bad war weiß gekachelt, doch die Fliesen in der Duschkabine waren mit blauen Wellen verziert. Sofort dachte ich wieder ans Meer, an dich und daran, wie du es finden würdest, wenn ich dir erzählte, dass ich gerade eine tote Person in meinen Haaren hängen hatte. Bestimmt fändest du es *megakrass*, vielleicht sogar in Kombination mit einer Becker-Faust, um die Megakrassheit auch körperlich zum Ausdruck zu bringen. Vielleicht würdest du mich fragen, wie das riecht und wie das schmeckt, wenn du hier wärst. Wenn ich die letzte Frage nicht beantworten könnte, würdest du mich für bescheuert halten. Ich griff in meine Haare und zerrieb die Asche mit meinen Fingern. Und dann steckte ich meinen grauen Zeigefinger einfach in den Mund und schmeckte: nichts. War das schon Kannibalismus? Und war ich jetzt vollständig verrückt geworden? Wie lange war ich eigentlich schon wach?

»Alles okay?«, rief es dumpf durch die Tür.

»Ja, alles gut!«, antwortete ich schnell.

Alles cool, Helmut, ich snacke gerade nur deine liebe Freundin weg! Ich war wirklich viel zu lange wach.

Ich stieg in die Dusche und drehte den Wasserhahn vorsichtig auf, sodass nur ein dünnes Rinnsal aus dem über mir hängenden altmodischen Duschkopf lief. Das auf den Kaffeefiltern aufschlagende Wasser machte ein dumpfes prasselndes Geräusch, das mich an Regen erinnerte. Ich schloss die Augen und stand einfach nur so da, während ich an dein Grab und damit wieder an dich dachte.

»Wo kommt eigentlich der Regen her?«, fragtest du mich einmal.

»Na, aus den Wolken, das weißt du doch.«

»Und wo kommen die Wolken her?«

»Hm, das ist ein bisschen komplizierter.«

Du gingst in dein Kinderzimmer und holtest einen Zettel und einen Wachsmalstift und drücktest mir beides in die Hand.

36

»Zeig jetzt!«, fordertest du.

»Okay.« Ich begann etwas zu zeichnen, das das Meer darstellen sollte. »Das ist das Meer, da wird das meiste Wasser gespeichert, das es bei uns auf der Erde gibt.«

»Und Fische! Die werden da auch gespeichert«, warfst du ein. Dein Gesicht war sehr konzentriert und den Kopf hattest du in beide Hände gestützt. Die typische Tim-der-Forscher-Pose.

»Na ja, ja, sozusagen. Jedenfalls verdunstet das Wasser an der Oberfläche des Meeres und natürlich auch auf dem Festland.«

»Verdunstung hatten wir im Sachunterricht. Das ist wie beim Wäschetrocknen, stimmt's?«

»Genau. Und dieses Wasser, das über dem Meer verdunstet, wandert als kleine schwebende Tröpfchen in Richtung des Festlandes. Ist die feuchte Luft wärmer als die kühle Luft auf dem Land, schiebt sie sich über die kalte Luft und wandert nach oben in Richtung Atmosphäre.« Ich zeichnete eine Kuppel über das Meer und das Festland und deutete mit Pfeilen die Richtung an, in die die feuchte Luft wandert.

»Aha!«, riefst du. Es klang wie ein *Heureka!*, auf jeden Fall sehr gewichtig.

»Ja. Oben ist es aber kühler als unten. Das weißt du ja, wenn wir in die Berge zu Tante Margit fahren, ist es oben immer kälter als unten bei uns, oder?«

»Stimmt!«

»Es ist so, dass die kühle Luft das Wasser nicht so gut festhalten kann wie warme Luft. Der verdunstete Wasserdampf kondensiert, so nennt man das.«

»Das Wort kenne ich nicht.«

»Das ist nicht so schlimm. Jedenfalls führt das dazu, dass

37

sich Wassertröpfchen in kleinen Gruppen sammeln und gegenseitig festhalten. Wir sehen diese Gruppen dann als Wolken, weil das so viele sind, dass sie nicht mehr durchsichtig sind.«

»Aha!«, riefst du wieder, nahmst mir den Stift aus der Hand und zeichnetest eine Wolke mit einem Lachgesicht.

»Wenn die Wassertropfengrüppchen zu schwer werden, können sie sich irgendwann nicht mehr in der Luft halten und fallen runter. Je nachdem, wie kalt es ist, kann das Regen sein oder Hagel, Schnee, Graupel oder was auch immer.« Ich zeichnete je einen Pfeil von der Wolke auf das Meer und auf das Festland. »Wie du siehst, ist das ein Kreislauf. Denn das Wasser, das unten ankommt, verdunstet ja wieder.«

Du schwiegst und betrachtetest das Bild.

»Können Fische auch verdunsten?«

»Nein, Fische können nicht verdunsten.«

»Stell dir das doch mal vor! Die verdunsten und dann fliegen die in den Himmel und fallen dann alle aus Fischwolken herunter. Überall würde es platsch, platsch machen und statt Regen fielen einem Fische auf den Kopf! Die würden dann ja auch alle tot sein!«

Dein Gesicht war starr vor Entsetzen.

»Fische verdunsten nicht. Nur das Wasser.«

»Kann das Meer irgendwann leer verdunsten, sodass die Fische ersticken?« Das ganze Thema machte dir sichtlich Sorgen.

»Nein«, sagte ich und fuhr die Pfeile mit dem Finger nach. »Das Wasser kommt ja immer wieder als Regen oder anderer Niederschlag runter. Es ist ein Kreislauf.«

»Ich glaube, ich verdunste auch manchmal ein bisschen«, flüstertest du verschwörerisch.

»So?«, flüsterte ich zurück.

»Ja. Ich glaube, es wäre besser, wenn ich jetzt ein Eis esse, um wieder mehr Wasser in mir drin zu haben«, sagtest du grinsend.

»Na, dann machen wir das mal lieber. Nicht, dass du mir noch in die Wolken davonschwebst!«

Jetzt stand ich immer noch bewegungslos unter der Dusche und ließ das Wasserrinnsal meinen Körper hinablaufen. Die Tröpfchenbahnen hatten an meinen Armen dort ein Muster hinterlassen, wo sie die Asche weggetragen hatten. Ich sah aus wie marmoriert. Langsam begann ich, die Asche von meinem Körper zu reiben. Mechanisch fuhr ich mit den Händen durch meine Haare, verteilte das Wasser und wrang sie immer wieder aus. Du warst jetzt in den Wolken. Du warst verdunstet.

Um meine Füße herum hatte sich ein graues Muster gebildet. Irgendwann klopfte es an der Tür.

»Hallo?«

»Ja, hallo«, antwortete ich.

»Klappt das mit dem Filterpapier?«, drang es dumpf durch die Tür.

»Ja, funktioniert!«

»Sehr gut.«

Dann kam nichts mehr. Ich wrang meine Haare ein letztes Mal aus und trat aus der Duschkabine, nachdem ich mich mit dem Handtuch abgetrocknet hatte. Ich hinterließ keine Aschespuren am Frotteestoff, was bedeutete, dass ich wirklich das meiste von Helga heruntergewaschen hatte. Ich sah in den kleinen Spiegel über dem Waschbecken und prüfte, dass sich auch nirgends mehr Asche hinter den Ohren oder am Nacken oder sonst irgendwo befand, und zog danach meine Unterwäsche, die Socken und den Bademantel an. Ich verließ das Bad und ging den kleinen Flur entlang.

Die Wände waren mit einer beigen altmodischen Tapete verkleidet, auf die ein Muster aus braunen Grasbüscheln gedruckt war, das du vermutlich schnörkellos als *kackenhässlich* bezeichnet hättest. Rechts befand sich eine Wendeltreppe, die nach oben und unten führte, links von mir eine braune Holztür mit Milchglasscheibe, die jedoch geschlossen war. Geradeaus ging es auf eine Holztür zu, die einen Spalt geöffnet war und in ein beleuchtetes Zimmer führte. Ich trat ein und fand mich in einer unerwartet modernen Küche wieder. Die Wände waren pastellgelb gestrichen und die Schrankfronten waren mit eierschalfarbenem Pianolack angemalt. Ich entdeckte ein Cerankochfeld und einen großen amerikanischen Kühlschrank mit Eiswürfelspender und allem drum und dran. Mir gegenüber befand sich eine große Glasschiebetür, neben der ein Esstisch mit vier Stühlen stand, und auf einem davon saß Helmut. Er war dabei, mit einem Pinsel im Handstaubsauger herumzuwischen, und sammelte Aschekörnchen auf einem weißen Blatt Papier vor sich. Woher er wissen wollte, welche Körner Helga und welche einfach nur Dreck waren, fragte ich lieber nicht.

»Ich bin jetzt fertig«, sagte ich.

»Oh, sehr gut. Dann lassen wir das Filterpapier erst einmal trocknen.«

»Wo sind meine Klamotten? Ich würde mich gerne anziehen.«

»Die habe ich in die Waschmaschine getan, die waren ja ganz dreckig.«

»Ähm … wie bitte? Ich brauche die doch, wie soll ich denn jetzt herumlaufen? Ich muss ja auch nach Hause fahren.«

»Aber doch nicht in so einem Aufzug! Es war alles voller Asche.«

»Ich dachte, die haben Sie abgeklopft.«

»Ja, habe ich ja auch, und die Asche habe ich wieder in die Aschekapsel getan.«

»Aha, und wieso genau mussten Sie sie noch mal waschen?«

»Na ja, es war ja nicht nur die Helga, an der Jeans war ganz viel Erde und das T-Shirt hatte einen grauen Schleier vom Staub und der Asche und allem.«

»Und was mache ich jetzt?«

Ich wollte diesen Mann erwürgen.

»Hm, ja, also ich kann Ihnen etwas von Helga geben. Moment.«

Er legte den Staubsauger und den Pinsel auf den Tisch, umrundete diesen und ging an mir vorbei in den Flur. Ich hörte, wie er die Treppe hinaufstieg und über mir durch irgendwelche Zimmer schlurfte. Ich setzte mich auf einen der Stühle und vergrub das Gesicht in meinen Händen. Wie bin ich nur in diesen Schwachsinn hineingeraten?, fragte ich mich.

Nach einer Weile kam Helmut wieder in die Küche.

»Ich habe Ihnen einen von meinen geholt, Helga war sehr klein und zierlich, nur einen Meter zweiundfünfzig war sie groß und wog weniger als fünfzig Kilo, ich glaube, ihre Sachen würden Ihnen nicht wirklich passen.«

Ja danke, ich bin dick, ich weiß. Ich nahm einen ordentlich gefalteten und anscheinend gebügelten lilafarbenen Jogginganzug entgegen. Mürrisch ging ich zurück ins Bad und zog mich um. Als ich wieder in die Küche kam, hatte Helmut gerade den Wasserkocher angeschaltet.

»Oh, na ja, ein bisschen groß, aber passt doch fast!«, sagte er.

Ich schwieg und entschied mich für Kamille, als er mir eine Box mit verschiedenen Teesorten hinhielt. Auf der Uhr an der Küchenwand sah ich, dass es mittlerweile fast sechs Uhr am

Morgen war. Ich war totmüde und mein Gastgeber sah mittlerweile auch etwas zerrüttet aus. Sein Blick folgte meinem und sah ebenfalls auf die Uhr.

»In einer Stunde würde ich normalerweise aufstehen«, murmelte er.

Wir tranken unseren Tee, ohne ein Wort zu sprechen. Irgendwann fragte er: »Wie alt war Ihr Bruder, als er starb?«

»Zehn«, antwortete ich knapp.

Helmut nickte nur und goss uns beiden eine weitere Tasse heißen Wassers ein.

»Es tut mir leid, dass ich Helga auf Sie gekippt habe.«

»Ja, das war etwas ungünstig.«

»Ich habe vorher im Internet nachgeguckt, wie man Aschekapseln öffnet, wissen Sie. Ja, ich habe mit dreiundachtzig Jahren einen Computer, viele Senioren sind online, schauen Sie nicht so. Jedenfalls war mir klar, dass es schwierig werden würde, das Ding zu öffnen. Aber es ging ja überraschend einfach, das hatte ich so nicht erwartet. Ein bisschen zu einfach, weshalb ich die Hebelkräfte da komplett unterschätzt hatte.«

»Helga ist Ihnen anscheinend sehr wichtig.«

»Ja«, antwortete er nur und nippte an seinem Tee. Er hatte sich für Hagebutte entschieden. »Wieso besuchen Sie Ihren Bruder nachts und nicht tagsüber?«, fuhr er fort.

»Ich finde Menschen schwierig, und ich mag es nicht, wenn andere Leute sehen, wie ich mich am Grab mit meinem Bruder treffe.«

»Hm, das verstehe ich. Ich mag das auch nicht. Also generell. Also auch andere Menschen nicht so gerne.«

Das wunderte mich keine Sekunde. Sein ganzes Gehabe war so mürrisch und abweisend, dass ich mich fragte, ob er einfach generell so war oder ob ihm mittlerweile einfach die

Übung fehlte, mit anderen Menschen umzugehen. Vermutlich war er einsam, zumindest wirkte er wie eine Person auf mich, von der ich mir gut vorstellen konnte, dass sie ein einsames Leben führte. Aber vielleicht waren diese Gedanken auch nur Klischee. Ich sah ja auch nicht wie jemand aus, der nachts auf Friedhöfen einbrach, oder wie jemand, der kilometerhoch Pizzakartons in der Wohnung stapelte, weil die Depression eine müffelnde Vollkatastrophe aus mir gemacht hatte.

»Sie sehen müde aus«, sagte Helmut.

»Ich bin seit knapp dreißig Stunden wach.«

»Das klingt nicht sehr gesund.«

»Ich bin nicht sehr gesund.«

»Hm. Wollen Sie sich im Wohnzimmer kurz hinlegen und ein bisschen schlafen? Ich packe derweil Ihre Wäsche in den Trockner und lege mich auch kurz hin.«

»Ja, ich weiß nicht. Ich meine … Na gut.«

Er führte mich nach nebenan, nahm eine braune Wolldecke aus einem Schrank und legte sie mir in die Arme. Dann verließ er den Raum und schloss die Tür hinter sich.

Ich sah mich um. Links von mir befand sich eine Art Vitrine, in der Geschirr aufbewahrt wurde, vermutlich das *gute Geschirr*. Das ist etwas, das man erst ab einem gewissen Alter hat, glaube ich. Mama und Papa haben noch kein *gutes* Geschirr, Oma und Opa aber schon. Unsere Eltern haben mittlerweile aber *die guten Gläser*, vielleicht ist das der Einstieg.

Ich schaute mich weiter um. Gegenüber von mir tat sich ein Anblick auf, der dich in helle Entzückung versetzt hätte, da bin ich mir sicher. Auf einer braunen Kommode im Siebzigerjahrestil (vermutlich ein Original) standen unzählige ausgestopfte Tiere, es war unglaublich. Ich ging langsam hinüber und betrachtete die Sammlung. Sie beinhaltete unter anderem zwei Eichhörnchen, einen Biber, einen Bussard, zwei Hasen, ein Meerschweinchen, einen Wellensittich, eine Katze, die ein bisschen lädiert aussah, vermutlich ein Roadkill, und eine Taube. Ich war mir sehr sicher, dass die Sammlung nicht ganz legal war, *megakrass* war sie aber allemal. Über der Kommode hing ein Regal, in dem ein Flaschenschiff stand, daneben ein Foto eines kleinen Jungen, der nur wenig älter als du aussah. Das Porträt wirkte schon sehr alt, vielleicht war das Helmuts Sohn? Oder er selbst? Es war unmöglich, das Alter des Bildes auszumachen.

Die Tiere hier waren ganz schön staubig. Gedankenverloren wischte ich mit dem Ärmel des Jogginganzuges über die Glasaugen des Bussards und bereute es sofort. Sein Blick war seltsam, ich weiß gar nicht, wie ich es beschreiben soll. Irgendwie bohrend, gleichzeitig jedoch leblos und unbeteiligt. So als schaute er mich intensiv an, dabei aber auch an mir vorbei. Ich fragte mich, wie deine Augen wohl geschaut haben mochten, als man dich aus den Fluten zog. Waren sie geschlossen oder offen? Und wenn sie offen waren, wo schauten sie hin? Was hast du gesehen, bevor du gestorben bist? Einen Fisch? Hoffentlich hast du einen Fisch gesehen. Und hoffentlich hast du nicht an mich gedacht. Bitte nicht, denn ich war nicht da, um dir zu helfen. Das, was ich mir am meisten wünsche, ist, dass du in deinen letzten Sekunden nicht an mich gedacht hast, nicht gedacht hast, dass ich da sein müsste, um dich zu retten, mich nicht vermisst hast, nicht daran gedacht hast, dass wir uns nie wiedersehen würden. Ich empfand ein diffuses Gefühl der Schuld und das machte mich verrückt. Hoffentlich hast du einfach nur an Fische gedacht, an schwimmende Untertassen und vielleicht auch an Delfine, obwohl die dir immer ein wenig suspekt waren. Tiere, die so taten, als wären sie Fische, aber keine waren? Das war nichts für dich.

Ich weinte. Das war beachtlich, weil ich nach deiner Beerdigung bis zu diesem Moment in dem fremden Wohnzimmer des alten Mannes nicht mehr weinen konnte. Wie soll man auch weinen, wenn in einem nur das Nichts ist? Doch jetzt kämpfte sich das Meer, das so oft in meinen Ohren rauschte, ins Freie. Ich wischte mir über die Augen, dann fiel mir aber noch etwas ein. Ich wandte mich wieder der Kommode zu, nahm den Bussard und drehte ihn um. Diese Glasaugensache war mir einfach zu unheimlich. Anschließend legte ich mich auf das braune Ledersofa, das recht mittig im Raum gegenüber der Tür stand, und rutschte hin und her, wobei das Leder knarzte, deckte mich zu und starrte die Decke an. Ich hatte vergessen, das Licht auszuschalten, wollte aber nicht mehr aufstehen und schloss einfach die Augen.

9720

»Der Kater ist tot.«

Ich öffnete meine Augen und blinzelte gegen die Helligkeit an.

»Was?«, murmelte ich und versuchte mich zu orientieren. Dann fiel mir alles wieder ein. Der Friedhof. Die Urne. Du.

Ich setzte mich auf und rieb mir mit den Händen über das Gesicht. Vor mir stand Helmut, der sich anscheinend umgezogen hatte. Das dünne Haar stand nicht mehr vom Kopf ab, sondern wurde durch irgendeine fettige Schicht am altersfleckigen Schädel fixiert.

»Gonzales liegt da so rum, also so heißt der Kater«, sagte er und ging aus dem Raum. Ich stand auf und folgte ihm – noch ein wenig schlaftrunken – in die Küche. Dort stand er vor der geöffneten Terrassentür und blickte auf den Boden vor seinen Füßen. Ich trat an Helmuts Seite und als ich ebenfalls hinabblickte, sah ich, dass vor uns ein Kater lag. Und der war definitiv tot.

Das Tier hatte weiß gefleckte Pfoten, am Kopf war sein Fell sehr licht und man sah um die Öhrchen herum die Kopfhaut durchschimmern. Es handelte sich um ein sehr in die Jahre gekommenes Winz-Raubtier. Um seinen dünnen Hals war ein rotes Lederband mit einem Glöckchen gebunden, das vermutlich Singvögel vor der todbringenden Ankunft des Katers warnen sollte.

Helmut hatte neben mir seine Hände in die Seiten gestemmt und besah sich den Schlamassel. Missmutig stupste er den Kater mit einer seiner braun karierten Filzpantoffeln an, steif rutschte der kleine Leichnam mit einem dermaßen scharrenden Geräusch über den Boden, dass sich meine Nackenhaare aufstellten. Helmut warf noch einen Blick auf die eingefallenen Katzenaugen, seufzte und ging zurück in die Küche.

»Schon wieder Umstände«, murmelte er und begann, Schubladen aufzuziehen und wieder zu schließen. Ich verstand nicht, wieso er so wütend war, ich wäre ja an seiner Stelle eher traurig über ein totes Tier gewesen, er hatte den Kater ja offensichtlich gekannt.

Was ich damals noch nicht so überblickt hatte: Helmut waren bestimmte Dinge wichtig – Höflichkeit und vor allem: Ordnung. Er fand es extrem unhöflich, dass sich der Kater ausgerechnet seinen Garten zum Sterben ausgesucht hatte, obwohl er bei anderen Leuten lebte. Und wo kämen wir denn hin, wenn jeder dort stürbe, wo es ihm gerade in den Kram passte? Er selbst würde so etwas Gedankenloses niemals tun. Niemals wäre er zum Beispiel in meine Wohnung gegangen, hätte sich im Wohnzimmer auf den Boden gelegt und wäre einfach gestorben, sodass ich die ganzen Scherereien gehabt hätte. Dem Kater hingegen waren Anstand und Rücksicht anscheinend komplett fremd und egal. Er hätte einfach nur zwanzig Meter weitergehen müssen und in Ruhe in einem anderen Garten sterben können, doch nein! Stattdessen zog er es vor, einem Nachbarn, der ihm nie auch nur ein Haar gekrümmt hatte, so viel Ärger zu machen. So sah Helmut das jedenfalls alles.

Er schnaubte beleidigt ob dieser ungeheuren Rücksichtslosigkeit und kam noch einmal zur Tür zurück. Er schob das Tier ein paar weitere Zentimeter über den Boden. Steif wie ein Brett. Er seufzte noch einmal, dieses Mal etwas lauter und theatralischer. Gerade so, als glaubte er, dass sein demonstratives Gestöhne den Kater dazu bewegen würde, aufzustehen und zu sagen: *Oh, entschuldigen Sie bitte vielmals! Hier zu sterben war wirklich gedankenlos von mir, wie unangenehm. Ich gehe natürlich sofort in den Garten meiner Besitzer, um dort regelkonform zu versterben.* Doch stur, wie dieses Katzentier nun einmal war, blieb es einfach reglos liegen und machte Helmut weiterhin Umstände.

Ich merkte, dass ich auf Toilette musste, und überließ Helmut und den kleinen Leichnam sich selbst. Als ich in den Flur trat, stellte ich fest, dass mein Plan nicht so leicht umzusetzen war. Ich ging zurück zu meinem Gastgeber.

»Helmut?«

»Ja«, antwortete er abwesend, während er versuchte, den steifen Kater in ein Geschirrtuch zu wickeln. Die starr abstehenden Beinchen machten ihm das gar nicht mal so leicht.

»Im Flur steht ein sehr großer Hund mit einer Karotte im Maul und knurrt mich an.«

»Ach ja, das ist Judy, die steckt fest.«

»Was?«

»Das ist meine Hündin, die Nachbarn haben gestern auf sie aufgepasst.«

»Aha. Und wo war die heute früh?«

»Na bei den Nachbarn, sag ich doch! Habe sie eben erst geholt.«

»Okay … und wieso steht die da jetzt so?«

»Die kann jetzt gerade nicht geradeaus laufen, also wegen der Karotte.«

»Nicht geradeaus laufen.«

»Ja.«

»Wegen der Karotte.«

»Genau.«

Ich starrte ihn an. Helmut richtete sich auf und hielt den toten Kater wie ein Baby im Arm. Als ich mich wieder in Richtung Flur umdrehte, weil ich plötzlich beschloss, einem zähnefletschenden Schäferhund-Irgendwas-Mischling vielleicht doch nicht den Rücken zukehren zu wollen, fielen mir auch die Näpfe auf dem Abtropfsieb neben der Spüle auf. In der Ecke hinter der Tür stand ein Sack Hundefutter. Dinge, die ich vorher alle gar nicht wahrgenommen hatte.

»Ja, wenn sie eine Karotte im Maul hat, läuft sie nur rückwärts. Das zu erklären wäre jetzt ein bisschen kompliziert.«

»Ich muss mal auf Toilette und na ja, ich komme nicht an ihr vorbei.«

»Ja, natürlich. Einen Moment.«

Er legte den mittlerweile eingewickelten Kater auf dem Küchentisch ab und ging an mir vorbei in den Flur. Er nahm der Hündin die Karotte aus dem Maul und trug das Gemüse ins Wohnzimmer. Dort legte er das Ding vermutlich irgendwo ab, da er mit leeren Händen zurückkam. Nun setzte sich die Hündin in Bewegung und lief tatsächlich rückwärts ins Wohnzimmer hinein, obwohl sie die Karotte ja jetzt gar nicht mehr im Maul hatte. Sie war wohl noch auf rückwärts eingestellt. Ich ging hinterher und als ich in den Raum linste, sah ich, dass Judy sich nun umdrehte und vorwärts ganz normal auf die vor dem Sofa liegende Karotte zulief, sie ins Maul nahm und es sich damit auf dem Sitzmöbel bequem machte. Wer hätte gedacht, dass ich mal einen Hund finden würde, der genau so neurotisch wie unser ehemaliger Nachbarshund namens Humphrey war, der nachts zum Pinkeln von Herrchen und Frauchen über die Toilettenschüssel gehalten wurde, damit sie nicht noch so spät aus dem Haus mussten.

Als ich im Bad fertig war und meine noch trocknerwarmen Klamotten wieder angezogen hatte und in den Flur kam, fiel ich fast über einen kleinen Berg aus Taschen und Koffern, der sich dort plötzlich materialisiert hatte. Sofort kam der Hund wieder angeschossen, um zu gucken, was dieser fremde Mensch da schon wieder machte – anscheinend mochte er auch keine Umstände. Ich bewegte mich langsam um den Taschenberg herum, nahm meinen ganzen Mut zusammen und ging an dem misstrauisch schauenden Tier vorbei, ohne dass es meine Hand fraß. Das erste Erfolgserlebnis an diesem Tag. Ich fühlte mich wie Crocodile Dundee.

»Verreisen Sie?«, fragte ich Helmut, der Helgas Urne gerade mit Gewebeband umwickelte.

»Ja«, kam die knappe Antwort.

»Oh schön … wo geht es hin?«

»In die Berge.«

»Oh, die Berge liebe ich!«

»Ja, wir fahren nach Südtirol.«

»Wir?«

»Na Judy, Helga und ich.«

»Was machen Sie da? Urlaub?«

»Nein. Helga wird dort ihre letzte Ruhe finden.«

»Kommt sie von dort?«

»Ja und nein.«

Es folgte Schweigen. Gesprächig war Helmut definitiv nicht. Er war gerade dabei, die Jacken an der Garderobe zu inspizieren und offensichtlich zu entscheiden, welche er brauchen würde. Er hielt inne.

»Ich hatte Helga damals versprochen, dass wir noch mal in die Berge fahren würden. Also als sie noch lebte. Dann war sie aber vorher tot. Jetzt fahre ich dennoch mit ihr in die Berge, denn Versprechen hält man schließlich. Deshalb musste ich sie ausgraben.«

»Wie fahren Sie da hin?«

»Na, mit meinem Wohnmobil.«

»Kann ich mit?«

Die Worte hatten meinen Mund verlassen, bevor ich darüber nachdenken konnte, ganz so, als würde dieser Impuls direkt übers Rückenmark laufen, unter Umgehung des Gehirns.

»Was?«, fragte er und drehte sich zu mir um.

»Keine Ahnung, vielleicht wäre es ja … ich weiß nicht … nett?«

»Auf keinen Fall nehme ich Sie mit.«

»Kann ich wenigstens ein Stück mitfahren? Ich muss ja noch nach Hause.«

»Nein.«

»Aber ich habe Ihnen geholfen.«

»Ja –«

»Tja. Sehen Sie. So können Sie sich revanchieren.«

Helmut schwieg und fummelte wieder an der Garderobe herum. Irgendwann drehte er sich um, musterte mich und sagte:

»Okay, aber nur ein kurzes Stück. Wo wohnen Sie denn?«

»Frankfurt, ich studiere da.«

»In Ordnung. Aber ich fahre Sie nicht rein, das können Sie vergessen. Ich setz Sie irgendwo außen ab und dann nehmen Sie den Bus oder so. Und Sie legen erst noch die Katze vor die Tür der Nachbarn, dann muss ich das nicht machen.«

»Prima!«

Ich war anscheinend komplett verrückt geworden.

9400

Hell, dunkel, hell, dunkel. Durch meine geschlossenen Lider hindurch flackerte es, als wir auf der Landstraße unter den Bäumen entlangfuhren. Ich blinzelte und sah, wie das Sonnenlicht immer wieder zwischen den Blättern hervorschaute. Hätte ich, so wie du, das Morsealphabet draufgehabt, hätte ich vielleicht lesen können, was mir die Bäume (waren es Pappeln?) mitteilen wollten.

Ich hatte schon oft in meinem Leben das Gefühl, einsam zu sein. Ich erinnere mich an einige Momente, in denen ich dachte: Du bist allein, Paula. Aber erst jetzt verstand ich, dass man nur wirklich einsam ist, wenn man zurückbleibt, wenn man übrig ist. Und dann fährt man in die Berge, weil sie so unendlich groß und mächtig sind und man selbst so klein und man hofft, dass das irgendetwas kompensiert. Dass die Weite des Gebirges den Raum ausfüllen kann, den der andere zurückgelassen hat, dass das Schmelzwasser der Gletscher in alle kleinen Ritzen und Lücken eindringt und alles wieder mit Leben befüllt. Aber kein Gebirge der Welt kann diese Leere kompensieren, und dann sitzt man plötzlich mit einem alten Mann und einem latent aggressiven Schäferhund in einem Wohnmobil.

»Je älter man wird, umso häufiger sieht man seine Bekannten auf Beerdigungen«, sagte Helmut aus dem Nichts heraus.

Ich öffnete die Augen komplett und drehte den Kopf zu ihm.

»Glauben Sie mir, ich hatte sogar Bekannte, die ich ausschließlich auf Beerdigungen traf«, fuhr er fort, »das liegt am Alter. Lisbeth zum Beispiel ließ wirklich keine einzige aus, außer ihrer eigenen, ha. Sie war eine richtige Beerdigungstouristin, das können Sie mir glauben. Letzten Herbst verunglückte sie mit ihrem Mann auf einem Segeltörn, die Leiche ihres Mannes wurde eine Woche später an der portugiesischen Küste angespült, von Lisbeth hingegen fehlte jede Spur. Nach ein paar Monaten gab man die Suche auf und beerdigte einen leeren Sarg. Ich hatte versucht, mehreren Leuten zu erklären, wie lustig das war, aber sie fanden mich nur seltsam. Mir auch egal. Ich finde Leute auch seltsam.«

Ich musste grinsen, woraufhin Helmut – vermutlich zufrieden darüber, dass ich die Komik erkannte – vor sich hin lächelte.

»Ihr Bruder. Der ist jetzt tot?«, fragte er nach einer Weile.

»Ja.«

»Aha.«

Er schwieg wieder, schaltete und fuhr rechts ran. Ich hatte mich schon dran gewöhnt, dass er nur dann redete, wenn es ihm in den Kram passte. Wir standen am Rand einer Landstraße, die Sonne stand trotz des fortgeschrittenen Tages noch recht hoch am Himmel und um uns herum brüllten die Rapsfelder mit ihren gelben Blüten die Stäbchen und Zapfen unserer Netzhäute an.

»Wieso mischt man die Felder nicht?«, hattest du mich mal bei einem Fahrradausflug gefragt, als wir an einem Rapsfeld vorbeikamen.

»Wie meinst du das: mischen?«, fragte ich zurück und blieb neben deinem Fahrrad stehen.

Du warst schon abgestiegen.

»Na ja, wenn jetzt eine Hummel kommt und Raps nicht so gerne mag, dann findet die hier nichts anderes. Das ist doch blöd. Im Supermarkt gibt es ja auch viele Sachen, zum Beispiel möchte ich manchmal Käse haben, aber manchmal dann auch Schokolade. Das ist doch scheiße für die Tiere.«

»*Scheiße* sagt man nicht.«

»Du sagst dauernd *scheiße*!«

»Ja, okay. Jedenfalls machen die Bauern das, weil das so viel effektiver für sie ist. Dann müssen sie am Ende nicht sortieren, sondern haben einfach einen großen Berg Raps. Den verkaufen sie, dann wird daraus Öl gemacht und so weiter.«

Deine Stirn runzelte sich.

»Ich verstehe«, fuhrst du fort, »aber das ist doch nicht gut für die Natur. Nicht alle Tiere können Raps essen oder mögen ihn. Und wenn sie dann zu müde sind, eine Sonnenblume zu finden, oder Mohn, dann sterben sie doch. Dann verhungern sie.«

»Das ist richtig.«

»Wollen wir zu dem Bauern fahren und ihm das sagen?«

»Puh, Tim. Ich weiß nicht. Woher wissen wir denn, wem das Feld gehört?«

»Stimmt.«

Wir einigten uns dann darauf, dass du dem Landwirtschaftsministerium in Hessen einen Brief schreiben würdest, um ihnen deine Bedenken mitzuteilen. Eine Antwort solltest du nie erhalten.

»Der Hund muss mal raus«, sagte Helmut. Wir waren vielleicht dreißig Kilometer weit gekommen.

»Ja, gut.«

»Ja, und ich muss auch mal auf Toilette.«

»Okay.«

»Ja, also Sie müssten halt mit dem Hund kurz Gassi.«

»Was? Ich?«

»Also ich kann nicht beides gleichzeitig und wir wollen doch heute noch in Frankfurt ankommen.«

Er stieg aus, ich blieb sitzen. Das war hoffentlich nicht sein Ernst. Doch kurz darauf riss er meine Tür auf, in der Hand die Leine, neben ihm Judy. Ich stieg aus und nahm ihm zögerlich die Leine aus der Hand. Helmut stapfte mit einer Rolle Toilettenpapier bewaffnet in Richtung eines nahe liegenden Waldrandes davon.

Da stand ich nun. Ich blickte den Hund an, der mich seinerseits misstrauisch beäugte. Man konnte wirklich kaum sagen, wem diese ganze Situation unangenehmer war, mir oder dem Tier, das mich anscheinend einfach nicht ausstehen konnte. Ich lief zwei Schritte, zog vorsichtig an der Leine und sagte »Komm!«, während ich jeden Moment damit rechnete, angefallen zu werden und das Rapsfeld mit meinem Blut zu sprenkeln. Ich hatte richtig Angst. Judy setzte sich in Bewegung und schloss zu mir auf.

Das Wetter war schön und um uns herum war reger Luftverkehr. Dicke Hummeln bummelten von Blüte zu Blüte, kleine Mücken rammten meine Nase und versuchten taumelnd, sich nach diesem unerwarteten Verkehrsunfall zu sammeln, Schwebfliegen präsentierten auf Rapsblüten ihr wespenartiges Hinterteil und bemühten sich, möglichst gefährlich zu wirken, während sie sich in Ruhe stärkten. Es war ein stetes Brummen und Summen und Zirpen und Flattern und ich spürte den Drang, in das Rapsfeld zu rennen, mit den Armen zu wedeln und sinnlos herumzuschreien.

Der Hund hatte anscheinend endlich beschlossen, dass ich

vielleicht doch nicht so gefährlich war, und war dazu übergegangen, das Feld zu untersuchen. Die Hochleistungsnase war grau vor Staub, die Raubtieraugen leicht zusammengekniffen, um sie gegen Schmutz und Insekten zu schützen.

Judys Körpersprache mir gegenüber sagte deutlich: *Achtung, ich trau dir nicht.* Die Hündin hockte sich hin, pinkelte und ich stand ein wenig unangenehm berührt daneben, dann drehte sie sich auf dem Absatz um und zog eindringlich Richtung Wohnmobil zurück, was ich ihr nicht verwehrte.

Es dauerte ewig, bis Helmut zurückkam, bestimmt zwanzig Minuten. Er hatte das Wohnmobil abgeschlossen, weshalb ich einfach nur neben der Fahrerkabine stand und wartete. Ich traute mich nicht, mich hinzusetzen, weil ich nicht absehen konnte, wie Judy reagieren würde, wenn ich so in ihren Raum drängte, also lehnte ich mich einfach an das Gefährt und spürte, wie sich die Hitze des durch die Sonne erwärmten Metalls durch meine Klamotten fraß.

Ich wusste nicht viel über alte Männer, aber wenn Helmut so eine schwache Blase wie unser Opa hätte, würden wir erst lange nach Einbruch der Dunkelheit in Frankfurt ankommen, da wir dann locker alle dreißig Minuten eine Pinkelpause würden machen müssen. Irgendwann sah ich, wie er aus dem Wald herauskam und eilig auf das Wohnmobil zulief, was bei seinem Tempo immer noch eine Ewigkeit dauerte, so hektisch das alles auch aussah. Seine Haare flatterten im Wind und er erinnerte mich wieder einmal an ein Taubenjunges.

»Und, hat es geklappt?«, fragte er mich, als er bei uns angekommen war.

»Was?«

»Na, hat Judy gemacht?«

»Also, sie hat gepinkelt.«

»Ja, aber sie muss doch kacken.«

»Das haben Sie nicht gesagt. Aber nach dem Pipi hat sie mich auch zum Wagen zurückgezerrt.«

Helmut sah mich an, als könne ich auch wirklich nichts richtig machen.

»Ja, dann müssen wir jetzt halt noch mal Gassi.«

»Okay, ich warte drin.«

»Neee, Sie kommen mit, Sie können ja nicht einfach allein in meinem Wohnmobil bleiben.«

»Wieso nicht?«

»Entschuldigen Sie mal, ich kenne Sie gar nicht, nicht dass Sie da irgendwie herumwühlen. Also los jetzt.«

Das war der erste Moment, an dem ich bereute, mitgefahren zu sein, und ich verrate nicht zu viel, wenn ich sage, dass noch viele weitere folgen würden.

Wir liefen wieder auf den Waldrand zu, Judy durfte jetzt ohne Leine laufen und nutzte die Freiheit, um alles genau zu untersuchen.

Immer, wenn ich einen Wald betrete, ist es so, als tauche ich in eine ganz neue und fremde Welt ein. Das Klima ändert sich merklich, die Luft wird feuchter, dicker, präsenter, würziger. Du sagtest dazu einmal: »Der Wald ist saftig!« Das war in Dänemark, wohin wir jedes Jahr mit unserer Familie reisten, mit Mama und Papa, Oma und Opa, unseren Tanten und Onkels und Cousinen und Cousins.

Dort waren die Wälder ganz anders als hier. Während sich bei uns zu Hause im Reinhardswald mächtige Buchen und Eichen dem Himmel entgegenstreckten, gab es in unserem dänischen Feriengebiet fast nur Nadelbäume, die zudem aussahen, als hätten Elfen sie verzaubert. Mit ihren kleinen verdrehten Stämmchen schienen sie sich voreinander zu verbeugen, die

Köpfe besetzt mit Hüten aus trockenen grünen Nadeln. Der tägliche Kampf mit dem starken Wind an den Küsten hatte sie gezeichnet und sie Demut gelehrt.

Du und ich spielten immer, dass wir Riesen wären, weil diese Bäumchen kaum höher als zwei oder drei Meter wurden. Oft lagen wir dort auch auf der Lauer, um Kobolde zu erwischen.

»Gibt es Kobolde in echt?«, fragtest du mich damals, »oder Hauselfen oder Elfen oder andere kleine Zauberwesen?«

»Nein.«

»Kannst du das beweisen?«, kam sofort der Einwand.

»Nicht wirklich.«

»Wieso bist du dir dann so sicher?«

»Tim, ich habe noch nie welche gesehen und ich kenne niemanden, der glaubhaft behauptet, welche gesehen zu haben.«

»Fast die ganze Tiefsee ist noch nicht erforscht. Sagst du dann auch, dass es keine neuen Krabben mehr gibt?«

»Neee, aber –«

»Siehst du? Woher willst du es also wissen?«

Tja. Woher sollte ich es wissen.

Jetzt schreckte ich aus meinen Gedanken auf, als mir ein Zweig ins Gesicht schlug. Helmut hatte einen in den Weg ragenden Busch beiseitegeschoben und sich nicht die Mühe gemacht, darauf zu achten, ob mich der zurückschnellende Ast im Gesicht traf. Nett.

Wir waren schon ein Stück in den Wald hineingelaufen, unsere Schrittgeräusche wurden durch den weichen Waldhumus abgedämpft. Die vom Harzduft erfüllte Luft beruhigte mich und es war plötzlich so still und die fahrenden Autos waren so weit weg, dass ich mir vorkam, als habe man mir Watte in die Ohren gedrückt.

»Wissen Sie, dass man Pappeln am Geräusch erkennen kann?«, fragte Helmut in die Stille hinein, während Judy konzentriert schnüffelnd über den weichen Boden raste, der donnernde Schrecken des Waldes für alle kleinen Tiere.

»Im Wind klingen sie wie feines Aluminium, das aneinanderschlägt«, antwortete ich, »also wegen der Blattstiele.«

Helmut blieb abrupt stehen.

»Woher wissen Sie das?«

»Ich bin Biologin.«

»Wirklich?«

»Ja, wirklich«.

Das schien ihm Respekt abzunötigen und so etwas wie Sympathie. Er nickte anerkennend, was für ihn damals schon eine Art Gefühlsausbruch war.

»Ich war früher Förster.«

»Echt?«

»Ja, unter anderem.«

»Was ist Ihr Lieblingsbaum?«, fragte ich ihn.

»Ich finde Eichen und Birken gut«, antwortete er nach kurzem Überlegen.

Megakrass, würdest du jetzt vermutlich sagen. Denn Birken waren auch deine Lieblingsbäume, und es sind auch meine.

»Ich finde Birken auch gut«, sagte ich.

Wir liefen gemächlich weiter. Helmut sammelte einen großen Ast vom Boden auf und nutzte ihn als Wanderstock.

»Helga hat den Wald geliebt«, setzte er das Gespräch fort. »Sie mochte vor allem die Tiere. Sowieso liebte sie Tiere, ich durfte zu Hause nicht einmal Fliegen erschlagen, ich musste sie mit einem Glas fangen und heraustragen. Haben Sie schon einmal eine Fliege mit einem Glas gefangen?«, fragte er.

Ich schüttelte den Kopf.

»Genau. Es ist fast unmöglich. Die Frau hat mich verrückt gemacht, wirklich. Aber ihr zuliebe bin ich dann eben durch das Haus gelaufen und habe diese verdammten Fliegen gefangen.«

»Haben Sie zusammengewohnt?«, fragte ich.

Helmut sagte nichts. Er pfiff und Judy, die mittlerweile auch das große Geschäft erledigt hatte, kam angerannt.

»Wir müssen zurück, damit wir noch vor Einbruch der Dunkelheit ankommen.«

Er drehte sich um und wir gingen zum Wohnwagen zurück. Wir sprachen nicht mehr und lauschten nur Judys trommelnden Schritten, ihrem Hecheln und dem Leben und Sterben der kleinen, für uns unsichtbaren Tiere um uns herum.

9160

Wir waren nur knapp zwanzig Kilometer weiter gekommen, als wir erneut rechts ranfahren mussten. Ich war mir wirklich nicht sicher, ob wir Frankfurt in diesem Tempo überhaupt noch erreichen würden, bevor es Herbst wurde. Die Strecke ist normalerweise in zweieinhalb Stunden mit dem Auto zurückzulegen, sofern man die Autobahn nimmt. Mit dem Wohnmobil kann man vielleicht mit drei oder dreieinhalb Stunden rechnen. Aber wenn es so weiterging und wir auch noch zusätzlich über diese Landstraßen gurkten, würden wir mindestens fünf Stunden brauchen, wenn nicht noch mehr.

»Es wird Zeit, etwas zu essen«, sagte Helmut. »Außerdem muss ich noch mal auf Toilette. Ich kenne den Wald hier, da hinten ist ein kleiner See an einer Lichtung, dort kann man gut Pause machen.«

Er schnallte sich ab und stieg aus, ging nach hinten, kramte ein bisschen herum und trug Brot und verschiedene Aufschnitte nach vorn. Er drückte mir alles in die Hand, begab sich noch einmal nach hinten und brachte eine Thermoskanne, zwei Becher und Kondensmilch mit und stellte alles auf dem Boden ab.

»Sie trinken doch Kaffee?«, fragte er mich.

Ich nickte. Helmut nahm mir das Essen wieder aus der Hand und packte alles zusammen mit dem Kaffee in eine Leinentasche, ließ Judy aus dem Wagen und schloss das Wohnmobil ab. Er lief vor und ich blieb ungefähr zwei Meter hinter ihm, um am Handy die restlichen Nachrichten von gestern zu beantworten, bis zu denen ich eben während der Fahrt noch nicht gekommen war. Meine beste Freundin fragte, wo ich stecken würde, meine Mutter erkundigte sich, ob es mir gut ginge. Ich antwortete beiden, dass sie sich keine Sorgen machen sollten und ich einen Freund besucht hätte, und packte das Handy wieder weg. Der Akku war fast leer und die Powerbank im Wohnmobil. Egal.

Wir liefen wieder durch einen Wald. Helmut drückte mir den Beutel und die Hundeleine, die mittlerweile wieder an Judys Halsband festgemacht war, in die Hand.

»Einfach geradeaus weitergehen, da kommen Sie an eine Lichtung und können uns einen Platz zum Essen suchen, da gibt es Tische«, erklärte er und verschwand wieder mit seiner Rolle Toilettenpapier im Unterholz.

Ich ruckte an der Leine, sagte »Komm« und Judy lief mit mir mit – zwar nicht begeistert, aber doch motivierter als noch bei der letzten Rast. Ich dachte mir: *Es wird.* Auf den Anblick, der sich uns bot, als wir aus dem Wald auf die Lichtung traten, waren wir jedoch beide nicht vorbereitet. Judys Nackenhaare stellten sich instinktiv auf, ihre Beine wurden steif und sie begann zu knurren. Auch ich erstarrte. Vor uns auf der Lichtung befanden sich ungefähr zwanzig alte Menschen. Und sie waren alle nackt.

Ich war wie versteinert. Eine ältere Frau mit rot gefärbten Haaren und sehr runzeliger Haut winkte uns zu.

»Kommen Sie ruhig, wir beißen nicht!«, lachte sie.

Mechanisch setzte ich mich in Bewegung, dabei drehte ich mich um, um zu gucken, ob Helmut irgendwo zu sehen war, doch nichts. Ich sah, dass ein von zwei Bänken flankierter großer Holztisch ganz hinten auf der Lichtung frei war, und steuerte ihn an. Um mich herum baumelten siebzig und achtzig Jahre alte Brüste, Hoden und Hintern und ich versuchte, so wenig wie möglich irgendwo hinzuschauen, um mich nicht wie eine Spannerin zu fühlen.

Judy lief eng an mich gedrückt neben mir, anscheinend war ihre neue Mission jetzt, mich zu beschützen. Irgendwie war ich den Nackten fast schon dankbar, dass dadurch das Feindbild *Paula* durch das Feindbild *Nackte alte Menschen* in Judys Hirn ersetzt wurde und ich in ihrer Sympathie-Hierarchie ein wenig aufstieg. Vielleicht würden wir ja doch noch Freundinnen werden. Als ich es zum Tisch geschafft hatte, atmete ich erleichtert auf und begann, das Essen aus der Tasche zu packen, als ich plötzlich einen schraubstockartigen Griff am Arm spürte.

»Wir müssen hier weg!«, zischte es in mein Ohr. Helmut war anscheinend von seiner Toilettenpause zurückgekommen.

»Was?«

»Jetzt, los! Ich will hier nicht in eine Orgie hineingeraten.«

Ich blickte mich um. Keine Ahnung, wie Helmut sich eine Orgie vorstellte, ich sah hier nur einen Haufen sehr alter, sehr nackter Menschen, die nicht gerade so wirkten, als würde es hier gleich rundgehen. Die Hälfte von ihnen hatte diverse Gehhilfen dabei und konnte kaum ohne fremde Hilfe vom Boden aufstehen.

»Ähm, okay«, gab ich jedoch nach.

»Helmut?«, sagte plötzlich jemand hinter uns.

Wir drehten uns um. Vor uns stand ein alter Mann mit lichtem, weißem Haar, einem kräftigen Schnurrbart und einem opulenten Bierbauch, der sein Gemächt halb verdeckte. Ich versuchte krampfhaft, nicht nach unten zu sehen.

»Ernst«, sagte Helmut knapp, konnte sich dann aber doch ein schmallippiges Lächeln abringen.

»Ei Gude wie, so eine Überraschung!«, rief Ernst. »Was machst duuuu denn hier?«

Er lief mit ausgebreiteten Armen auf Helmut zu, der extrem angespannt und nervös auf den runzeligen Penis sah, der sich ihm aufgeregt und unkontrolliert hin und her baumelnd näherte. Ernst drückte Helmut an sich, der sich in der unangenehm intensiven Umarmung des Mannes versteifte und ihn schnell von sich schob. Judy knurrte und ich hielt sie fester aus Angst, sie könne dem fremden Mann in den Schritt beißen.

»Ähm ja, hallo, ja danke. Wir sind auf der Durchreise«, sagte Helmut.

Jetzt wurde Ernst auf mich aufmerksam.

»Und Sie sind?«

»Ähm …«, begann ich.

»Die Hundesitterin. Ja, also sie hat auf Judy aufgepasst und jetzt fahre ich sie nach Hause.«

»Och, das ist aber nett von dir, Mensch!«

Ernst begann, auf mich zuzulaufen, da stellte sich Judy knurrend vor mich und bewahrte mich vor einer zu herzlichen Begrüßung. Der Mann wollte uns überreden, mit seinen Freunden zu grillen, doch Helmut ließ ihn sanft, aber bestimmt abblitzen und schob mich regelrecht von der Lichtung auf den Waldweg zurück.

»Das war Ernst«, sagte Helmut.

»Okay.«

»Ja. Und die FKK-Freunde Bad Wildungen.«

»Die … die was? Waren Sie da mal Mitglied?«

»Quatsch. Ernst war mal unser Nachbar, aber das ist lange her. Wirklich lange, bestimmt vierzig Jahre. Seitdem haben wir nur noch losen Kontakt. Sein Sohn war mit meinem Sohn befreundet.«

»Sie haben einen Sohn?«, fragte ich und dachte an das Foto des Jungen in Helmuts Wohnzimmer.

Wieder schwieg Helmut und stapfte weiter vor sich hin. Da war sie wieder, die Helmut'sche Mauer, gegen die man anscheinend sehr schnell prallte, wenn man zu viele Fragen stellte.

»Wir können beim Wohnmobil essen«, sagte er, als wir aus dem Wald heraustraten. Während wir auf zwei kleinen Klappstühlen vor dem Wagen aßen, sprach niemand ein Wort. Ich fragte mich, wieso es im Wohnzimmer keine Bilder von dem Jungen gab, als er älter wurde. Ob das sein Sohn und dieser vielleicht auch gestorben war, oder ob Helmut geschieden war und die Mutter keinen Umgang erlaubt hatte? Ich fragte mich, wo der Junge jetzt war ob er sich vielleicht einfach von seinem sturen und schwierigen Vater entfremdet hatte. Ich sah zu Helmut, der ein Wurstbrot kaute. Seine verwaschen grauen Augen waren zum Himmel gerichtet, der sich in den Pupillen spiegelte. Die Hand mit dem Wurstbrot zitterte und als er merkte, dass ich das sah, legte er das Brot auf den Teller und steckte die Hand schnell in die Hosentasche.

8930

Die meisten Leute wissen gar nicht, wie jemand aussieht, der Gefahr läuft zu ertrinken. Also, in Wirklichkeit und nicht nur im Film. Im Kino oder im Fernsehen rufen sie immer und rudern wild mit den Armen, das Wasser spritzt und es ist ein großer Lärm. Idealerweise sieht das dann ein Rettungsschwimmer oder Passant oder sonst wer und rennt dann los, den Menschen aus seiner Not zu retten. *Puh, das war knapp*, denkt man dann erleichtert als Zuschauer und glaubt, so liefe das, jetzt wisse man Bescheid über das Ertrinken und so. Stimmt aber gar nicht.

Menschen ertrinken leise, das habe ich mittlerweile durch Gespräche mit meinem Nachbarn gelernt, einem ehemaligen Rettungsschwimmer. Wenn man wirklich dabei ist zu ertrinken, hat man gar keine Kraft zu fuchteln und zu schreien und auch nicht die Fähigkeit zu koordinieren, sonst könnte man sich ja vielleicht auch retten. Wer ertrinkt, macht kein Geräusch. Fuchtelt nicht. Ruft nicht. Wer ertrinkt, ist so beschäftigt damit, sich über Wasser zu halten, dass er zu kraftlos für irgendwas anderes ist. Eine falsche Bewegung und der Kopf ist unter Wasser. »Wenn Kinder ertrinken, ertrinken sie lautlos«, hat mein Nachbar mir erzählt – was für ein furchtbarer Satz. Man sehe sein Kind im Meer schwimmen, Kopf über Wasser, keine Rufe und nichts, alles sei okay. Und wenn man im Buch die Seite umblättere und wieder hochschaue, sei der Kopf eben plötzlich weg.

Bis heute kann ich nicht aufhören mir vorzustellen, wie das bei dir war, Ertrinken ist so ein grausamer und schmerzhafter Tod. Wie du nicht weit weg von Mama und Papa im Meer warst und keine Kraft hattest, auf dich aufmerksam zu machen. Wie du vermutlich gekämpft hast, dich über Wasser zu halten. Vielleicht gehofft hast, dass jemand zu dir sieht und deine Notlage erkennt. Wie nah du Mama und Papa warst, wie nah! Wie du immer müder wurdest. Wann du realisiert hast, dass niemand kommen würde. Was du dann gedacht hast. Wie sich das angefühlt hat, ganz klar zu denken: *Jetzt sterbe ich.* Ob du an die Fische gedacht hast oder vielleicht an ganz etwas anderes? Hoffentlich nicht an mich. Bitte nicht an mich.

Jedes Mal, wenn ich an all das denke (auch jetzt noch manchmal), fühle ich mich dem Wahnsinn so nah und wundere mich, dass mein Körper dabei nicht in eine Million kleiner Stücke gerissen wird. Am liebsten würde ich meine Nägel in meine Bauchdecke schlagen und sie aufreißen, mich selbst in tausend blutige Stücke zerfetzen, meinen Schädel öffnen und mein Gehirn mit einem Ruck aus meinem Kopf holen, damit ich mir das alles endlich nie wieder vorstellen muss.

Dass ich weinte, hatte ich gar nicht richtig bemerkt. Erst als ich realisierte, dass wir schon wieder angehalten hatten, und sah, dass Helmut mich wortlos anstarrte, konnte ich mich im Hier und Jetzt verorten und mich selbst auch wieder spüren. Ich hatte schon wieder an dein Ertrinken gedacht, mir wieder alles vorgestellt, die Schuld gespürt und merkte jetzt, wie Tränen und Rotz mein Gesicht eroberten. Ich wischte mir mit den Händen über Augen und Nase und schmierte anschließend alles an meiner Jeans ab.

Das Wohnmobil stand vor dem Ortsschild einer kleinen

Stadt am Rande eines Feldes, Helmut saß ganz ruhig auf dem Fahrersitz und sah mich geduldig an, er schien nicht einmal zu blinzeln, was irgendwie auch ein bisschen gruselig war. Er erinnerte mich an ein Reptil.

»Geht's wieder?«, fragte er.

»Nein.«

»Verstehe.«

Er sah nach vorn aus der Windschutzscheibe, die Hände immer noch am Lenkrad, ganz so, als fahre er einen unsichtbaren Weg entlang und müsse sich sehr konzentrieren.

»Das Schlimme an der Trauer ist ja, dass sich die Welt um einen herum einfach weiterdreht«, fing er an zu reden, »man selbst fühlt sich grauenvoll, doch alle anderen gehen zur Arbeit, besuchen das Kino, schauen Komödien und lachen, sie schlafen ganz normal und ja … leben eben ihr Leben. Man ist plötzlich ganz allein, weil man sich ganz anders anfühlt als die Leute um einen herum, also in sich drin, Sie wissen schon. Man ist wütend, weil man denkt: Jetzt wartet doch mal, wisst ihr nicht, was passiert ist? Die Welt geht unter! Und die Realität ist eben: Nö. Man ist nicht wichtiger im Lauf der Dinge als die anderen. Die Welt geht auch nicht unter. Der Alltag geht halt so voran und schleppt einen auch irgendwie mit. Und was einem da vielleicht so vorkommt, als sei es eine unglaubliche Qual, ein furchtbarer Affront, ist dann später auch die einzige Chance, wieder zurechtzukommen. Weil man irgendwann wieder in das Karussell einsteigen und mitmachen kann, wenn man bereit dazu ist. Eben, weil es nicht stehen geblieben ist. Die Welt wartet nicht auf einen, das tut sie nie, glauben Sie mir – aber sie läuft einem auch nicht davon. Das ist eine gute Sache, wissen Sie. Ich hab das schon sehr jung gelernt, Sie lernen es eben jetzt.«

Ich zog die Beine ganz eng an meinen Körper ran und machte mich klein, ich legte meinen Kopf auf meine Knie und komprimierte mich wie einen Ball, versuchte, dem Außen möglichst wenig Angriffsfläche zu geben und mein Inneres irgendwie zusammenzuhalten.

»Ich hab keine Ahnung, wie es jetzt weitergeht«, sagte ich leise.

Helmut trommelte mit den knotigen Fingern auf das Lenkrad und bekam plötzlich einen ordentlichen Hustenanfall. Ich beugte mich rüber und klopfte ihm unbeholfen auf den Rücken, was er fuchtelnd abzuwehren versuchte.

»Das macht es nur schlimmer«, krächzte er zwischen zwei trockenen Hustern.

Als der Anfall abebbte, hing er keuchend über dem Lenkrad.

»Sind Sie krank?«, fragte ich ihn.

»Es ist nichts«, antwortete er. »Fahren wir weiter.«

8750

»Einmal die Calamari und ein Wasser mit einer Scheibe Zitrone«, brummelte Helmut dem Kellner zu.

Wir waren in diesem winzigen Dorf in einem Gasthaus eingekehrt, obwohl wir noch gar nicht so lange unterwegs waren und auch schon etwas gegessen hatten, aber eine Fahrt mit einem über Achtzigjährigen war eben was anderes als mit Leuten meines Alters. Außer uns waren keine anderen Gäste da.

»Kraken gehören zu den intelligentesten Lebewesen, die wir haben«, warf ich ein.

»Ja. Schmecken auch gut mit Panade und so Zitrone oben drauf«, antwortete Helmut trocken.

»Nein wirklich, man sollte die nicht essen. Sowieso sollte man keine Tiere essen.«

»Na ja, ein Tintenfisch ist ja keine Kuh.«

»Die können mit der Haut sehen.«

»Was?«

»Na, die Tintenfische. Und jeder Arm wird über eine Art Gehirn autonom gesteuert.«

»Das ist ja –«

»Manche von ihnen leuchten im Dunkeln. Und sie haben Empathie und können zum Beispiel einzelne Menschen mögen oder nicht mögen.«

»Was wird das hier?«

»Die Weibchen fächeln ihrem Gelege dauernd frische Luft zu und verteidigen es …«

»Stopp –«

»… vor allen Feinden. Sie verhungern langsam, während die Kinder in ihren Eiern heranwachsen, und wenn sie schlüpfen, ist die Mutter in der Regel tot. So wichtig sind ihr ihre Kinder. Ganz anders als bei Schnecken und anderen Weichtieren, die einfach viele Eier legen und dann das Beste hoffen. Ist das keine Hingabe? Die Mütter opfern sich und dann kommen wir und tunken ihre Kinder in Zitronensoße. Grauenvoll.«

Der Kellner stand immer noch an unserem Tisch und hörte dem Gespräch unbeteiligt zu, bereit, meine Bestellung aufzunehmen. Helmut funkelte mich grimmig an.

»Streichen Sie den Tintenfisch, ich nehme die Kartoffelpuffer mit Apfelmus«, sagte er und setzte in meine Richtung nach: »Oder können Äpfel auch mit der Schale sehen?«

»Nö. Ich nehm auch Kartoffelpuffer und eine Spezi, danke.«

Als der Kellner gegangen war, schwiegen wir uns an. Ich dachte an Tintenfische, an ihre Arme, die unabhängig voneinander agieren können. Fragte mich, wie sich so eine Tintenfischumarmung wohl anfühlen mochte. Vermutlich fühlte man sich entweder sehr geborgen oder sehr, sehr bedroht, dazwischen wird es wohl wenig geben. Helmut hingegen dachte vermutlich daran, wie sehr er mich loswerden wollte. Sein Blick zumindest war maximal grimmig.

»Wieso wissen Sie so viel über Tintenfische?«, fragte er in die Stille hinein.

»Ich bin Biologin.«

»Ja, ich weiß. Das sagten Sie ja bereits. Aber da gibt es ja auch verschiedene Gebiete, könnte ja sein, dass Sie zum Beispiel einfach viel über Pflanzen wissen, oder über Bakterien.«

»Ich studiere Zoologie, beziehungsweise habe ich es. Da habe ich mein Faible für Meerestiere so richtig ausleben können. Also das kam vor allem durch meinen Bruder, der war ganz verrückt nach Fischen und allem, was mit dem Meer zusammenhängt.«

»Sind Sie fertig mit dem Studium?«

»Ja, na ja, fast. Also ja, eigentlich schon, ich bin gerade in ein Doktorandenprogramm aufgenommen worden, habe das aber jetzt erst mal ad acta gelegt.«

»Weil Ihr Bruder tot ist?«

Dass Helmut eher der schnörkellosere Typ war, hatte ich ja schon vorher festgestellt.

»Ja.«

»Verstehe. Das ist aber dumm.«

»Wieso?«

»Na, wie lenken Sie sich denn jetzt ab?«

»Im Moment eigentlich gar nicht … aber ich konnte mich nicht mehr konzentrieren.«

»Aber Sie brauchen doch eine Struktur. Was machen Sie denn jetzt den ganzen Tag lang?«

»Na ja … irgendwie nichts.«

»Das ist doch kein Leben.«

»… sagt der Mann, der die verbrannten Überreste einer Freundin auf einem Friedhof ausgebuddelt und gestohlen hat.«

»Na, wenigstens tu ich was! Und vergessen Sie bitte nicht, dass ich Sie da getroffen habe. Sonst wären Sie ja nicht hier.«

»Ja, das stimmt. Sehen Sie, ich mache auch was.«

»Was haben Sie da eigentlich gesucht, am Grab Ihres Bruders?«

Bevor ich antworten konnte, kam der Kellner und brachte uns unsere Kartoffelpuffer, zusammen mit den Getränken. Ich stocherte in meinem Essen und dachte nach. Was hatte ich da eigentlich gemacht?

Die Erwartung war auf jeden Fall, irgendwas zu fühlen, irgendetwas zu spüren, das eine Veränderung herbeiführt. Damit das Leben vielleicht irgendwie weitergehen konnte und ich nicht weiter wie ein Stückchen Plankton durch die große schwarze Tiefsee trieb – darauf wartend, von einem großen Fisch verspeist zu werden, damit das Elend endlich ein Ende hatte. Ich dachte, wenn ich vor deinem realen Grab säße, würde ich vielleicht Halt finden, würde die Wirklichkeit in meinen Geist sickern und dieses endlose Rauschen endlich abklingen lassen. Das alles ist aber nicht passiert. Ich dachte auch dort nur an dich und wie du und ich nie mehr als *wir* unterwegs sein würden.

»Ich weiß es nicht«, antwortete ich Helmut.

Während ich auf meinem Teller eine Art Massaker mit dem Kartoffelpuffer anrichtete, schnitt Helmut alles in akkurate Stücke, dippte sie je einmal ins Apfelmus und führte die Gabel dann tadellos zum Mund, während ich schon meinen halben Schoß vollgekrümelt hatte. Ich spürte, wie Helmut mein Schlachtfeld inspizierte.

»Sie sind schon ein bisschen so ein hoffnungsloser Fall, oder?«, fragte er mich und hatte dann wieder einen seiner Hustenanfälle.

»Das kann schon sein, ja.«

»Was machen Sie, wenn ich Sie zu Hause abgesetzt habe?«, wollte er nach ein paar Sekunden wissen, als er sich wieder gefangen hatte.

»Ich weiß nicht. Schlafen. Und dann mal sehen.«

»Was ist mit Ihren Eltern?«

»Die wohnen bei Ihnen in der Stadt.«

»Kümmern die sich nicht um Sie?«

»Die denken, mir gehe es ganz okay. Sie sind auch sehr mit sich beschäftigt.«

73

»Das ist doch Unsinn. Eltern merken, wenn was nicht stimmt. Bestimmt sorgen sie sich wie verrückt.«

Ich sagte nichts.

»Also, ich fahre weiter in die Alpen, um Helgas Asche an meinem Elternhaus zu verstreuen und vorher noch den ein oder anderen Ort anzusehen.«

»Ja, das haben Sie schon erzählt.«

»Ja. Und wenn Sie wollen, können Sie mitfahren.«

Ich starrte ihn an, doch er schaute nur auf seinen mittlerweile fast komplett leeren Teller und mied meinen Blick.

»Dann hätten Sie ein bisschen Struktur und ich hätte Hilfe mit Judy und allem, das wäre schon gut.«

»Hm.«

Ich begann zu überlegen. Zuerst fragte ich mich, wo dieser Sinneswandel bei Helmut plötzlich herkam. Er wirkte jetzt nicht unbedingt wie ein Mensch, der gerne mit anderen in den Urlaub fährt oder überhaupt irgendwie gerne unter Leuten war. Dann dachte ich darüber nach, wie das für mich wäre. Ich liebe die Berge, also würde das passen. Ich dachte: *Vielleicht tut mir das gut.* Ich dachte: *Vielleicht ist es genau das, was ich jetzt brauche.* Ich dachte: *Vielleicht ist das eine komplette Scheißidee, aber irgendwas muss ich machen.*

»Okay«, sagte ich dann einfach, »aber wir müssen trotzdem kurz zu mir, weil ich ein paar Sachen holen muss.«

»Haben Sie ein Zelt, Schlafsack und Isomatte?«

»Äh, ja, wieso?«

»Sie können nicht bei mir im Wohnmobil schlafen.«

»Was?«

»Da ist kein Platz.«

Ich dachte an das riesige Fahrzeug und zog die Augenbrauen hoch.

»Ja, ich hab noch Kisten und große Gegenstände dabei, das geht nicht.«

»Okayyyy, mhh, also ich habe Ausrüstung.«

»Sehr gut.«

»Ist es in den Alpen nicht, na ja, ein bisschen kalt zum Zelten?«

»Ach, Sie werden schon nicht erfrieren. Wir haben Sommer. Ja, die Nächte werden kühl, aber sooo hoch oben campieren wir ja nicht.«

Das waren super Aussichten. Dann konnte es ja losgehen.

8420

Wir kamen abends an meiner Wohnung an, nicht ohne noch zwei Pinkelpausen einzulegen. Angeblich für Judy, allerdings glaube ich, dass eher Helmut diese Pausen gebraucht hatte. Wir beschlossen, die Nacht über in der Stadt zu bleiben, er würde im Wohnmobil schlafen, ich in meiner Wohnung.

Ich schloss meine Wohnungstür auf, atmete diesen ganz speziellen abgestandenen Wohnungsgeruch ein und dachte sofort an eine Gruft. Die Rollläden hatte ich heruntergelassen, was kein Problem war, da meine Pflanzen alle sowieso schon vertrocknet waren, ich hatte sie während meiner Depression nicht gegossen. Ich starrte die knusprigen Leichen in ihren Töpfen an und fühlte mich schuldig. Gott sei Dank hatte ich keine Haustiere bis auf den Fruchtfliegenschwarm, der in der Obstschale in meiner Küche Quartier bezogen hatte. Ich wedelte die herumschwirrenden Tiere aus meinem Gesicht und schlängelte mich zwischen Pizzakartonhochhäusern zum Fenster durch, zog die Rollläden hoch und riss das Fenster auf. Sauerstoff, Gott sei Dank. Ich blickte auf die graue Hauswand gegenüber, die die Aussicht in meiner Wohnung stellte, und dachte, dass ich nach der Reise unbedingt in eine andere Wohnung ziehen sollte. Erst wollte ich die Obstschale einfach stehen lassen, dann dachte ich daran, was Helmut sagen würde, wenn er später für die Toilette hochkommen und morgen hier duschen würde. Vermutlich würde er sofort die Polizei rufen. Ich holte eine Rolle Mülltüten unter der Spüle hervor und dachte daran, wie du einmal als kleines Kind fast an so einer Tüte erstickt wärst. Wir hatten Verstecken gespielt und du warst vier oder fünf Jahre alt. Du hattest die Idee, dich als Müll zu tarnen, hast dir eine Plastiktüte über den Kopf gezogen und dich darin fürchterlich verheddert. Ein Arm steckte in einem der Henkel, sodass sich der Tütenrand bei jeder Bewegung enger um den Hals zog und du große Angst bekamst. Ich hörte dein Weinen und konnte dich rechtzeitig befreien, bevor du in den Marianengraben herabgesunken wärst. Was ich damals dachte: Ich habe verhindert, dass dein Leben vorzeitig beendet wurde, und sichergestellt, dass du noch viel, viel Zeit vor dir hast. Was ich jetzt weiß: Nur ungefähr fünf Jahre später hat dich das schwarze Nichts doch noch gekriegt.

Ich stand bewegungslos in der Küche und hielt die Rolle immer noch in der zitternden Hand. Trauer ist seltsam, dachte ich. Ich fühlte mich wie ein alter Rechner, der sich dauernd ohne offensichtlichen Grund aufhing und nur noch Fehlermeldungen auswarf, die aber alle keinen Inhalt hatten. *Wenn mich mal jemand neu starten könnte, wäre ich wirklich sehr dankbar*, dachte ich und rollte eine Tüte ab.

Ich warf gleich die komplette Obstschale hinein, Inhalt plus Behältnis, da ich mich sowieso nicht als eine Person sah, die Obstschalen besaß oder benutzte. Ich war weder eine Obstschalen- noch eine Olivenschiffchen-Person. Dass ich mehr als einen Teller und eine Tasse hatte, überraschte mich im Grunde selbst immer wieder. Das meiste, das man besitzt, ist doch sowieso unnötig. Was braucht man schon in einer Küche? Flache und tiefe Teller, Besteck, Tassen und Gläser, ein oder zwei Töpfe, eine Pfanne, ein gutes Küchenmesser und einen kleinen Bruder, der beim Kochen schon heimlich die komplette Packung Mozzarella auffrisst, sodass man eine zweite öffnen muss, um einen Salat zuzubereiten. Mehr nicht. Keine Zucchini-Schneider, keinen Blender, keine Obstschale.

Beseelt von diesem Gedanken schmiss ich einfach weiter Dinge in die Tüte, die zu keiner der oben genannten Kategorien gehörten. Was ich alles für Kram angehäuft hatte, es war unglaublich. Ich hatte nicht den Hauch einer Ahnung, wieso man ab einem bestimmten Alter dauernd Zeug für die Küche geschenkt bekam. Ich schmiss zwei verschiedene Nudelhölzer in die Tüte, eine Salatschleuder, beim Sieb zögerte ich kurz und beschloss dann, es als extravaganten Luxusgegenstand zum erleichterten Nudelnabgießen zu behalten. Ich entledigte mich einer manuellen Nudelmaschine und als ich diverse Silikonbackformen hinterherschmiss, musste ich eine zweite Tüte nehmen. Ich wütete zwanzig Minuten, bis ich sechs Säcke mit Küchengeräten vollgepackt hatte. Klappernd und stöhnend stolperte ich mit meiner Ladung Richtung Innenhof, stellte sie neben den Mülltonnen ab und klebte ein »Zu verschenken«-Schild dran – den Deckel eines Pizzakartons, den ich noch in der Wohnung kurzerhand mit einem Kugelschreiber beschriftet hatte. Ich war mir absolut sicher, dass viele meiner Nachbarn Olivenschiff-Menschen waren, und machte mir keine Sorgen darum, dass auch nur ein Sternförmchen wirklich im Müll landen würde.

Als ich nach der Aktion wieder in meiner Küche stand, die jetzt so aussah, als wäre ich ausgeraubt worden, fühlte ich mich ein wenig erleichtert. Das motivierte mich, mit der Müllsack-Rolle ins Schlafzimmer vorzurücken.

Ich riss ein T-Shirt nach dem anderen aus dem Schrank und stopfte alles in Säcke. Bei einem blieb ich hängen. Es war dunkelblau und hatte auf der Vorderseite einen Buckelwal auf-

gedruckt. Du hattest es mir zu meinem vorletzten Geburtstag geschenkt und ich hatte es so häufig getragen, dass es am
Halsausschnitt und an den Ärmeln schon ganz abgetragen
aussah. Ich zögerte, schmiss es dann in den Sack, um es direkt wieder herauszuholen und es mir über mein Shirt zu ziehen. Ich dehnte es ein bisschen und steckte die Nase an den
Halsausschnitt, als könne ich dich irgendwie riechen, aber das
war natürlich Unsinn. Da war kein Tim-Geruchsmolekül übrig, es war ja auch nicht dein T-Shirt gewesen, sondern dein
Geschenk an mich, und sowieso warst du noch viel zu jung, um
Gerüche an Klamotten zu hinterlassen. Als habe es dich nicht
gegeben. Unerträglich.

Ich riss weiter Klamotten aus den Schränken, verschnürte
die vollgestopften Säcke und brachte alles zu den Altkleider-
containern am Ende meiner Straße. Einmal steckte Helmut
seinen Kopf aus einem Wohnmobilfenster, um zu schauen, was
ich da machte, er sagte jedoch nichts. Als ich mit der ganzen
Aktion fertig war, besaß ich noch: vier T-Shirts, zwei kurze
Hosen, zwei lange Stoffhosen, zwei Jeans, zwei Röcke, vier
Pullover, zwölf Unterhosen, zwölf Paar Socken, acht BHs, vier
Bustiers, eine Strickjacke, einen Regenmantel, einen Winter-
mantel, eine Pilotenjacke, zwei Outdoor-Hosen, drei Funk-
tionsshirts, ein Merinounterwäsche-Set, eine Funktionsjacke,
zwei Paar Turnschuhe, zwei Paar Wanderschuhe (hoch und
tief), ein Paar Hausschuhe. Mehr als genug, wie ich fand. Jetzt
hatte ich keine Energie mehr. Schon der Gedanke an meine
Bücherwand im Wohnzimmer machte mich fertig. Ich legte
mich auf mein Bett und streckte Arme und Beine wie ein See-
stern von mir. Die Sonne war schon fast vollständig untergegangen und ich fühlte mich so erschöpft, als wäre ich seit drei
Tagen wach.

Nach einer Weile stand ich wieder auf, holte meinen gro-ßen Wanderrucksack und warf wahllos etwa ein Drittel meiner noch übrig gebliebenen Klamotten hinein. Dann folgte das typische Exkursionszeug: Waschmittel in der Tube, Sonnenschutz, Insektenschutz, Hygieneartikel, Trockenshampoo, Waschzeug, Zelt, Isomatte, Hüttenschlafsack, Sommerschlafsack, Arktisschlafsack, falls es doch kälter sein würde, mein aufblasbares Kissen, die selbst aufblasbare kleine Luftmatratze, ein Klapphocker, Campinggeschirr und -besteck, meine zwei liebsten Bestimmungsbücher. Als wäre das hier Urlaub, haha. Ich putzte meine Zähne, duschte und legte mich mit nassen Haaren ins Bett. Der Schlaf kam so plötzlich wie ein lauernder Tintenfisch, der mich ruckartig ins Dunkel hinabzog.

8010

Manchmal liege ich da und überlege, was ich an dir am liebsten mochte. Also, dass du existiert hast, das war auf jeden Fall schon einmal ziemlich fantastisch. Eine Welt mit dir als meinem zehnjährigen Bruder darin ist auf jeden Fall die beste aller Welten, die ist außer Konkurrenz. Ansonsten fällt mir ein, dass ich bei dir dieses Nähe-und-Distanz-Problem nicht hatte, wie sonst mit den meisten Menschen in meinem Leben. Ich hasse Menschen nicht, so ist das nicht. Ich interessiere mich sogar sehr für sie, allerdings nicht unbedingt aus der Nähe, während du hingegen allen immer sofort sehr nah warst, auch mir – ich empfand das als Zauberei, absolut unbegreiflich. Menschen sind für mich normalerweise wie Sterne, Wolken oder Mikroorganismen. Letztere zum Beispiel betrachte ich auch gerne unter meinem Mikroskop, also lieber aus der Ferne und mit Deckglas dazwischen, sicher ist sicher. Auch Mama und Papa waren mir irgendwie schon immer suspekt und ich glaube, das beruht bis heute auf Gegenseitigkeit.

Weißt du, dass Mama mich immer gezwungen hat, draußen mit anderen Kindern zu spielen? Meine Freunde bekamen Hausarrest als Strafe, ich musste zur Strafe auf den Hinterhof zu den Nachbarskindern und durfte kein Buch mitnehmen. Irgendwann schleppte sie mich sogar mal zu einem Kinderpsychologen, dabei wollte ich doch einfach nur meine Ruhe. Er hat das dann auch zu den Eltern gesagt: »Lassen Sie sie einfach in Ruhe«. Fand Mama nicht so super, kannst du dir sicher vorstellen.

Bei uns beiden war das anders, das war so ein Bruder-Schwester-Ding. Egal, wie weit wir räumlich voneinander entfernt waren, es war, als wären wir dennoch durch eine feine Angelschnur miteinander verbunden gewesen. Wenn ich mich bewegte, spürte ich den vorsichtigen Zug der Schnur, ich konnte mit dem Finger dagegenschnipsen und dann hörte ich einen Ton, unseren Ton. Du warst immer da, egal, was ich tat, du warst die Nuss und ich die schützende Schale, und seit du fort bist, fühle ich mich aufgebrochen, ausgehöhlt und beraubt.

Nähe und Distanz – das große Rätsel meines Lebens, etwas, mit dem ich immer zu kämpfen habe, etwas, bei dem ich nie die richtige Dosis finde. Was ich bis heute nicht verstehe: Wenn ich einen Stift auf meinen Schreibtisch lege und mich zwei Meter weiter hinstelle, ist der Stift gleich weit von mir entfernt wie ich von ihm. Logisch, oder? Wenn ich jedoch in der Uni oder in einer Bar jemandem gegenüberstehe und die Person versucht, sich mit mir zu unterhalten, ist sie vielleicht einen Meter und vier Zentimeter von mir entfernt, ich hingegen bin aber nicht einmal im selben Raum. Wieso das so ist? Ich habe keine Ahnung. Einstein sagte ja, Zeit sei relativ – vielleicht ist es mit Entfernungen ähnlich.

Es dauerte eine Weile, bis ich verstand, dass das monoton nervige Geräusch, das sich durch meinen Halbschlaf zog, meine Türklingel war. Ich blinzelte und sah, dass die Sonne aufgegangen war.

Als ich die Haustür schließlich öffnete, hörte ich Schnaufen und Hecheln und es schien eine Ewigkeit zu dauern, bis Helmut und Judy um die letzte Treppenbiegung kamen.

»Wissen Sie eigentlich, wie lange ich schon klingle?«, fragte mich Helmut.

»Nein«, antwortete ich banal.

»Lange!«

»Ja, das kann sein. Kommen Sie doch rein.«

Ich trat zur Seite und ließ meine zwei Gäste in die Wohnung. Helmut leinte Judy ab.

»Wo befindet sich denn eine Leinenhalterung?«

»Ich habe keine.«

»Wie, Sie haben keine?«

»Ja sehen Sie hier irgendwo einen Hund?«

»Eine Garderobe werden Sie ja wohl haben.«

»Nö.«

Da standen wir im Flur, Helmut mit der baumelnden Leine in der Hand, ich mit meiner Depression im Kopf, und starrten uns an. Judy war in Richtung Küche abgezischt und den Geräuschen nach zu urteilen, hatte sie wohl doch noch den ein oder anderen Pizzakarton entdeckt, der mir entgangen war. Ich griff nach der Leine, nahm sie Helmut ab und zeigte ihm den Weg zum Bad.

»Judy?«, ich lief durch die Wohnung. In der Küche war sie nicht mehr und auch im Schlafzimmer sah ich sie nicht. Ich bog in mein kleines Wohnzimmer ein und sah, dass Judy auf dem kleinen schäbigen Couchtisch stand und begeistert eine Schale ausleckte, bei der ich mich nicht einmal erinnern konnte, was da drin gewesen war oder wann ich sie dort abgestellt haben mochte. Als ich zu ihr eilte, um sie ihr wegzunehmen, beugte sie sich über die Schale und knurrte mich mit gesenktem Kopf bedrohlich an. *Alles klar, die Schale gehört dir.*

Ich ließ mich aufs Sofa fallen und dachte an den Schäferhund, den ich in meiner Kindheit manchmal Gassi führen durfte. Er hieß Cliff und gehörte einem Mann, der jeden Tag vor einem Kiosk stand und Bier trank. Ich war sieben Jahre alt und Cliff wog locker sechzig Kilo. Er war ein Monstrum und genau so »freundlich« wie meine neue Freundin Judy. Ich ging mit ihm in den Park, wo er dauernd Menschen und andere Hunde anfiel – ich war natürlich viel schwächer als er und flog an der Leine hinter ihm her. Im Nachgang kann ich nicht verstehen, wer auf die komplett bescheuerte Idee kam, mich mit diesem Ungetüm allein irgendwo hingehen zu lassen. Vor allem, weil Cliff mich auch immer wieder mit den Zähnen zwickte, was ordentlich wehtat und kleine blaue Flecken hinterließ.

Judy hatte ihr Mahl beendet und die Schüssel sah blitzblank aus. Zufrieden stieg sie vom Tisch herab und rollte sich auf dem grauen Teppich in der Mitte des Zimmers zusammen. Dabei durchbohrte sie mich mit ihren Blicken. Vermutlich hatte sie das Gefühl, dass sie mich jetzt genau im Auge behalten musste, wo Helmut weg und sie die Chefin war.

Mein Blick schweifte über mein spärliches Mobiliar und blieb an der Wandfläche neben der Tür hängen. Dort habe ich Fotos aufgehängt, auf einem halte ich meinen Master-Abschluss strahlend in die Kamera, auf einem anderen trinke ich Kurze mit Elena und Oguz, auf einem, das ich sogar gerahmt habe, stehe ich neben dir und du hast eine riesengroße Schultüte in der Hand. Ich stand auf, ging hinüber und nahm das Bild von der Wand. Du warst damals so aufgeregt und konntest es kaum erwarten, eingeschult zu werden. Du hattest gehofft, in der Schule mehr über die Ozeane und die Tiere dort drin zu erfahren, und warst sehr enttäuscht, als du bemerktest, dass

Fächer wie Biologie erst in der weiterführenden Schule dazukämen. Mathematik, die Geschichte unserer Stadt, Schreiben oder Musik interessierten dich nicht die Bohne. Diese Dinge hatten schließlich nichts mit dem Meer zu tun. Ich strich über das Bild und musste lächeln, als ich daran dachte, wie du einmal auf einem Schulausflug abgehauen und einfach in den Zoo gegangen warst, weil du die Pinguine sehen wolltest. Die Schule hatte sogar die Polizei angerufen. Nachdem du ein paar Stunden im Zoo verbracht hattest – du hattest dich unter eine andere Schulklasse gemischt, um reinzukommen –, fragtest du dort an der Information ganz freundlich und selbstverständlich, ob du mich anrufen könntest, du würdest den Heimweg nicht kennen.

Ich spürte etwas Nasses an meiner Hand und als ich heruntersah, sah ich Judy, die angefangen hatte, meine Finger abzulecken. Ich strich ihr vorsichtig mit meiner anderen Hand am Nacken entlang, sie versteifte sich etwas, ließ es aber geschehen und legte den Kopf sogar ein wenig schräg, als ich sie hinter den Ohren kraulte.

Überraschenderweise fühlte ich mich gut. Ich hatte das Bild in der Hand, dachte an dich und fühlte mich nicht schlecht – eine Premiere. Normalerweise verdüsterten die Erinnerungen an dich meine Stimmung, doch diese wärmte mich irgendwie. Ich beschloss, das Foto mit in den Rucksack zu stecken.

Als Helmut nach einer Ewigkeit aus dem Bad gestapft kam und sah, dass ich neben Judy am Teppich kniete und ihren Nacken streichelte, zog er die Augenbrauen hoch.

»Na, haben Sie sich angefreundet?«

»Ich glaube ein bisschen.«

»Ja, das ist recht so. Dann können Sie mir besser bei ihrer Versorgung helfen, das ist einfacher, wenn sie nicht Ihr Gesicht wegbeißen möchte.«

Ich stand auf, um die letzten Sachen einzupacken.

»Hier sieht es ganz schön trist aus, bei Ihnen zu Hause«, bemerkte mein Hausgast, der es sich auf dem Sofa bequem gemacht hatte. Er hatte den Hund aufgefordert, sich neben ihn zu setzen, ohne mich zu fragen, ob ich das Tier überhaupt auf dem Sofa erlauben würde. Vielleicht dachte er, dass es in meiner gammeligen Wohnung sowieso keinen Unterschied machen würde. Machte es auch nicht, um ehrlich zu sein, aber dennoch fand ich das ganz schön frech von jemandem, der mich am Tag zuvor angefaucht hatte, weil ich meine Füße auf das Armaturenbrett legen wollte. Nun gut.

Als ich alles beisammen hatte, auch meine Sonnencreme, nach der ich noch ewig suchte, warf ich noch einen letzten Blick in meine Bruchbude, bevor ich die Tür schloss. Es fühlte sich an, als würde ich sie für immer schließen, als würde ich plötzlich einen ganzen Lebensabschnitt abschließen. Plötzlich bekam ich Angst, ohne zu wissen, woher sie kam und wovor ich mich fürchtete. Fürchtete ich mich vor der Zukunft? Oder vor der Gegenwart? Oder vor allem, auch der Vergangenheit?

»Wird das jetzt noch was?«, fragte Helmut ungeduldig.

Ich war anscheinend in meinen Gedanken versunken und stand wie ein Idiot mit ausgestrecktem Arm vor der Tür, der Schlüssel ein Zentimeter vom Schlüsselloch entfernt.

»Jaja, meine Güte«, sagte ich und schloss ab.

7800

Die erste Pause machten wir, nachdem wir den Stadtkern verlassen hatten. Mir war klar, dass die Fahrt genau so weitergehen würde wie bisher und dass ich nach diesem Trip einen Reiseführer mit dem Titel *Die schönsten Pinkelstellen Deutschlands und Österreichs* würde herausgeben können. Der Gedanke heiterte mich auf, was Helmut nicht verborgen blieb.

»Freuen Sie sich auf die Reise?«, sagte er, als er das Wohnmobil an den Straßenrand manövrierte, um anzuhalten.

»Ja, das auch. Sagen Sie mal … wo waren Sie heute Nacht eigentlich auf Toilette?«

»Das wollen Sie lieber nicht wissen.« Er starrte mich ausdruckslos an.

Ich lächelte unsicher, weil ich nicht wusste, ob er mich auf den Arm nehmen wollte, allerdings merkte ich in dem Moment wirklich, dass ich es nicht ernsthaft wissen wollte.

Mittlerweile waren wir gut eingespielt, was unsere Zwischenstopps betraf. Er stieg aus, ich leinte ohne Aufforderung den Hund an und während er mit seiner Toilettenrolle im Gebüsch verschwand, zogen Judy und ich am Waldrand unsere Kreise. Ich hatte beim Packen daran gedacht, meine daumengroße Taschenlupe mitzunehmen, die jetzt an einem Lederband um meinen Hals baumelte. In den Gebüschen ging ich in die Hocke, um zu schauen, was sich da so herumtrieb.

Die meisten Leute rennen an so was ja einfach vorbei, also am pflanzlichen Leben um sie herum. Es gibt dafür sogar einen Fachausdruck, *plant blindness*, also *Pflanzenblindheit*. Das Wort beschreibt den Umstand, dass es eine menschliche Tendenz dazu gibt, Pflanzen im Umfeld nicht richtig zu bemerken beziehungsweise sie gar nicht wirklich als Lebewesen wahrzunehmen.

Als ich einmal mit dir im Wald war, hast du im Vorbeigehen immer je ein Blatt von den Büschen und Sträuchern gezupft, an denen wir vorbeikamen.

»Lass das«, hatte ich irgendwann genervt gerufen und deine Hand festgehalten, die schon wieder ein Blättchen abzupfen wollte.

»Wieso? Das tut den Pflanzen doch nicht weh.«

»Woher willst du das wissen? Hast du mal eine Pflanze gefragt? Außerdem: Wie fändest du es, wenn du irgendwo stehst und plötzlich kommt ein Baum vorbei und reißt dir einen Finger ab?«

Was ich dabei nicht bedacht hatte, war, dass wir kurz vorher *Der Herr der Ringe* auf DVD geschaut hatten. Die wandelnden Bäume, die Ents, hatten nachhaltigen Eindruck bei dir hinterlassen.

»Meinst du … meinst du, das kann passieren?«

»Nein, Tim, das war nur ein Bild, das sollte nur ein Beispiel sein.«

»Aber die Bäume bei Herr der Ringe konnten auch laufen.«

Du hattest dich misstrauisch ein paar Schritte vom Strauch entfernt und sahst ihn scharf an.

»Das ist nur ein Film.«

»Vielleicht tarnen sie sich nur?«

»Nein, keine Angst.«

»Woher willst du das wissen?«

Nun, es hat Wochen gedauert, bis du dich wieder in den

Wald getraut hast. Nicht unbedingt eine meiner pädagogischen Sternstunden, so viel war sicher.

Mittlerweile hatte ich meine Lupe aufgeklappt und hielt sie über eine Wanze, die ich auf einem Blatt entdeckt hatte. Es war ein Waldwächter, eine meiner Lieblingswanzen, vermutlich einfach wegen des Namens. Ich hielt mein Auge an die Lupe und betrachtete den braunen Rücken mit dem gepunkteten Muster am Rand. Ich mag Wanzen, weil sie mit ihrer leicht dreieckigen Körperform immer so aussehen, als hätten sie breite Schultern und würden ins Fitnessstudio gehen – als könnten sie einem so richtig auf die Fresse hauen, wenn man ihnen blöd kommt. Wie gerne wäre ich auch so widerstandsfähig wie diese Kerlchen.

Mein kleiner Waldwächter hatte Beute gemacht. Die Wanze hatte ihren Rüssel tief in einen Marienkäfer gesenkt und war gerade dabei, ihn auszusaugen. Du wärst empört gewesen, denn Marienkäfer waren deine absoluten Lieblingskäfer. Es waren, um ehrlich zu sein, auch die einzigen, die du bestimmen konntest.

Plötzlich schob sich etwas Dunkles in mein Sichtfeld und als ich hinter der Lupe hochblickte, sah ich, dass Judy genau da schnüffeln wollte, wo ich gerade meine Beobachtungen durchgeführt hatte. Wer weiß, vielleicht hatte ich dort einen klasse Snack gefunden und wollte ihn nicht teilen? Natürlich musste sie da intervenieren, was wäre sie denn sonst für ein Hund!

Ich schob Judy beiseite, um die Wanze nicht bei ihrem Mahl zu stören, stand auf und führte den Hund wieder in Richtung des Wohnmobils. Helmut war schon zurück und räumte irgendwas in unserem Gefährt herum. Als ich den Kopf zur Tür reinstecken wollte, schlug er sie vor meiner Nase zu und ich konnte mich gerade noch rechtzeitig zurückziehen, bevor das Ding gegen meine Stirn geknallt wäre. Kurz darauf schwang die Tür wieder auf, Helmut stieg die zwei Stufen hinab und murmelte irgendwas von wegen »Privatsphäre« und »um den eigenen Kram kümmern«. Er sicherte Judy wieder an ihrem angestammten Platz und wir fuhren weiter.

7320

Wir hatten fast sieben Stunden ins Allgäu gebraucht. Mit unseren Eltern sind wir die Strecke in dreieinhalb Stunden gefahren, wenn Stau war, brauchten wir auch mal vier oder fünf, aber sieben Stunden war schon eine ganz andere Hausnummer. Mein Zeiterleben war in unendlich viele Pinkelpausen zerteilt.

Ich sah die vertraute Landschaft und spürte, wie ich mich entspannte. Zuerst wurde die Umgebung immer hügeliger, die Wälder hoben und senkten sich und durch die Fahrt im Wohnmobil wirkte es, als würden sich die tosenden Wellen eines grünen Ozeans gegenseitig jagen, bis die Wald- und Wiesendecke plötzlich aufriss und man darunter nackten Fels sah, der sich in die Höhe schraubte. Mein Herz schlug schneller bei dem Anblick und als wir an einer Raststätte Halt machten, sprang ich aus dem Auto, hob die Arme und rief »JAAAAA«. Endlich ein Gefühl. Endlich war da mal wieder irgendetwas, ein Herzschlag, der Sinn ergab und nichts mit Dunkelheit zu tun hatte. Ich fühlte mich stark und fast schon unbesiegbar, wenn auch nur für einen kurzen Moment. Die anderen Raststättenbesucher sahen mich an, als wäre ich gemeingefährlich, doch es war mir egal.

Als Helmut zurückkam, breitete er eine Karte aus, die er in der Raststätte gekauft hatte. Er tippte auf eine darin aufgezeichnete große Wasserfläche. »Da müssen wir hin«, sagte er. »Plansee«, las ich. Wir hätten auch mit meinem Handy navigieren können, aber das behielt ich für mich.

»Da machen wir Rast, das ist nicht so weit von hier. Um den See herum gibt es viele Campingplätze, da können Sie auch gut mit dem Zelt Quartier nehmen.«

Ich hatte schon fast vergessen, dass ich ausgelagert werden sollte. Wir stiegen wieder ein und fuhren noch ein kurzes Stück, bis wir an einem Campingplatz am hinteren Ende des Sees anhielten. Ich stieg aus, holte Judy, für die ich mich mittlerweile ganz automatisch zuständig fühlte, aus dem Wagen und ging mit ihr ans Wasser, während Helmut in Richtung Rezeption stiefelte.

Das Wohnmobil parkte auf einer Art Landzunge, die ein wenig in den See ragte, und wir hatten keine Nachbarn. Das Wasser war so klar und türkisblau, als wären wir in der Karibik, ich konnte mich gar nicht sattsehen. Ich stand auf einer Art Kiesstrand, links von mir ging es in einen kleinen Wald hinein, gegenüber und rechts von mir ragten schneebedeckte Gipfel in den Himmel. Ich legte Judys Leine auf den Boden, zog meine Schuhe und Strümpfe aus, legte alles in einigem Abstand zum Wasser ab und tippelte ein wenig wackelig auf den spitzen Steinen in den See.

Das Wasser war kalt und fühlte sich an, als würden mir Eisklauen in die Unterschenkel getrieben. Ich zwang mich dazu, stehen zu bleiben, wackelte mit den roten Zehen, bückte mich und ließ das Wasser durch meine Finger rinnen. Judy beobachtete mich vom Ufer aus. Sie schien vom Wasser nicht begeistert zu sein.

Als Helmut zurückkam und und meine roten Waden im Wasser stehen sah, rief er nur: »Sind Sie irre? Das ist viel zu kalt, also *ich* pflege Sie dann nicht, wenn Sie krank werden!«

Ich löste mich aus meiner Starre und watete wieder ans Ufer zurück. Ich bemerkte, dass ich kein Gefühl in den Zehen hatte, setzte mich auf den Kies und begann, mir die Füße warm zu reiben. Judy kam mit gesenktem Kopf zu mir, ihr Schwanz wedelte nervös hin und her und sie begann, meine Fußsohlen abzulecken und mich bei der ganzen Sache zu unterstützen.

Helmut war mittlerweile dazu übergegangen, verschiedene Utensilien aus dem Camper zu holen. Gerade mühte er sich damit ab, die Beine eines Klapptisches auseinanderzuziehen, als er wieder von einem heftigen Hustenanfall geschüttelt wurde. Der Tisch rutschte ihm aus den Händen und er selbst sank auf die Stufe des Wohnmobils. Judy eilte sofort, die Leine hinter sich herschleifend, zu ihrem Herrchen und stellte sich angespannt neben Helmut. Sie versuchte, sein Gesicht abzulecken. Ich kam ebenso rübergestolpert und fühlte mich genauso nutzlos wie Judy, schließlich begann ich in meiner Hilflosigkeit wieder mit dieser Rückenklopfsache, die Helmut mit zittrigen Händen abwehrte. Er hustete so sehr, dass er kaum dazu kam einzuatmen. Ich ging an die Fahrerkabine und holte seine Wasserflasche raus, schraubte sie auf und hielt sie ihm hin. Seine zittrigen knotigen Finger schlossen sich um den Flaschenhals und er versuchte, ein paar Schlucke zu nehmen. Das klappte auch und nach einer Weile nahm das Husten deutlich ab, bis es schließlich ganz aufhörte.

Helmut hatte sich etwas zurückgelehnt und atmete schwer, die Augen hatte er geschlossen und den Kopf so angehoben, als spreche er ein stummes Gebet. Ich klappte den Tisch und die Stühle auf und setzte mich.

»Sagen Sie mir jetzt, was Sie haben?«, fragte ich nach einer Weile.

»Mir geht es gut«, antwortete er.

»Das sehe ich.«

»Das geht Sie auch gar nichts an.«

»Alles klar.«

Weiteres Nachfragen würde nichts bringen, also gab ich erst einmal auf. Es dauerte noch eine Weile, bis er sich so weit gefangen hatte, dass er aufstehen konnte. Er leinte Judy ab und begann, Vorräte, Campinggeschirr und einen kleinen Gaskocher aus dem Wohnmobil zu schaffen.

»Hier, schneiden Sie mal die Tomaten«, wies er mich an und hielt mir ein Schneidebrett samt Messer hin. Seine Stimme klang immer noch rau. Ich befolgte seine Anweisungen und schnitt die Tomaten in Viertel, was ihm zu missfallen schien, zumindest schaute er mich grimmig an.

»Ich möchte Pasta kochen«, sagte er.

»Ah, cool.«

»Ja. Und die Tomaten sind für die Soße.«

»Gut.«

Er starrte mich an, als wäre ich schwer von Begriff.

»Sagen Sie mal«, fragte er mich, »haben Sie schon einmal gekocht?«

»Natürlich.«

»Können Sie mir dann bitte verraten, was ich mit geviertelten Tomaten machen soll? Wollen Sie sich Tomatenbrocken über die Nudeln kippen?«

Ich habe keine Ahnung, wieso das geschah, was jetzt kam, aber: Ich fing an zu weinen. Helmut starrte mich an, Judy trat nervös von einem Fuß auf den anderen und ich wusste gar nicht, was los war. Trotzdem schluchzte ich, ich heulte und meine Tränen tropften auf die Tomaten. Helmut griff rüber, zog das Brett von mir weg und nahm mir das Messer aus der Hand. Dann ging er in das Wohnmobil, holte ein Stück Küchenrolle und hielt es mir hin. Ich nahm das Tuch entgegen und flennte einfach weiter, jetzt ins Tuch hinein, meine Schultern bebten, ich zitterte und alle Schleusen waren auf. Helmut war peinlich berührt.

»Also … also ich wollte jetzt nicht, so schlimm waren die Stücke ja auch gar nicht«, versuchte er mich zu beruhigen.

Ich winkte nur ab und versuchte zu signalisieren, dass es nicht an ihm lag. Judy kam rüber und knurrte mich erst an, weil sie anscheinend überfordert war, anschließend begann sie dann unsicher, an meinem Schienbein zu lecken. Als das meinen Zustand nicht verbesserte, setzte sie sich hin und starrte mich vorwurfsvoll an, als wolle sie sagen: *Ja gut Paula, ich hab's versucht und alles ausgeschöpft, ich habe das Gefühl, du bemühst dich nicht einmal? Ich hab dir dein verdammtes Bein geleckt, jetzt reiß dich verdammt noch mal zusammen, was willst du denn noch?!*

Helmut schaute mir beim Heulen zu und begann dann, meine Tomatenviertel zu kleinen Würfeln zu verarbeiten.

»Wissen Sie, was ich gemacht habe, als Helga gestorben ist?«, begann er.

Ich schüttelte den Kopf.

»Ich habe mein Schlafzimmer grün gestrichen. Ich hasse Grün. Aber als *der Anruf* kam, Sie wissen schon, bin ich in den Baumarkt gefahren, habe verschiedene Marken verglichen, mich für eine entschieden, habe ausgerechnet, wie viel Farbe ich brauche, habe Rollen und anderes Zubehör gekauft und bin wieder nach Hause gefahren. Und da habe ich dann das Schlafzimmer grün gestrichen. Es ist ein furchtbarer Farbton, nicht einmal Kermit der Frosch würde sich da wohlfühlen, ein Albtraum. Jedenfalls habe ich keine Ahnung, warum ich das getan habe. Seitdem habe ich die Vorhänge im Schlafzimmer zugezogen, damit ich die Farbe nicht mehr sehe. Sie ist furchtbar.«

Ich wischte mir mit dem nassen Küchentuch durchs Gesicht.

»Ich hab ein Glas Mayonnaise gegessen und mich dann übergeben«, sagte ich mit belegter Stimme. »Also, als meine Mutter angerufen hatte, um mir zu sagen, dass mein Bruder ertrunken ist. Ich hab aufgelegt und eigentlich war ich einkaufen, dann habe ich mich an den Straßenrand gesetzt, das Mayonnaiseglas aus der Tüte geholt und mit dem Finger komplett ausgeleckt. Und dann habe ich in den Rinnstein gekotzt und geweint, und dann habe ich noch versucht, den Sellerie zu essen, aber der war so faserig, das hat nicht funktioniert.«

Helmut nickte, als wäre das etwas ganz Normales, und irgendwie entspannte mich das. Meinen Freunden oder Eltern konnte ich sowas nicht erzählen, alle machten sich permanent Sorgen um mich und beobachteten mich wie ein Pantoffeltierchen unter dem Mikroskop, bereit, bei den kleinsten Anzeichen *abnormen Verhaltens* – was auch immer sie damit genau meinten – sehr, sehr besorgt zu sein und mir das auch genauso zu sagen. Wenn Trauer eine Sprache wäre, hatte ich jetzt zum ersten Mal jemanden getroffen, der sie genau so flüssig sprach wie ich, nur mit einem anderen Dialekt.

Helmut schien etwas Ähnliches zu denken.

»Den meisten Leuten kann man sowas ja nicht erzählen, vor allem in meinem Alter, dann ist man gleich senil.«

»Ja.«

»Finden Sie mich senil?«

Ich überlegte. »Nicht wirklich, wobei, vielleicht ein bisschen. Was heißt senil eigentlich genau?«

»Dass man nicht mehr alle beinander hat, würde ich sagen«, antwortete Helmut nachdenklich.

»Na ja, dann wäre ich ja auch senil.«

»Ich finde Sie auch ein wenig senil, ehrlich gesagt. Auf jeden Fall haben Sie eine ordentliche Schraube locker«, sagte er, lächelte jedoch ein bisschen.

»Ja.«

»Helga hatte auch eine Schraube locker«, fuhr er fort. »Als ihre Katze starb, hat sie eine Beerdigung ausgerichtet, also eine richtige, mit Einladungen und Trauerfeier und allem. Es sind fast alle gekommen, weil Helga ja auch immer zu allen Beerdigungen kam, wissen Sie. Ich musste eine Rede halten, dabei mag ich so was nicht. Aber für sie hab ich's getan, klar, für sie tat ich alles.«

Er hielt mit der Erzählung inne und auch seine Hände kamen zur Ruhe.

»Ich hatte einen Sarg gebaut, also aus Holz. So richtig schön mit Messingscharnieren und allem drum und dran, und auf den Deckel habe ich das Wort *Katze* hineingelötet, weil ich mir den verdammten Namen nicht merken konnte. Sie fand es aber nicht seltsam und freute sich sehr. Ja, und der Robin, das ist der Sohn unserer Nachbarn, hat das Grab ausgehoben, in Helgas Garten. Der Joachim kam sogar mit ein paar Leuten vom Musikverein und sie haben den Trauermarsch gespielt, es war alles sehr festlich. Helga musste weinen, die meisten schauten verschämt zum Boden, weil sie dachten: *Irre, die Frau ist irre!* War sie auch, aber ich fand sie schon immer gut. Irre gut sozusagen, hehe.«

Er hustete leicht und man sah ihm an, dass sich seine Stimmung gehoben hatte.

»Wir haben die Katze also beerdigt und danach gab es richtig Leichenschmaus. Gitti hatte ihren Schmandkuchen gebacken, Mensch, der war immer gut. Den hätten Sie mal probieren müssen. Können Sie backen?«

»Nicht wirklich gut, es sei denn, Sie mögen Steinkekse.«

»Hm. Na ja. Jedenfalls haben wir dann noch einen Grabstein aufgestellt, also so einen richtigen vom Steinmetz, das sah schon edel aus. Muss ja alles seine Ordnung haben. Wer beerdigt wird, braucht einen Grabstein, klar.«

Ich nickte. Klar.

»Helga liebte Tiere einfach so sehr. Judy war auch ihr Hund.«

Jetzt verstand ich. Helmut wirkte nicht wirklich wie jemand, der sich einen Hund zulegen würde.

»Ich hab sie nach ihrem Tod übernommen, wie alle von Helgas Tieren kommt Judy aus dem Tierschutz. Sie ist recht, na ja, speziell. Genau wie ihr Frauchen es war.«

Er griff rüber zu Judy, kraulte sie hinter den Ohren und ging dann ins Wohnmobil, um sich die Hände zu waschen.

Als er wieder herauskam, sagte er: »Ich bin im Grunde nicht so der Haustier-Typ.«

»Das habe ich mir schon fast gedacht.«

»Ja. Aber es würde Helga umbringen, würde ich Judy wieder ins Tierheim geben. Besser gesagt, sie würde sich im Grab umdrehen. Tot ist sie ja schon.«

»Im Grab ist sie aber auch nicht mehr.«

»Ja gut, das ist wahr.«

Er hatte die Tomaten jetzt alle gewürfelt und gab sie in einen kleinen Campingtopf.

»Schaffen Sie es, Zwiebeln zu würfeln?«, fragte er mich.

Ich war zwar noch ein bisschen verquollen, meisterte aber ein Lächeln.

»Ja, klar.«

Die Tatsache, dass er keinen Kommentar zu meinen Zwiebeln abgab, zeigte mir, dass ich dieses Mal wohl alles richtig gemacht hatte. Oder Helmut hatte Angst, mich wieder zum Weinen zu bringen. Er runzelte kurz die Stirn, schwieg aber.

Nach einer halben Stunde Schneiden und Kochen saßen wir auf den Klappstühlen und schauten auf den Plansee, während die Sonne immer tiefer sank.

»Wissen Sie, dass Sie das Wasser trinken können?«

»Was, wirklich?«

»Ja. Also ich würde es vielleicht nicht hier am Ufer ausprobieren, wegen der Urlauber, aber an und für sich hat der See Trinkwasserqualität, so wie die meisten Gewässer hier. Wenn wir zum Wandern hier waren, haben wir die Flaschen direkt am Bach aufgefüllt, kein Problem. Und der Geschmack ist wirklich gut.«

Ich sah Helmut von der Seite an. Irgendwie war er heute in regelrechter Plauderlaune. Ich wagte einen Vorstoß.

»War Helga Ihre Frau?«

Er stach mit seiner Gabel in die Nudelmasse vor ihm und drehte sorgfältig eine mundgerechte Portion Nudeln auf.

»Eine Weile, ja. Ganz früher, das ist lange her.«

»Sind Sie geschieden?«

»Ja.«

»Das tut mir leid.«

»Mir nicht, das war ja nur eine Formalität. Wir blieben irgendwie quasi-verheiratet, ich baute ihr ein Haus auf unserem Grundstück und half ihr später dabei, ihre zwei anderen Kinder großzuziehen. Zwillinge, das müssen Sie sich mal vorstellen. Der Vater war nur eine kurze Affäre, ein Soldat aus den Staaten. Irgendwann ging er wieder nach Amerika zurück und sie blieb mit den Kindern hier.«

Die nächsten Worte wählte ich mit Bedacht.

»Sie sagten andere Kinder … weil Sie … weil Sie auch Kinder zusammen haben?«

Ich merkte, wie sich Helmuts Gesichtsausdruck ein wenig verfinsterte.

»Einen Sohn.«

»Das Kind auf dem Foto im Wohnzimmer?«

»Ja.«

»Und … wo ist der jetzt? Ihr Sohn?«

Helmut ließ die Gabel sinken, auf der immer noch die säuberlich aufgedrehten Spaghetti darauf warteten, gegessen zu werden.

»Er ist da, wo Ihr Bruder auch ist.«

Ich starrte auf meinen Teller und merkte, wie sich meine Augen wieder mit Tränen füllten. Helmut hob die Arme.

»Ne, wirklich jetzt? Ach kommen Sie!«

»Ich weiß auch nicht, was los ist«, schluchzte ich und war genervt von mir selbst.

»Herrje. Sie sind ja ’ne richtige Heulboje!«

Seufzend stand Helmut auf und holte ein Päckchen Taschentücher aus dem Wohnmobil.

»Das werden wir heute anscheinend noch öfter brauchen«, sagte er und hielt es mir hin.

Ich nahm ein Taschentuch raus und trocknete mir das Gesicht. Meine Augenwinkel brannten mittlerweile und die Haut über meiner Oberlippe begann, empfindlich zu werden.

»Ich weiß wirklich nicht, wieso ich dauernd weinen muss, ehrlich.«

Ich beruhigte mich, half Helmut dabei, die Spuren unseres Abendessens zu beseitigen, und bot dann noch an, das Geschirr zu spülen. Ich nahm die Waschschüssel und trug alles an den See. Dort rieb ich das Geschirr mit klarem Wasser ab und dachte an das, was Helmut zuletzt gesagt hatte: *Er ist da, wo Ihr Bruder auch ist.*

Ich habe keine Ahnung, wo du bist. Vielleicht durchschwimmst du einen ewigen Ozean mit leuchtenden Quallen und blinkenden Tintenfischen, vielleicht hattest du in dem Moment, in dem Helmut das zu mir gesagt hatte, im Sonnenwagen des Helios gesessen und warst über uns hinweggerast, vielleicht bist du jetzt auch bei den großen Königen der Vergangenheit wie Mufasa in deinem Lieblingsfilm *König der Löwen*. Ich weiß es nicht.

Nach dem Abwasch brachte ich das Geschirr zurück zum Wagen, trocknete es ab und stellte es auf den kleinen Klapptisch, damit Helmut es wieder einräumen konnte. Er kam aus dem Wohnmobil und hatte eine Flasche Wein und zwei Kunststoffbecher dabei. Wortlos entkorkte er die Flasche und goss uns jeweils den Becher halb voll, dann steckte er einen kleinen Glasstopfen in die Öffnung und trug den Wein wieder in den Camper.

Der Sonnenuntergang machte sich gerade bereit für seinen Auftritt und der Himmel färbte sich pink.

»Der Sonnenuntergang ist leider hinter uns, wir müssten uns umdrehen, um ihn zu sehen«, bemerkte Helmut.

»Ja«, stimmte ich zu.

Wir blieben beide sitzen.

»Mein Sohn ist auch ertrunken«, sagte Helmut leise und nahm einen Schluck vom Wein. »Er war ein wenig älter als Ihr Bruder. Es war ein Schulausflug, Christoph kam nicht zurück. Es hat gedauert, bis sie ihn gefunden haben. Nach zwei Tagen wurde er an einem Ufer im Schilf entdeckt.«

Ich nahm auch einen Schluck.

»Das ist echt schlimm.«

»Ja«, antwortete er knapp.

Ich fuhr mit meinem Zeigefinger den Rand meines Bechers nach. Meine Fingerkuppe färbte sich leicht rot. Ich fand die zufällige Ähnlichkeit unserer Geschichten bemerkenswert. Und schrecklich, klar.

»Fragen Sie sich auch, was er kurz vorher gedacht hat?«, wollte ich von Helmut wissen.

Dieser schwenkte seinen Becher und räusperte sich.

»Ich habe mir immer vorgestellt, dass er an mich gedacht hat und dass ich, quasi der *starke* Vater, ihn hätte retten müssen und nicht da war. Das hat mich in den Wahnsinn getrieben.«

»Oh Gott, ich stelle mir das auch immer vor! Diese Schuldgefühle machen auch mich verrückt!«

Ich ließ meinen Becher mit einem lauten Klacken auf den Tisch knallen, sodass ein bisschen Wein herausschwappte.

»Wirklich, ich muss dauernd daran denken. Ich frage mich fast ununterbrochen, an was Tim zuletzt gedacht hat, und ich denke immer: Bitte nicht an mich, bitte nicht an mich. Meine Freunde haben das nicht verstanden.«

»Die dachten wahrscheinlich, dass es doch schön wäre, wenn Ihr Bruder noch einmal an Sie gedacht hätte, hm?«

»Ja, genau! Dabei ist das eine furchtbare Vorstellung.«

»Gibt nix Schlimmeres«, brummte Helmut zustimmend.

»Ja! Danke!«

Ich war aufgeregt und erleichtert, weil ich mich zum ersten Mal richtig verstanden fühlte.

»Ist schon seltsam, dass wir uns getroffen haben«, sagte Helmut.

»Ja, oder?«

»Wir haben beide Menschen ans Wasser verloren, wir sind beide nachts auf dem Friedhof eingebrochen …«

»… aber ich wollte nichts stehlen! Beziehungsweise niemanden.«

»Das stimmt. Wieso eigentlich nicht? Sie hätten Ihren Bruder ja auch mitnehmen und ins Meer streuen können oder so. Sagten Sie nicht, dass er Fische so mochte?«

»Es war eine Erdbestattung …«

»Oh, ja, das wäre dann doch etwas unangenehm.«

»Sau eklig!«

Wir sahen uns an und mussten plötzlich beide lachen. Ich konnte mich nicht erinnern, Helmut vorher schon einmal lachen gesehen zu haben, und irgendwie fühlte sich diese sichtbare Regung fremd an. Als wolle sie nicht so recht zu seinem Gesicht passen, so als würde mitten im Wald eine Palme stehen. Palmen sind auch Bäume, klar, und Bäume stehen im Wald, jepp, nur gehört eine Palme da doch irgendwie nicht hin. Genau so fühlte sich Helmuts Lachen für mich an, das dann nahtlos in ein Husten überging. Er räusperte sich und als hätte man einen Schalter umgelegt, schaute er wieder ernst.

Den Rest unseres Weins tranken wir schweigend.

»Sie sollten mal Ihr Zelt aufbauen«, bemerkte Helmut, als die Becher geleert waren (meiner deutlich schneller als seiner). Ich seufzte und nahm meine Reisetasche und das Zelt entgegen, die Helmut mir aus dem Wohnmobil entgegenstreckte.

Da der Boden sehr kiesig war, war es gar nicht mal so einfach, eine geeignete Stelle zu finden, auf der ich nicht trotz Isomatte wie ein Fakir auf Nägeln lag. Ich fand eine Stelle relativ nah am Wasser und überlegte, ob mir das nicht ein wenig zu gefährlich war. Da stand Helmut plötzlich neben mir.

»Na, die Stelle ist doch gut, oder?«

»Ja, na ja. Ist das hier nicht ein bisschen nah am Wasser?«

»Wieso? Haben Sie Angst, dass Sie durch die brutalen Gezeiten des Sees weggeschwemmt werden?«

»Hm, neeeee.«

»Wäre auch Unsinn. Jetzt bauen Sie schon auf.«

Der Aufbau ging schnell, da ich das schon etliche Male gemacht hatte. Über das Zelt stellte ich mithilfe zweier Teleskopstangen ein dunkelblaues Sonnensegel auf, das mich davor bewahren sollte, von etwaigem Regen durchnässt und morgens von der Sonne gegrillt zu werden. Helmut nickte anerkennend.

Nachdem alles fertig war, schickte mich Helmut noch mit Judy Gassi. Ich leinte sie an und lief mit ihr links um den See herum.

Dir hätte das gefallen. Überall hörte man die Stimmen verschiedener Tiere und auf dem Weg saßen dicke braune Kröten, die von Judy skeptisch beschnüffelt wurden. Über dem Weg spannte sich ein Dach aus Blättern und ich ärgerte mich, keine Taschenlampe mitgenommen zu haben, weil kaum noch Licht unten auf dem Weg ankam. Judy zog an der Leine, weil sie überall schnüffeln wollte. Irgendwann ging mir das zu sehr auf die Nerven und ich dachte, *was soll's*. Ich leinte sie ab und sie schoss sofort davon – wichtiges Hundebusiness musste erledigt werden.

Nach dreihundert Metern lichtete sich der Weg und ich stand auf einer kleinen Wiese gegenüber von unserem Schlafplatz. Auf der anderen Seite sah ich das Wohnmobil stehen, mein kleines Zelt war im Schatten eines Baumes nicht auszumachen. Helmut hatte das Licht im Camper angeschaltet und schien irgendetwas zu räumen, ich sah Umrisse, konnte aber nichts Genaueres erkennen. Ich setzte mich auf eine Bank, die nah am Wasser aufgestellt war. Judy lief von hierhin nach dorthin, die Nase fest auf den Boden gerichtet.

Er ist da, wo Ihr Bruder auch ist.

Ich sah zum Himmel auf, wo schon die ersten Sterne geschlüpft waren und sich stolz präsentierten. Der Himmel erinnerte mich immer an die Tiefsee, eine große Schwärze, aufgehellt von kleinen leuchtenden Punkten. Fast schon erwartete ich, plötzlich immer größer werdende Tentakeln über mir zu sehen und schließlich einen riesigen Kalmar, der durch die Dunkelheit schoss. *Wie würdest du ihn wohl nennen?*, fragte ich mich. Himmels-Achtarm? Sternenkrake? Namen erfinden konnte ich leider nicht so gut wie du.

Judy hatte mittlerweile ihre dringenden Geschäfte erledigt und schmiegte sich an meine Füße. Wir hatten uns aneinander gewöhnt und ich merkte, dass ich langsam begann, sie gut zu finden. Ich langte hinunter und strich ihr über ein Ohr, woraufhin sie sich zur Seite fallen ließ und mir zum ersten Mal ihre Unterseite präsentierte. Ich war mir nicht sicher, ob das vielleicht eine Falle war, doch ich sammelte allen Mut zusammen und berührte den Bauch. Vorsichtig strich ich vor und zurück, was ein wohliges Räkeln bei ihr auslöste. Ich hockte mich neben sie und bewegte nun beide Hände in Kreisen über ihren schlanken Hundebauch.

»Du bist ja ganz schön gut in Form, ich bin ein bisschen neidisch auf dich«, flüsterte ich ihr zu.

Immer, wenn ich gesagt hatte, ich sei zu dick, hattest du das nie verstanden. Du hast dann den Finger in meinen weichen runden Bauch gedrückt und verständnislos gefragt: »Aber das ist doch gut zum Kuscheln, wieso willst du denn hart werden? Weich ist viel besser!«

Anschließend hast du deine Arme ausgebreitet, mich umarmt und mit den dünnen Fingern über meine kleinen Speckfalten gestrichen, in ähnlichen Kreisen, wie ich es jetzt bei Judy tat.

Die Hündin befand plötzlich, dass jetzt genug gestreichelt worden war, stand auf und schüttelte sich. Anschließend sah sie mich herausfordernd an, als wollte sie sagen: *So Paula, genug jetzt. Wir müssen nach Hause zu Herrchen!*

Ich stand auf und stellte fest, dass ich mein Handy nicht dabeihatte. Es war mittlerweile dunkel geworden und ich hatte gehofft, die Taschenlampe meines Smartphones benutzen zu können, aber Pustekuchen.

Ich leinte Judy wieder an und lief im Licht der Sterne bis zum baumüberwachsenen Weg – dort wurde es interessant. Gebückt versuchte ich, etwas zu erkennen und nicht über Wurzeln oder Stöcke zu fallen.

Natürlich fiel ich. Ich konnte mich noch mit meinen Handflächen abstützen, um nicht auf mein Gesicht zu knallen.

Fluchend rappelte ich mich auf, während Judy wieder einmal besorgt zu mir kam und nachsehen wollte, was ich hier trieb. Ich hatte mir die Innenseiten meiner Hände aufgeschürft. Ich wischte sie aneinander ab, nahm die Leine wieder auf und setzte meinen Weg fort, jetzt jedoch noch langsamer.

Nach einer gefühlten Ewigkeit waren wir wieder an unserem Übernachtungsstandort angekommen, wo Helmut schon ungeduldig auf uns wartete.

»Das hat ja ewig gedauert«, murrte er.

»Ja, ich hab mich ein wenig an den See gesetzt.«

Er schaute an mir hinab.

»Was ist mit Ihren Händen?«, fragte er.

»Ich bin gestürzt und habe sie mir dabei aufgeschürft.«

»Auch das noch. Ich hol den Verbandskasten.«

»Neee, ist schon okay.«

Da war er auch schon im Wohnmobil verschwunden und ich hörte es rumpeln. Ich stand im Lichtschein der Tür und fragte mich wieder einmal, was Helmut da drin eigentlich so Wichtiges aufbewahrte und wieso ich nicht mit reindurfte. Als ich mich gerade dazu entschlossen hatte, den Kopf in die Tür zu stecken, kam er mir schon wieder entgegen.

»Was heißt hier *nee*, wollen Sie sich auch noch 'ne Blutvergiftung holen? Sie sind doch Biologin, dachte ich.«

Er öffnete einen Verbandskasten, der aussah, als stamme er original aus dem Zweiten Weltkrieg. Helmut holte Jod und ein paar Mullbinden raus.

»Geben Sie mal her.«

Er befeuchtete ein Taschentuch mit stillem Wasser und rieb meine Handflächen ab. Dann schüttete er sehr großzügig Jod auf die aufgeschürften Stellen, was natürlich brannte wie Hölle. Jod! Als gebe es heutzutage keine schmerzfreien und nicht färbenden Alternativen – wieso wollte er nicht gleich die Handflächen ausbrennen wie im Mittelalter?

»Ja schauen Sie, Sie sind ja ganz tapfer. Jetzt wo Sie einen Grund hätten, weinen Sie nicht. Sehen Sie mal.«

»So schlimm ist das auch nicht.«

»Ja dann ist ja alles in Ordnung.«

Er verband mir beide Handflächen und ich fühlte mich wie eine sehr schwache Boxerin mit Puddingärmchen. Anschließend räumte er den Kasten wieder weg und rief Judy, mit ihm ins Wohnmobil zu kommen. Ich bemerkte jetzt erst, dass die Campingmöbel alle schon wieder abgebaut waren.

»Ja, dann gute Nacht«, sagte Helmut und schlug die Tür vor meiner Nase zu. Da die Vorhänge zugezogen waren, fiel nur noch wenig Licht nach draußen und ich musste mir den Weg zu meinem Zelt halb ertasten. Ich war müde und das ganze komische Rumgeweine saß mir in den Knochen. Ich kroch in meinen Schlafsack und kaum hatte ich die Augen geschlossen, hörte ich ein monotones Brummen. Kam es aus Helmuts Wohnmobil? Während ich mich noch fragte, was das sein könnte, zog mich der Schlaf schon in seine Arme. Ich träumte von Quallen und bleichen Knochen am Himmelszelt.

6990

Eine Hupe riss mich aus etwas, das ein Traum gewesen sein musste, denn als ich aufwachte, war der riesige Tintenfisch, der mich eben noch in die Tiefe reißen wollte, verschwunden.

»Was ist los?«, fragte ich Helmut und richtete mich im Beifahrersitz auf.

»Verdammtes Huhn!«

»Was? Ich hab doch nur gefragt –«

»Nicht Sie. Da vorn! Das Vieh bewegt sich nicht.«

Ich sah durch die Windschutzscheibe und stellte fest, dass wir nach unserem zeitigen Aufbruch vom See in einer sehr bergigen Gegend angekommen waren, sie musste ein ganzes Stück oberhalb liegen. Um uns herum gab es nichts außer spärlichem Wald, Felsen, der Straße – und einem Huhn, das seelenruhig vor unserem Camper saß und ab und zu mit den Flügeln schlug.

»Was macht denn ein Huhn hier im Nirgendwo?«, fragte ich verwirrt und zupfte den Verband an meinen Händen zurecht. Um uns herum konnte ich keine Anzeichen einer Siedlung erkennen, außerdem war es sehr kalt draußen – nicht gerade ideale Bedingungen für das Tier.

»Ich habe keine Ahnung, aber wenn es nicht gleich abhaut, überrolle ich es!«, knurrte Helmut.

Ich stieg aus und lief auf das Huhn zu. Eigentlich hatte ich erwartet, dass es flüchten würde, doch es starrte mich nur mit kleinen Knopfaugen an. Mit den Händen in die Seiten gestützt schaute ich auf den Vogel hinab und dachte nach. Ob das Tier verletzt war? Ich ging in die Hocke und streckte meine Hand aus. Das Huhn zuckte mit dem Kopf, blieb aber sitzen, während es mich mit einem Auge misstrauisch ansah. Als ich nach ihm griff, gurrte es leise wie unter Protest und flatterte mit einem Flügel. Ich drehte das Huhn auf den Rücken, um mir die Beine anzuschauen, wobei es versuchte, mir in den Finger zu picken. Da sah ich auch schon den Schlamassel: Eins der Beine musste gebrochen sein. Ich seufzte, nahm das Huhn vorsichtig in meine Hände, ohne die Beine zu berühren, und ging zum Wohnmobil zurück. Als ich mich auf den Beifahrersitz setzte, hörte ich Judy hinter mir unruhig scharren und Helmut sah mich an, als wäre ich wahnsinnig.

»Was machen Sie da?«

»Das Huhn ist verletzt.«

»Ja, und?«

»Ja, das können wir da nicht so liegen lassen. Es wäre super, wenn wir demnächst irgendwo länger halten könnten, damit ich das Bein schienen kann. Und bestimmt hat das Huhn auch Hunger. Durst vielleicht auch.«

Der Camper stand immer noch mitten auf der Straße.

»Haben Sie den Verstand verloren? Wir können das Huhn nicht behalten.«

»Sie haben den Hund, ich habe ein Huhn, leben Sie einfach damit.«

»Mein Hund ist ein Haustier, er hat auch einen Namen und alles, das kann man nicht vergleichen, so ein Schwachsinn.«

»Das Huhn heißt jetzt Lutz.«

»… dass Hühner weiblich sind, wissen Sie, oder? Biologin sind Sie doch? Das hier ist kein Hahn.«

»Na, und?«

»Sie können das Huhn nicht Lutz nennen.«

»Wenn ich nachts auf einem Friedhof einbrechen und mit Ihnen eine Verstorbene ausbuddeln kann, kann ich ja wohl auch ein Huhn Lutz nennen.«

Helmut starrte mich an, seine Halsschlagader pochte besorgniserregend und er krallte sich so fest ans Lenkrad, dass es wirkte, als wolle er es jeden Moment aus der Konsole reißen und mir damit den Kopf einschlagen. Plötzlich wurde er wieder von einem heftigen Hustenanfall geschüttelt.

»Wissen Sie auch nur irgendwas über Hühner? Was die fressen, was die mögen, wie man ihnen ein Bein schient?«, fragte er, als der Anfall wieder ein wenig abgeklungen war und während er noch in sein Taschentuch hustete. Irgendwas kam wohl mit raus, denn er schaute kurz in das Tuch, runzelte die Stirn und steckte es dann schnell weg.

»Nö«, antwortete ich wahrheitsgemäß.

»Prima.«

»Fahren wir dann jetzt?«

Ich schlug die Beifahrertür zu und versuchte, das Huhn möglichst ruhig zu halten. Helmut fuhr los, während Judy hinter uns leise begann zu winseln.

»In meiner Kindheit hatten wir Hühner«, sagte Helmut.

»Dann können Sie mir ja helfen, super! Hatten Sie einen Bauernhof? Also Ihre Eltern?«

Helmut hustete noch einmal ein bisschen, räusperte sich und begann zu erzählen.

Er war in dem Bergdorf zur Welt gekommen, zu dem wir gerade unterwegs waren. Das Elternhaus stand hundert oder zweihundert Meter außerhalb des Ortes, es grenzte mit einer Seite an einen Hang und ragte wie ein Schiffsbug in die

Berglandschaft hinein, als würde es tosenden Wellen trotzen. Die andere Seite war dem Dorf zugewandt. Es gab einen kleinen Stall mit Hühnern und Ziegen, ein paar Gemüsebeete und irgendwann hatte es wohl auch mal eine Kuh gegeben, doch diese hatte leider eines Tages ihre Kletterkünste überschätzt.

Helmut wuchs mit drei Geschwistern auf, er war der Zweitälteste. Der Vater war Handwerker und viel in der Gegend unterwegs, die Mutter war Hausfrau und hatte nebenher ein kleines Einkommen mit dem Verkauf von Eiern und Hühnerfleisch.

»Das Schlimmste war, als das mit meiner kleinen Schwester passierte – sie war das einzige Mädchen unter uns Jungs. Der einzige Beistand meiner Mutter in einem Leben voller Raufereien und derber Scherze«, erzählte er.

Seine Schwester liebte Schmetterlinge und verbrachte den ganzen Tag damit, diese kleinen Kerlchen zu verfolgen und zu beobachten.

»Früher waren wir Kinder sehr frei, da war das noch nicht so wie heute mit dem ganzen Flugzeugelternkram«, erzählte Helmut.

»Was? Flugzeugeltern?«

»Na, die, die so übertrieben aufpassen.«

»Sie meinen Helikoptereltern?«

»Meinetwegen, Helikopter«, murrte Helmut und erzählte dann weiter, während das Wohnmobil langsam den Berg hochkeuchte.

»Eines Tages, wir Jungs waren alle in der Schule, der Vater bei der Arbeit und die Mutter mit dem Haushalt beschäftigt, als Regine wieder einmal draußen Schmetterlinge jagte. Regine war meine Schwester, sie wäre im Jahr darauf in die Schule gekommen. Sie war also draußen und sie hatte zuvor von unserem Vater ein Schmetterlingsnetz bekommen, da war sie mächtig stolz drauf. Irgendein Schmetterling musste es ihr an dem Tag besonders angetan haben, wenn sie sehr konzentriert war, vergaß sie alles um sich herum, fokussierte sich ganz auf das, was sie gerade tat. Sie verfolgte ihr besonderes Objekt der Begierde an diesem Morgen bis zum Fluss und versuchte wohl, ihn zu überqueren ...«

Helmut machte eine Pause, während ich versuchte, das mittlerweile stärker zappelnde Huhn nicht loszulassen. Links und rechts meines Sichtfeldes schoben sich hohe, dunkle Tannen vorbei und es begann zu nieseln.

»Auf der anderen Seite des Flusses war der Hannes mit seinen Schafen auf der Wiese, er war noch ein Stück entfernt, vielleicht zweihundert Meter. Er hat uns danach erzählt, dass er gesehen hatte, wie sie mit dem Kescher versuchte, den Fluss zu überqueren. Eigentlich war es ein ruhiger Bach, aber zu der Zeit waren gerade die Schneemassen weiter oben getaut und hatten unseren sonst eher gemächlichen Fluss in einen unvorhersehbaren Strudel verwandelt. Na ja. Regine rutschte aus und fiel hinein.«

Er schwieg wieder. Judy fiepste leise hinter uns, ansonsten war bis auf das monotone Dröhnen des altersschwachen Motors nichts zu hören.

»Ist sie gestorben?«, fragte ich nach einer Weile.

»Ja. Oder nein. Also erst nicht. Der Hannes ist losgerannt und hat geschrien wie am Spieß, sodass ein paar andere Leute aus ihren Häusern kamen. Regine wurde von der Strömung abgetrieben, sie war viel zu klein. Ein Erwachsener hätte sich halten können, meine Schwester jedoch ... Ein paar Männer und Frauen rannten am Fluss entlang, Regines Kopf wurde immer wieder untergetaucht. Es hat lange gedauert, bis sie endlich irgendwo hängen blieb. Als die Leute sie auf die Wiese trugen, war sie ganz blau. Sie klopften auf ihren Rücken und irgendwann begann sie, Wasser zu spucken und zu atmen, ihre Augen gingen auch auf, dann verlor sie aber direkt wieder das Bewusstsein. Sie haben sie runter in die Stadt ins Hospital gebracht. Sie ist dann wieder aufgewacht, aber sie war nicht mehr sie selbst.«

»Was bedeutet das?«

»Sie konnte sich nicht mehr richtig bewegen, ihre Augen hielt sie immer geschlossen, das machte mir als Junge richtig Angst. Ihr lief der Sabber aus dem Mund und sie konnte nicht mehr sprechen. Es gab auch Probleme mit der Atmung, mit dem Stuhlgang. Nichts klappte mehr richtig und die Ärzte konnten nicht wirklich helfen.«

»Mein Gott.«

»Ja. Meine Mutter ist daran regelrecht zerbrochen. Und eines Tages … Meine Großmutter stattete meiner Schwester einen Besuch ab und da starb Regine. Die Ärzte sagten, es sei ein Herz-Kreislauf-Stillstand gewesen. Aber ich glaube bis heute, dass meine Großmutter irgendetwas gemacht hat. Vielleicht hat sie sie mit dem Kissen erstickt, ich weiß es nicht.«

Ich starrte ihn an.

»Sie glauben, dass Ihre Oma Ihre Schwester umgebracht hat?«

»Ja. Und ich glaube, meine Mutter hatte einen ähnlichen Gedanken. Das Verhältnis zwischen ihnen war danach kaputt. Und meine Mutter war für immer zerrüttet. Sie war nicht mehr wie früher, wissen Sie, und wurde es auch nie mehr. Ihre ganze Fröhlichkeit, das war alles erloschen. Erst als die ersten Enkelkinder kamen, wurde sie wieder etwas munterer. Aber so richtig fröhlich wurde sie nie mehr. Sie starb als traurige Frau, glaube ich.«

Als Helmut mit der Erzählung geendet hatte, fühlte ich mich unglaublich deprimiert. Ich dachte darüber nach, was passiert wäre, wenn du früher aus dem Wasser gezogen worden wärst. Ob du wohl mit Hirnschäden wieder aufgewacht wärst, ob du nicht mehr gewusst hättest, was ein Gespensterfisch oder eine Qualle waren. Der Gedanke daran tat mehr weh als der an dein Grab, und diese Erkenntnis traf mich eiskalt. Dennoch: Ich erkannte, dass ich durch deinen Tod eine Chance haben würde, mich verabschieden zu können. Du bist für immer fort, endgültig, und hast jede Hoffnung mitgenommen. Wärst du ins Koma gefallen, wäre ich für immer mit dir in einer Zwischenwelt gefangen worden – mit dir und ohne dich gleichzeitig. Dennoch schämte ich mich für diese Gedanken. Ich dachte plötzlich an die Nationalsozialisten und ihre Unterscheidung in lebenswertes und lebensunwertes Leben und es fröstelte mich.

»War Ihre Großmutter Nationalsozialistin?«

Ich hatte keine Ahnung, wieso ich das gefragt hatte. Der Zug um Helmuts Mund verhärtete sich.

»Eine glühende Anhängerin«, erwiderte er nach einer längeren Pause.

So eine direkte und ehrliche Antwort hatte ich gar nicht erwartet. Ein Freund von mir sagte einmal: »Unglaublich, wie die Nazis an die Macht kommen und Millionen von Menschen ermorden konnten, wo doch ganz Deutschland auf Nachfrage im Widerstand war.«

Jetzt breitete sich wieder Schweigen im Wagen aus und ich traute mich nicht, noch weiter nachzufragen.

Der Himmel über dem Wohnmobil wurde immer dunkler und es begann zu donnern, ein Blitz zuckte über uns hinweg und ließ die Welt den Bruchteil einer Sekunde in einem übernatürlich weißen Licht leuchten. Ich blickte nach oben und erwartete schon fast, ein UFO zu sehen.

»Gibt es eigentlich wirklich Außerirdische?«, fragtest du mich einmal.

»Ich glaube nicht«, antwortete ich.

»Aber woher wollen wir das wissen?«

»Ich weiß es ja gar nicht.«

»Das Universum ist doch unendlich groß, da ist es doch unwahrscheinlich, dass wir der einzige Planet mit Tieren und Pflanzen sind, oder?«

»Das stimmt schon.«

»Vielleicht sitzt irgendwo ein außerirdischer Junge und fragt seine außerirdische große Schwester genau dasselbe.«

»Das kann schon sein.«

»Oh Mann, ich würde so gerne mit dem Jungen sprechen! Der hätte bestimmt suuuuper viel zu erzählen. Meinst du, Außerirdische müssen auch in die Schule gehen?«

»Bestimmt, sonst wissen sie später ja gar nicht, wie man die coolen UFOs fliegt«, antwortete ich grinsend. Du nahmst das Thema jedoch sehr ernst.

»Wenn mich mal Außerirdische entführen, hoffe ich, dass sie dich mitentführen. Oder ich müsste ihnen erklären, dass Menschenkinder ihre Schwestern und Eltern mitnehmen müssen«, sagtest du leise und fügtest hinzu: »Hoffentlich haben die da auch Fische, bestimmt total krasse, bestimmt solche, wie wir sie uns hier gar nicht vorstellen können, vielleicht spucken die Feuer und können fliegen und sind alle so groß wie Häuser!«

»Die könntest du dann alle entdecken und ihnen Namen geben.«

»Aber die Außerirdischen haben ihnen doch bestimmt schon Namen gegeben.«

»Ja, aber in der außerirdischen Sprache. Wir brauchen ja noch Namen in unserer Sprache für sie, sonst können wir die vielleicht gar nicht aussprechen.«

»Stimmt, sie brauchen Trivanamen!«

Du sprangst auf und sahst mich entschlossen an.

»Du meinst Trivialnamen.«

»Genau! Namen, die normale Menschen verstehen können! Ich mach schon einmal eine Liste.«

»Aber du weißt doch gar nicht, wie die außerirdischen Fische aussehen?«

»Das ist egal, lass mich jetzt, ich muss mich konzentrieren!«

Ich stellte mir vor, wie du gerade vielleicht bei den Außerirdischen warst. Wie du vielleicht gerade einen kleinen Kittel anhattest, ein Klemmbrett in der Hand hieltst, in einer außerirdischen Forschungsstation von Wissenschaftlern mit großen Schädeln und dünnen langen Armen umringt vor einem Becken standest und sagtest: »Und diesen hier nennen wir Entenfisch, weil er einen Schnabel wie eine Ente hat!« Die Außerirdischen würden höflich klatschen und dich für den großen Menschengelehrten halten, der du warst. Ich hatte keine Vorstellung vom Jenseits, doch diese würde mir wirklich sehr gefallen.

Ich lächelte, was Helmut auffiel.

»Sie sind ja wieder gut drauf«, sagte er.

»Ja. Glauben Sie an Außerirdische?«

»Sie haben schon ein bisschen so 'ne Meise, oder?«, sagte er und sah mich aus dem Augenwinkel scharf an.

»Wenn, dann habe ich einen Gespensterfisch«, sagte ich und strich dem Huhn über das hin und her ruckende Köpfchen. Ich lächelte immer noch.

Als wir relativ weit oben im Gebirge angekommen waren, drosselte Helmut die Geschwindigkeit und fuhr rechts auf einen kleinen Parkplatz, auf dem ein blaues Auto stand. Anscheinend begann hier ein Wanderweg. Das Gewitter hatte sich so schnell verzogen, wie es gekommen war, und es nieselte nur noch.

Helmut ließ die Hände sinken, nachdem er das Wohnmobil abgestellt hatte.

»So«, sagte er.

»So«, antwortete ich.

Judy begann wieder zu winseln

»Zeigen Sie mir mal das Huhn.«

»Lutz.«

Er ignorierte meine Bemerkung und stieg aus. Dann öffnete er die Beifahrertür und nahm das Huhn entgegen, das unwillig gackerte. Er drehte es auf den Rücken und schaute sich die Beine an, wobei er die Stirn in Falten legte.

»Der Unterschenkel ist gebrochen und der Bruch ist nicht offen. Beides ist gut. Sie müssen jetzt ein paar kleine Zweige suchen, damit wir das Bein schienen können«, wies er mich an.

Ich lief in Richtung der Bäume und suchte nach kleinen Ästchen, während Judy im Wohnmobil regelrecht randalierte.

»Is' jetzt ma' gut hier!«, brüllte Helmut in Richtung des Campers. Sofort war Ruhe.

Die Suche nach passenden kleinen Ästen gestaltete sich schwierig. Entweder waren sie zu groß, zu dünn, zu verharzt, zu dies, zu das. Helmut war nicht zufrieden und es dauerte ewig, bis ich einen Ast fand, der passend war.

Ich musste Lutz halten, während er das Stöckchen mit einem Messer auf die richtige Länge brachte.

»Das wird dem Huhn jetzt wehtun«, sagte er und zog am Beinchen.

Das Huhn schrie wie verrückt und versuchte, sich aus meinem Griff zu winden.

»Heulen Sie jetzt schon wieder?«, fragte Helmut, der mir kurz ins Gesicht geschaut und anscheinend meine feuchten Augen bemerkt hatte.

»Lutz tut mir nur so leid«, sagte ich und zog die Nase hoch. Ich hielt das Tier aber unverändert fest in meinen Händen.

Helmut legte das Hölzchen an und befestigte die Schiene mit einem Verband. Zufrieden trat er zurück und betrachtete sein Werk, während Lutz in meinem Griff zitterte und ganz schwach gurrte.

»Können wir ihr nichts geben? Paracetamol oder Novalgin oder sowas?«

»Ne, wir würden sie vermutlich töten«, antwortete Helmut und setzte nach: »Was im Grunde aber das Beste für das Tier wäre.«

Gekränkt setzte ich mich mit Lutz wieder auf den Beifahrersitz und Helmut begab sich zurück ans Steuer. Niemand würde mein Huhn töten, so viel war sicher.

»Wie lange muss die Schiene dran bleiben?«, fragte ich Helmut.

»Na ja, ein paar Wochen bestimmt«, sagte er.

»Oh, Fuck!«, rief ich.

Lutz hatte mir auf den Schoß geschissen. Helmut zog nur die Augenbrauen hoch, als wolle er mir mitteilen: *Ich hab's ja gesagt!*

»Wenn das Huhn mir hier den Wagen vollkackt, mache ich Frikassee aus ihm«, sagte er ruhig und startete den Motor.

119

6480

Was mich dem Leben immer ein bisschen misstrauisch gegen-
überstehen lässt: Die Unvorhersehbarkeit, also eigentlich das,
was den meisten Leuten so gut gefällt. Sie finden es *spannend* –
ich finde es nur beunruhigend, denn unvorhersehbar ist nicht
nur der Überraschungsbesuch der besten Freundin, die wir seit
Jahren nicht gesehen haben, unvorhersehbar sind auch all die
Enden, die auf uns warten. Das Ende der Freundschaft, der
Liebe, des Lebens des kleinen Bruders – dein Ende. Beile, die
in die Angelschnüre fallen, die uns alle miteinander verbinden.
Beile, die auch unsere Angelschnur zerrissen haben, deine und
meine.

Auch mir wird das irgendwann passieren, also die Schwärze.
Erst ist alles wie immer und dann plötzlich nicht mehr. Zack.
Wenn man eine Brezel aus der knisternden Tüte zieht und die
Salzkörner überall hinspringen, wenn man sich die Schuhe zu-
bindet, wenn man das Geschirr abwäscht und die Müslischüsseln auf den Tellern balanciert und abstützt, wenn man joggen
ist oder ein Blatt von einem Busch pflückt und es in die Tasche steckt, wie du es immer getan hast. Wenn man einen Kie-
selstein aufhebt oder einen fallen lässt und ihn mit dem Schuh
weiter kickt.

Es, dieses *Andere*, kann immer passieren und überall und vor
allem unerwartet, ein bisschen zu schnell, weil es dafür kein
richtiges Tempo gibt, auf jeden Fall so, dass man nicht weg-
laufen kann. Der Tod ist so ein *Anderes*, das mich permanent

fassungslos zurücklässt, ernsthaft, ich kann es nicht begreifen. Trotz der letzten zwei Jahre. Trotz *dir*. Dass wir alle sterben müssen ist so unglaublich, ich empfinde es als eine grausame Ungeheuerlichkeit, als die schlimmste Beleidigung, die es geben kann.

In uns allen schwirrt eine Zeitbombe, wir Menschen sind sozusagen ewig viele Zeitbomben mit ganz unterschiedlichen Detonationszeiten und -gründen, doch hochgehen werden die Bomben alle, klar. Vorher rasen sie durch den Blutkreislauf und lassen uns das Leben leben und Tieren neue Namen geben und Brezeln essen, bis wir es eben nicht mehr tun. Und dann krachen lange vergessene Partikel in einen Nervenknoten, es werden Neurotransmitter ausgeschüttet, elektrische Potenziale weitergeleitet, es finden Reaktionen statt, Empfindungen, Gefühle, auf einmal ist man in einem *Zustand*. Die Schwärze rückt ganz nah vor Augen, die Brezel gleitet während des Hustenanfalls in die Tüte zurück, die Müslischüsseln rutschen von den Tischen und beim Joggen wird gestolpert. Der Herzschlag fühlt sich auf einmal komisch an und sieht man nicht auf dem rechten Auge plötzlich weniger, kann das sein? Und ehe man sichs versieht – zack! –, ist man tot. Ende Gelände, keine zweite Runde, bitte aussteigen, das war's.

Ich glaube nicht an ein Jenseits, was wiederum zu der unangenehmen Tatsache führt, dass ich panische und kaum auszuhaltende Angst vor dem Tod habe. Der Gedanke daran, dass du so einfach verlöscht und in die Dunkelheit getaucht bist, entsetzt mich bis heute. Wie soll ich nur damit umgehen, dass du einfach fort und nicht *woanders* bist?

Lutz gackerte laut.

»Sie zerdrücken das Huhn ja«, rief Helmut herüber. Er hing gerade eins seiner beigen Polohemden über die Wäscheleine, die er zwischen dem Wohnmobil und einem Baum aufgespannt hatte.

Ich blickte auf meine Hände, die sich zu fest in die Henne gegraben hatten, während ich meinen düsteren Gedanken nachhing. Sofort lockerte ich die Finger, woraufhin Lutz mich fast schon vorwurfsvoll ansah.

Wir hatten am Abend zuvor wieder in der Nähe eines Bergsees Quartier bezogen, genau genommen am Fernsteinsee, und ich hatte Lutz gerade ihr Abendessen gegeben. Dafür hatte ich eine Menge Nacktschnecken, Würmer, Insekten und kleine Gräser gesammelt. Ich hielt ihr noch einmal einen kleinen Regenwurm hin, als Entschuldigung für mein grobes Verhalten. Sie pickte danach und traf erst zweimal die Luft, bis sie dann endlich den Wurm erwischte.

Die letzten zwei Tage waren wir nur noch schleppend vorangekommen. Das alte Wohnmobil schaffte hier im Gebirge kaum über fünfzig Kilometer pro Stunde und ächzte bei jedem Anstieg so sehr, dass ich immer wieder dachte: *Ende Gelände, jetzt säuft der Motor ab.* Doch wir hatten jeden Berg bezwungen, teilweise zwar nur mit fünfzehn Kilometern pro Stunde, aber immerhin.

Die Landschaft um uns herum war atemberaubend. Das Wasser des Fernsteinsees war so blau und klar, dass es fast schon lächerlich war. Selbst vom Ufer aus konnte ich erahnen, dass man noch relativ weit draußen bis zum Grund sehen konnte, und ich ging gern die fünf Minuten vom Campingplatz bis zum See, um die Füße ins Wasser zu halten und meinen Gedanken nachzuhängen.

Ich war erstaunt, dass wir so lange an Ort und Stelle blieben und nach dem Frühstück nicht weiterfuhren, aber Helmut verschwand tagsüber zwei oder drei Mal für wenige Stunden im Wohnmobil, um »etwas zu erledigen«, wie er sagte. In der Zeit hörte ich wieder das leise brummende Geräusch aus dem Inneren, traute mich aber nicht nach der Quelle zu fragen. Ich selbst ging derweil spazieren oder las, dazwischen vertrieb ich mir die Zeit mit deprimierenden Gedanken, es war also alles wie immer.

Helmut kam zu mir und nahm mir das Huhn ab. Er drehte es auf den Rücken, schaute sich das geschiente Bein an, nickte zufrieden und setzte Lutz dann in ihr Körbchen.

»Ihren Händen geht es ja auch wieder gut, zumindest haben Sie den Verband abgenommen. Sehr gut«, erklärte er, während ich begann, das von ihm vorbereitete Abendessen – es gab wieder einmal Nudeln mit Gemüsesoße – auf unsere Teller zu verteilen.

Helmut wischte seine Hände an der Hose ab und band Judy, die wieder einmal begonnen hatte, sich an Lutz anzuschleichen, am Wohnmobil fest. Er stellte ihr einen Napf mit Hundefutter hin, ging wieder in den Camper und holte den Wein.

»So«, stöhnte er und ließ sich mit einem langen Seufzer auf den Stuhl fallen.

»Danke fürs Kochen«, sagte ich und setzte mich auf meinen Platz.

Das Abendessen verlief ruhig und wir waren trotz Hauptsaison allein auf dem Campingplatz.

Nach dem Essen räumte Helmut die Reste weg und ich hörte, wie er das dreckige Geschirr in der Waschschüssel platzierte, wo es geduldig auf mich warten würde. Er goss die Becher mit Wein voll, ließ die Flasche aber auf dem Tisch stehen.

Dann schüttelte ihn wieder einer seiner Hustenanfälle und es dauerte eine Weile, bis dieser abebbte.

»Haben Sie Lust auf einen kleinen Ausflug?«, fragte Helmut, als wir still auf den Stühlen saßen und unseren Wein tranken.

»Ein Ausflug?«

»Zum See. Ich würde mich da gern mit dem Wein hinsetzen. Wir nehmen das Huhn, Judy und zwei Decken mit, würde ich sagen.«

»Alles klar.«

So richtig Lust hatte ich eigentlich nicht, da ich die letzten Tage wirklich schon übermäßig viel spazierte, aber ich wollte auch keine Spielverderberin sein. Wir begannen zu packen und Helmut band Lutz mit einem Schal um meinen Oberkörper. Weder das Huhn noch ich genossen diese Nähe, doch was sollten wir tun?

Gemächlich setzte sich unsere kleine Karawane in Bewegung. Wir kamen langsam voran, weil Helmut sehr kurzatmig war, doch irgendwann erreichten wir das kleine Schlösschen neben dem See und Helmut führte uns gegen den Uhrzeigersinn am Fernsteinsee entlang. Wir waren ungefähr eine Viertelstunde unterwegs und Helmut keuchte und hustete immer ärger, bis wir an eine Stelle mit einer kleinen Bank kamen.

»Hier«, sagte er und stellte seine Tasche ab. Er zog zwei Decken heraus, wir leinten Judy ab, setzten uns auf die Bank und legten die Decken jeweils über unsere Beine, weil es schon etwas frisch geworden war. Plötzlich bemerkte ich, dass er Helgas Urne in der Hand hielt.

»Wollen Sie sie hier verstreuen?«, fragte ich erstaunt.

»Nein, also nicht ganz. Aber ein wenig. Das habe ich mir vorhin so überlegt, das mit dem Verstreuen. Ich dachte mir:

Wieso nur an einer Stelle? Also deshalb würde ich gern einen Teil von ihr hier verstreuen, weil die Gegend für uns sehr wichtig war, damals.«

»Wieso?«

»Weil sie hier in der Nähe aufgewachsen ist und ich hier meine Ausbildung gemacht habe. Ich habe vor meiner Forstausbildung erst einmal eine Schreinerausbildung gemacht, vielleicht fünf oder sechs Kilometer von hier entfernt.«

»Oh wow, okay.«

»Und dieser See … hier haben wir unsere erste Verabredung gehabt. Wollen Sie wissen, wie wir uns kennengelernt haben?«

»Klar«, antwortete ich.

Helmut nahm einen Schluck Wein.

»Wissen Sie«, begann er, »früher haben die Leute sehr früh geheiratet. Ich war damals noch Anfang zwanzig und unverheiratet, als Mann war das nicht besonders ungewöhnlich, aber keine Freundin zu haben, schon. Ich wusste, dass meine Eltern sich Sorgen machten, weil ich noch nie ein Mädel mit heimgebracht hatte bis dahin. Das führte dazu, dass sie begannen, allerhand Mädchen und ihre Mütter zuuufällig einzuladen. Endlose Kaffeegespräche, endlose Langeweile.«

Helmut trank einen Schluck Wein und hielt Helgas Urne zwischen den Knien. Ich hatte Lutz von mir gelöst und hielt sie einfach auf meinem Schoß. Ich hatte mittlerweile begriffen, dass sie es genoss, wenn man sie am Rücken zwischen ihren Flügeln streichelte, also ließ ich meine Hand in langsamen Zügen vom Hals zum Schwanzansatz hinunterwandern, während sie leise und wohlig gurrte. Ich wusste nicht, dass Hühner wie Tauben gurren konnten, ich wusste nicht einmal, ob andere Hühner das auch machten, aber Lutz gackerte ungern und gurrte gern. Wer weiß, vielleicht war sie ja eine Taube, gefangen im Körper eines Huhnes.

»Einmal war mein Vater mit mir Eis essen und wir saßen auf einer Parkbank«, fuhr Helmut fort. »Vor uns trainierte eine Mädchenfußballmannschaft, oder war es Volleyball? Das weiß ich gar nicht mehr, könnte auch Handball gewesen sein.«

Verwirrt rubbelte er mit einer Hand über seinen Kopf, sodass seine Kükenflaumhaare wieder in alle Richtung abstanden. Helmut, das älteste Taubenjunge der Welt.

»Mein Vater fragte mich dann: *Welche würdest du gerne küssen?*, und ich war verwirrt und wusste keine Antwort. Ich spürte, wie mein Vater angespannt wurde und ich bekam Angst. Ich zeigte dann wahllos auf ein Mädchen mit roten Haaren. Daraufhin war mein Vater wieder normal, er wirkte erleichtert und gelöst. Ich glaube, er hatte von Anfang an Angst, dass ich schwul sei.«

»Und, sind Sie es?«

Helmut stellte Helga zwischen uns auf die Bank.

»So einfach ist das nicht, glaube ich. Ich glaube, ich war irgendwie … gar nix. Ich kann es nicht beschreiben. Ich habe einfach nie ein sonderlich großes Interesse an Mädchen entwickelt, keine Ahnung, wieso. Ich wollte irgendwie immer meine Ruhe, wusste aber, dass ich sie erst haben würde, wenn ich endlich auch heiratete. Na ja, und dann kam Helga ins Spiel.«

Er lächelte und nahm die Urne wieder in die Hand.

»Sie war ein junges Ding, machte gerade Abitur. Wo sich unsere Eltern kennengelernt haben, weiß ich nicht mehr. Jedenfalls kam ich eines Tages nach Hause und da saß sie auf meiner Terrasse, sie hatte rote Haare – wie das Mädchen aus der Sportmannschaft – und Sommersprossen und sah unfassbar gelangweilt aus, jaja. Meine Mutter redete auf sie ein und

126

war anscheinend gerade dabei, meine mannigfaltigen Qualitäten anzupreisen, als ich auftauchte. Mein Vater saß einfach nur dabei, rauchte und schwieg.

Ich setzte mich dazu und Helga und ich waren still, während die Erwachsenen für uns die Konversation führten. Na ja, und irgendwann erwachte mein Vater aus seiner Lethargie und fragte mich: *Junge, willst du nicht mit ihr an den See fahren? Es ist so heiß, nehmt euch ein Boot und fahrt 'ne Runde!* Das taten wir dann. Ich nahm das Auto und fuhr mit ihr an den See, diesen See hier, es waren ja nur ein paar Kilometer.«

»Das heißt, wir sind fast bei Ihrem Elternhaus angekommen? Es ist hier in der Nähe?«

»Ja. Es ist nicht mehr weit.«

»Oh wow, okay.«

»Darf ich nun weitererzählen?«, brummte Helmut.

»Ja, ja klar, Entschuldigung!«

»Wo war ich … ach ja! Wir kamen am See an und als Helga ausstieg, war sie komplett verändert. Sie zog sich die züchtige Strickjacke aus, warf sie ins Auto, zog auch die Schuhe und die Strumpfhose aus, die sie unter ihrem Kleid trug, und rannte einfach ins Wasser rein. Da gegenüber von uns, neben der kleinen Brücke, da rannte sie einfach rein.«

Helmut strahlte über das ganze Gesicht.

»Meine Familie hatte hier ein kleines Ruderboot liegen, da sind wir eingestiegen und sie war so anders als ich. Sie redete ununterbrochen, vor allem von den Tieren auf dem Bauernhof ihrer Eltern. Sie war keine Sekunde still, es war toll. Ich bin gerudert, sie hat geredet, das war unsere Aufgabenteilung, später auch irgendwie. Sie hat für mich mit geredet, das war praktisch. Irgendwann auf dem Boot lehnte sie sich dann einfach gegen mich und erzählte mir, dass ihre Eltern sie schnell verheiraten wollten, weil sie wohl keine Jungfrau mehr war. Sie wollten in bessere Kreise aufsteigen, doch da wollte sie keiner mehr, weil sich das herumgesprochen hatte. Es hatte wohl einen Vorfall an der Schule gegeben, ich weiß es auch nicht mehr ... Sie war eine Unruhestifterin, so oder so. Jedenfalls erzählte ich ihr, dass ich auch schnell heiraten müsse, um endlich wieder meine Ruhe zu haben und aus diesem Alpendorf verschwinden zu können, weg von meiner zerbrochenen Mutter, weg vom übermächtigen Vater, einfach raus. Ja, und dann hat sie gesagt: *Dann heiraten wir eben.* Und dann ...«

Helmut lachte heiser.

»Dann hat sie mich in den See gestoßen und ist durch den Schwung und das wackelnde Boot auch reingefallen.«

Er lachte schallend und ich stimmte ein.

»Ja, so war das. Als wir zurückfuhren und klatschnass waren, waren unsere Mütter erst entsetzt, doch als Helga dann vor versammelter Mannschaft einfach meine Hand nahm, war die Erleichterung groß. Sie können sich kaum vorstellen, wie schnell dann geheiratet wurde, wir waren sozusagen kaum trocken, meine Güte. Ich glaube, schon sechs oder sieben Wochen danach stand ich vorm Altar. Ja, so war das.«

»Wow«, sagte ich und schaute auf die sich kräuselnde Wasseroberfläche des Sees.

»Und wie war die Ehe?«, fragte ich und überlegte direkt, ob das zu persönlich war. Doch Helmut schien in Plauderlaune.

»Ich hatte immer meine Ruhe. Also, ich meine damit, dass sie mich zu nichts drängte, sie war sehr feinfühlig, wissen Sie? Das merkten auch die Tiere, deswegen mochten sie sie immer so sehr. Mir ging es gut, solange sie in meiner Nähe war, und anders herum war es wohl auch so. Wir zogen in die Mitte Deutschlands, weg von den Bergen und unseren einengenden

Familien. Ich wurde Förster, Helga arbeitete mit im Forsthaus. Ganz zu Anfang wohnten wir da auch, also im Forsthaus im Wald, aber Helga wollte irgendwann nicht mehr direkt zwischen den Bäumen wohnen. Ist zu dunkel, meinte sie. Deshalb baute ich das andere Haus, von dort sind es ja nur fünf Minuten mit dem Auto zum Wald. Niemand wusste so viel über Tiere wie sie, das können Sie mir glauben. Es war eine gute Ehe.«

»Aber scheiden lassen haben sie sich dennoch, oder?«

»Ja. Das war nach Christophs Tod, ich wollte die Scheidung. Ich wollte, dass sie die Chance bekam, neu zu heiraten und Kinder zu bekommen. Helga wollte immer eine große Familie, wissen Sie? Aber ich konnte mir das nach dem Tod unseres Sohnes nicht mehr vorstellen. Christoph war fort und ...«

»... die Zeit blieb stehen«, vervollständigte ich den Satz einfach.

Er sagte nichts, sondern schenkte uns den Rest des Rotweins in die Becher.

»Zwei Jahre lebte sie bei ihren Eltern hier in den Bergen, wurde von einem stationierten amerikanischen Soldaten schwanger, blieb allein zurück. Dann habe ich angefangen, ein kleines Haus zu bauen, also auf meinem Grundstück. Haben Sie es gesehen, das kleine Haus?«

»Das man von Ihrer Terrasse aus sehen konnte?«

»Ja genau, das.«

»Da hat sie gewohnt?«

»Ja, mit den Kindern. Ich hatte ihr das große Haus angeboten, aber sie sagte, da gäbe es zu viele Geister. Also blieb sie mit den Kindern im kleinen Haus und wir führten plötzlich unsere Ehe halb fort. Ich war für die Kinder der Onkel, der immer da war, und wir unternahmen viel zusammen.«

»Wieso haben Sie Helga dann nicht noch einmal geheiratet?«, fragte ich.

»Na ja, wir machten nicht *alles* zusammen, verstehen Sie?«

Ich verstand.

»Es war für uns das perfekte Arrangement. Wir waren glücklich, wir hatten einander und dennoch genug Platz für unsere Eigenheiten und privaten Dinge, wissen Sie.«

»Ja.«

Wir tranken Wein und schwiegen, während der Himmel immer röter wurde.

»Wie finden Helgas Kinder es, dass Sie ihre Mutter geklaut haben?«, fragte ich.

»Die wissen das nicht.«

»Das Grab ist aufgewühlt. Das werden die schon wissen. Da werden Leute bei ihnen anrufen.«

»Die haben schon bei mir angerufen, direkt am nächsten Tag, als Sie noch auf meinem Sofa schliefen. Die Verwaltung des Friedhofs sagte mir, dass jemand die Urne gestohlen habe, schon die Polizei gerufen und Strafanzeige gestellt worden sei. Ich tat wütend und überrascht und das war's. Natürlich rief ich gleich die Kinder an und sagte es ihnen, doch ich glaube, sie haben es mir nicht abgekauft. Die haben bestimmt gemerkt, dass ich irgendwas verschweige, aber was sollen sie machen? Wenn ich Helga verstreut habe, werde ich ihnen einen Brief schreiben, ich bin sicher, sie verstehen das.«

»Ich weiß nicht, ob das so eine gute Idee ist. Einfach die Mutter von Leuten klauen und denen aber nix sagen.«

»Ich glaube, es war richtig«, sagte er und schaute auf die Urne herab.

Wir schwiegen, dann stand er auf, öffnete die Urne und sah stirnrunzelnd darauf hinab.

»Jetzt habe ich gar nichts, um die Asche da rauszuholen«, sagte er und drehte sich verwirrt zu mir um.

»Na ja, dann nehmen Sie die Hände, die können Sie dann ja im Wasser waschen, dann bleibt auch alles von ihr hier.«

»Hm. Ja, so mache ich es.«

Er ging ein wenig gebeugt ans Ufer und griff in die Urne. Die Aschekapsel hatte er noch bei sich zu Hause entfernt, sodass die Asche direkt in der Urne lag. Er hielt die Hand zur Faust geschlossen und Helga rieselte von ihr hinab. Er starrte hinunter und ich sah sein Gesicht nur im Profil, doch es war genug, um zu erkennen, dass seine Augen nass wurden. Da stand ein Mann in beigem Polohemd und grauer Stoffhose, der Rücken gekrümmt, die dünnen Haare flatternd im Wind, und versuchte, die Liebe seines Lebens in einen Bergsee zu streuen.

Ich stand auf und nahm ihm die Urne ab. Nachdem ich sie verschlossen und auf den Boden gestellt hatte, legte ich eine Hand auf seinen Rücken, mit der anderen stützte ich ihn am Arm und half ihm, sich hinzuknien. Während er die Hand ausstreckte, versuchte ich ihn zu stabilisieren, damit er nicht ins Wasser fiel. Er schluchzte kurz auf und krallte sich mit seiner freien Hand so stark in meinem Oberarm fest, dass ich dachte, der Arm würde gleich abreißen, doch ich hielt stand. Er öffnete die Handfläche und Helgas Asche darin wurde komplett davongeweht, dann tauchte er die Hand ins Wasser und wusch die letzten Reste ab. Anschließend saß er einfach nur zusammengesunken da und schaute auf die glitzernde Wasseroberfläche, während der Sonnenuntergang ins Finale ging.

»Meine Knie tun weh«, sagte er irgendwann und seine Stimme klang so wie immer. Sie verriet nichts von der emotionalen Regung, die eben noch so präsent war.

Ich reichte ihm beide Hände, an denen er sich hochzog.

Wir gerieten ins Wanken und ich versuchte, ihn vom Ufer wegzuziehen, damit er nicht ins Wasser fallen würde – und fiel dabei selbst hinein. Ich konnte mich mit den Armen abfangen, sodass nur meine Hose nass wurde, das reichte aber schon, um meine Laune ziemlich zu senken.

Helmut stand über mir und sah mich mit gerunzelter Stirn an.

»Was machen Sie da?«, fragte er.

»Ich bin gefallen«, sagte ich und ärgerte mich über die blöde Frage.

»Sie sind ja schon wieder voll mit Helga.«

»Was?«

»Na, wir haben da gerade Helga verstreut und sie rennen sofort wieder rein, können Sie nicht aufpassen? Das ist aber auch schlimm mit Ihnen!«

Ich starrte ihn an, er starrte zurück, dann verschwand der verärgerte Ausdruck auf seinem Gesicht und wir fingen beide an zu lachen, während Judy nervös vom Baum aus bellte, an dem wir sie festgebunden hatten. Lutz gackerte von der Bank aus zu uns herüber, während ich aus dem Wasser watete.

Als wir wieder zurück am Wohnwagen waren, setzten wir uns noch einmal kurz davor. Helmut hatte den Rest von Helga wieder sicher verstaut und schaute nun in die Baumwipfel, die uns umgaben.

»Es war gut, dass Sie heute dabei waren, da am See«, sagte er.

»Finden Sie?«

»Ja. Sonst wäre bestimmt ich reingefallen und nicht Sie.«

»Das kann durchaus sein.«

»Ja. Und überhaupt. Ich dachte immer, das sei etwas, das

man allein machen muss. Aber ich glaube, es war gut, dabei nicht allein zu sein.«

Ich nickte und legte meine Hand auf Judys Kopf. Lutz schlief schon in dem kleinen Korb, den wir ihr ausgepolstert hatten.

»Ich wünschte, ich könnte meinen Bruder auch verstreuen. Im Meer.«

»Hm.«

Lutz wackelte ein bisschen im Schlaf, um eine gemütlichere Position zu finden, und war dann wieder ganz ruhig.

»Können Sie nicht irgendwas anderes von Ihrem Bruder verstreuen?«, fragte Helmut.

»Wie, etwas anderes?«

»Es muss ja nicht sein Körper sein. Vielleicht haben Sie et--was anderes, das mit ihm zusammenhängt, Sie wissen schon. Das Ihnen etwas bedeutet und mit ihm zu tun hat.«

»Ich kann doch nicht irgendein Zeug ins Meer werfen.«

»Sie müssten es natürlich vorher verbrennen.«

Helmut hustete wieder heftig. Ich dachte nach.

»Ich habe ein T-Shirt dabei, das mit ihm zusammenhängt.«

»Sehen Sie? Das verbrennen wir und packen es irgendwo rein. Dann verstreuen Sie es.«

Das war tatsächlich keine so blöde Idee.

»Morgen kommen wir bei Ihrem Bergdorf an, stimmt's?«, fragte ich Helmut.

»Das ist richtig.«

»Wow.«

»Ja. Da sagen Sie etwas – *wow*.«

»Wie lange waren Sie nicht mehr da?«

»Puuuuh«, Helmut stemmte die Hände in die Hüften, streckte den Rücken durch und hob seinen Blick zum Himmel, von dem aus uns die Sterne entgegenstrahlten. Manche waren so hell, dass sie regelrecht in den Augen stachen.

»Ich würde schätzen, so dreißig Jahre«, sagte er.

»Boah.«

»Ja.«

»Und das Haus gehört Ihnen?«

»Ich habe das Haus geerbt, meine Brüder die Firma, die meinem Vater gehörte. Vor allem Geld haben sie geerbt, ja. Mittlerweile sind alle meine Geschwister tot. Ich wollte das Haus damals nicht, aber ich habe es bekommen. Was will man machen.«

»Steht es seitdem leer?«

»Ja, seit dem Tod meiner Eltern steht es leer. Und meine Eltern sind schon lange tot.«

»Puh. Ich hätte es an Ihrer Stelle verkauft. Da wird's 'ne Menge Spinnweben geben.«

»Ja, und eine Menge Geister.«

Er starrte in die Nacht hinaus, bis ihn wieder ein Hustenkrampf schüttelte.

»Ihr Husten wird immer schlimmer und ehrlich gesagt sehen Sie auch ein wenig … mitgenommen aus.«

»Es ist nichts.«

Die übliche Helmut-Antwort.

»Was brummt bei Ihnen nachts eigentlich immer so im Wohnmobil?«, fragte ich ihn.

»Hm? Ach, das wird der Trafo sein oder die Kühlbox.«

»Ach so, verstehe«, sagte ich.

Schon klar, Helmut, dachte ich.

Als Helmut sich zur Nachtruhe verabschiedet hatte, stand ich noch eine Weile im Dunkeln – Lutz schlief in ihrem Korb liegend neben mir. Das Licht im Wohnwagen brannte noch und auf einmal hörte ich etwas, das wie ein Mörserfeuer klang. Waren das Tastaturanschläge? Von einer Schreibmaschine? Warum waren die Vorhänge am Wohnmobil immer zugezogen? Ich wollte unbedingt wissen, was da drin vor sich ging.

5990

»Ja, hallo? Halloooo?«

Ich kniff meine Augen zusammen und blinzelte gegen das Sonnenlicht an, das in mein kleines Zelt strömte.

»Was, was ist …«

»Ich dachte, ich wecke Sie mal. Nackt werden Sie ja wohl nicht sein bei der Kälte, hehe.«

Helmut hatte den Kopf in mein Zelt gestreckt, plötzlich tauchte neben ihm Judy auf und stakste durch die Öffnung hinein. Ich tastete umher, fand warme Federn und zog Lutz schnell an mich, wobei sie leise gackernd protestierte.

»Ich bin ja schon wach, wie spät ist es?«

»Fünf Uhr dreißig«, strahlte Helmut mich an.

»Was?!«

»Ja ich hab noch was vor. Ich hatte da so eine Idee …«

»Nehmen Sie Judy weg, ich komme raus.«

»In Ordnung!«

Die Zeltplane fiel wieder zu und wurde vom Wind leicht hin und her bewegt.

Ich hatte in der Nacht von dir geträumt und hatte das Gefühl, noch nicht wieder richtig aus dieser (unserer) Welt zurückgekehrt zu sein. Im Traum ritten wir auf einer riesengroßen Libelle, auf so einer, wie man sie auf Zeichnungen in Naturkundemuseen sieht. Libellen mit Flügelspannweiten von fast einem Meter, doch die in meinem Traum war noch größer – sie war wie ein fliegender, schillernder Bus.

Wir hielten uns aneinander fest und der Sonnenuntergang leitete zur Nacht über, die Sterne strahlten am Himmel und wir flogen durch eine Stadt, die fast nur aus Lichtern zu bestehen schien. War es Frankfurt? Ich wusste es nicht. Der Wind wehte in mein Gesicht, ich schloss die Augen und fühlte mich frei. Du hast gen Himmel gejauchzt vor Freude, du wolltest die Sterne umarmen und hast geschrien, dass du der größte Entdecker der Welt seist, du hast gefuchtelt, gewunken, gestrahlt. Doch irgendwie ist plötzlich alles gekippt. Die Lichter gingen mit einem Schlag aus, die Stadt lag im Dunkeln unter uns, die Hochhäuser wurden nur vom kalten Licht des Mondes und der Sterne beschienen, die Straßen waren nicht zu erkennen, aber irgendwoher wusste ich, dass niemand mehr da war. Du hast auf einmal gesagt: *Komm mit, komm mit, Paula.* Und ich habe gesagt: *Ich bin doch da.* Aber du hast nicht aufgehört, diese Worte immer wieder zu wiederholen, bis du dabei geweint hast. *Komm mit*, hast du geschluchzt, und: *Ich kann nicht ohne dich da hin, bitte!* Und dann bist du gefallen, ich weiß nicht, wie das passieren konnte, du hattest doch gerade noch in meinen Armen gelegen. Du fielst und die Libelle flog gnadenlos mit mir weiter, ich schrie, dann sprang ich – und dann erinnere ich mich an nichts mehr.

Früher hatte ich kaum Albträume, seit deinem Tod habe ich ständig welche. Einmal träumte ich, du wärest aus deinem Grab gekrochen und hättest mich angebrüllt, wieso ich nicht da gewesen sei. Und ich hielt mir die Augen zu, um dein halb verfaultes und aufgefressenes graues Gesicht nicht sehen zu müssen, aber ich wachte erst auf, als du deine Hände um meinen Hals gelegt und zugedrückt hattest, weil du mich holen wolltest. Weil du nicht allein da unten sein konntest im schwarzen Nichts, weil ich zu dir kommen sollte. Ich wünschte, es würde irgendwie gehen. Ich wünschte, du könntest mich irgendwie zu dir holen, weil ich diese Welt schon so lange nicht ertrug. Weil ich in dieser Welt ohne dich gar nicht mehr leben konnte, gar nicht mehr leben *wollte*.

Nachdem ich mich angezogen hatte, kroch ich mit Lutz aus meinem Zelt und fütterte sie erst einmal mit Gräsern, Brot und ein paar Insekten aus dem Vorrat, den ich für sie angelegt hatte. Nachdem sie noch was getrunken hatte, legte ich sie in ihr kleines Nest, das Helmut anscheinend von Kot und Schmutz befreit hatte.

»Also«, sagte er, während er das Wasser für unseren Kaffee auf dem kleinen Gaskocher erhitzte, »ich hatte da so eine Idee.«

»Ja?«

»Wie Sie wissen, ist ja in der Nähe mein Elternhaus, was das Ende unserer Reise darstellen sollte.«

»Ja.«

»Nun dachte ich, vielleicht könnten wir noch einen kleinen Umweg nehmen. Falls es Ihnen nichts ausmacht und Sie noch Zeit haben, versteht sich.«

Er räusperte sich und goss das heiße Wasser über den mit Kaffeepulver gefüllten Filter. Ich sah zu, wie das Wasser langsam in die Glaskanne darunter tröpfelte.

»Was für einen Umweg denn?«, fragte ich und griff nach dem Brot.

»Ich dachte an den Ort, an dem Helgas Großmutter gelebt hat. Sie war sehr wichtig für meine Frau und … ich dachte, es wäre vielleicht schön …«

Er rang die Hände und ich vermutete erst, dass es daher rührte, dass ihm die Situation unangenehm war, doch an seinem ruckenden Körper und dem rot werdenden Kopf erkannte ich, dass er versuchte, einen Hustenanfall zu unterdrücken.

»… also, ich dachte …«

Rücksichtslos bahnte sich der Hustenanfall seinen Weg und brach wie ein Tornado über den alten und zerbrechlichen Körper herein. Helmut stützte sich an der Wand des Wohnmobils ab, ging in die Knie. Er hustete Schleim, versuchte, ein Taschentuch in seiner Hosentasche zu finden, dann sah ich, dass er rote Spritzer in seine vorgehaltene Hand hustete.

»Ist das Blut?«, rief ich entsetzt.

Helmut winkte nur ab und bedeutete mir, mich wieder hinzusetzen. Ich ignorierte ihn jedoch und hastete ins Wohnmobil, in seine heiligen Hallen. Dort fiel mir sofort ein Sauerstoffgerät auf, das vor der kleinen Spüle stand. Ich drehte den Hahn auf und war froh zu sehen, dass dort wirklich Wasser floss. Nachdem ich eins der Gläser gefüllt hatte, die in einem gut gesicherten Regal oberhalb der Spüle standen, nahm ich die Küchenrolle mit und ging wieder nach draußen. Helmuts Lippen waren mittlerweile blau und er war sehr blass. Ich reichte ihm das Wasser und das Tuch, während sein eben noch bellender Husten dabei war, in ein heiseres Kratzen überzugehen. Er bekam keine Luft und ich spürte, wie die Panik in mir aufstieg und mich in Kürze handlungsunfähig machen würde. Ich musste Entscheidungen treffen, *jetzt sofort*.

Ich eilte wieder ins Wohnmobil und untersuchte das Sauerstoffgerät. Endlich fand ich den Schalter zum Einschalten und betätigte ihn, doch nichts passierte – anscheinend war der Akku des Geräts leer. Meine Panik wuchs und wuchs und ich versuchte, das Zittern meiner Hände irgendwie in den Griff zu bekommen. Ich drehte mich um und sah Helmut, der auf der Stufe des Wohnmobils zusammengesunken war. Im Augenwinkel sah ich auch Judy, die hin- und hergerissen war zwischen *zu Herrchen laufen* und *das unbewachte Huhn schnappen.* Gott sei Dank entschied sie sich für Ersteres und leckte Helmut das Gesicht ab, der mittlerweile zu geschwächt war, um sich zu wehren. Er hustete nur noch selten, doch sein Atem hatte sich in ein heiseres Rasseln verwandelt. Ich wusste, dass es keinen Sinn haben würde, ihm Fragen zu stellen, da er nicht genug Atem haben würde, um sie zu beantworten.

Hektisch drehte ich das Sauerstoffgerät hin und her und fand endlich ein Stromkabel. Weiter hinten im Wohnmobil, neben einem kleinen Bett, das mit blau geblümter Bettwäsche bezogen war, sah ich den Trafo. Ich schaltete ihn ein und er begann monoton zu brummen, sofort steckte ich den Stecker des Sauerstoffgerätes in eine der freien Steckdosen und fühlte eine Welle der Erleichterung durch meinen Körper strömen – das Gerät begann zu arbeiten. Ich schob den Trafo noch etwas weiter in Helmuts Nähe, sodass ich genug Spielraum mit dem Kabel hatte, und setzte mich hinter den alten Mann – er war weiter in Richtung Boden gesunken und sein Kopf befand sich auf Höhe des oberen Treppenabsatzes des Campers. Er lehnte den Schädel an mein Knie, ich drückte sein Kinn leicht nach oben und steckte ihm den Sauerstoffschlauch in die Nase.

»Sie müssen langsamer und regelmäßiger atmen, okay?«, sagte ich.

Helmut hob schwach die Hand, als wolle er signalisieren, dass er verstanden habe. Nach einer Weile wurden seine Atemzüge wirklich wieder regelmäßiger und tiefer. Weitere Minuten später – ich hatte mein Zeitgefühl ganz und gar verloren, es könnten zehn oder einhundert Minuten gewesen sein – richtete er sich ein wenig auf. Ich stieg aus dem Wohnmobil und setzte mich vor ihn auf den Boden. Seine Lippen hatten die blaue Färbung verloren, waren jedoch mit Blut gesprenkelt.

Ich weiß nicht, wie lange wir so dasaßen. Wir waren immer noch ganz allein auf dem Campingplatz und das machte mich etwas nervös.

»Soll ich einen Krankenwagen rufen?«, fragte ich.

Helmut schüttelte energisch den Kopf.

»Sie spinn' ja wohl«, murmelte er.

Dass er wieder genug Luft hatte, um mich anzublaffen, war ein gutes Zeichen. Ich stand auf und sammelte Lutz ein, die wieder die Aufmerksamkeit von Judy erweckt hatte. Als ich mich umdrehte, sah ich, dass Helmut schon wieder deutlich aktiver war. Er war dabei, sich auf seinen Stuhl zu setzen, und ich ließ mich ihm gegenüber an dem Tisch nieder. Die Brötchen hatten auch ein paar Blutspritzer abbekommen, das Brot schien unversehrt zu sein, sicher war ich mir aber nicht. Der Hunger war mir sowieso vergangen.

Es dauerte rund eine Stunde, in der ich einfach nur Judy kraulte und Lutz auf meinem Arm hielt, bis Helmut den Schlauch aus der Nase zog und das Sauerstoffgerät ausschaltete.

»Der Kaffee ist jetzt kalt«, sagte er leise.

Seine Stimme klang heiser und angestrengt. *Der Kaffee ist kalt, der Schmerz noch warm*, dachte ich.

»Sagen Sie mir jetzt, was mit Ihnen los ist?«

»Es ist −«

»Ja ja, es ist nichts, deshalb husten Sie Blut und haben ein Sauerstoffgerät dabei, schon klar.«

»… ich wollte eigentlich sagen: Es ist Lungenkrebs.«

Ich streichelte Lutz auf meinem Schoß und war wie vor den Kopf gestoßen. Lange sagte niemand etwas.

»Was sagen die Ärzte?«, fragte ich schließlich.

»Ach, was sollen die schon sagen!«

Helmut winkte ab und goss sich etwas vom kalten Kaffee in seinen Becher, den er vorher mit einem Küchentuch von den Blutspritzern gesäubert hatte.

»Tut mir leid, mit dem Blut hier überall. Was für ein Malheur«, sagte er und besah sich den gesprenkelten Tisch.

»Was die Ärzte gesagt haben, würde ich gerne wissen.«

»Na, jetzt kommen Sie nicht mit so einer Anspruchshaltung, wir kennen uns noch nicht einmal eine Woche.«

»Sagen Sie Bescheid, wenn Sie fertig mit Ausweichen sind?«

Helmut trank seinen Kaffee, nahm meinen Becher und wischte auch ihn ab, obwohl er nichts abbekommen hatte, goss mir eine halbe Tasse Kaffee ein und füllte den Rest mit Milch auf.

»Ich werde sterben. Ist doch klar. Deswegen musste ich das alles so schnell erledigen, also mit dem Ausbuddeln und allem. Das konnte nicht warten. Ich kann doch nicht gehen, ohne mein Versprechen eingelöst zu haben.«

»Das Versprechen, dass Sie Helga nach ihrem Tod in die Berge bringen?«

»Na ja nee, nicht ganz. Ich hatte ihr doch versprochen, dass wir in die Berge fahren. Also vor ihrem Tod. Und dann …«

Er stockte und ließ einen seiner knotigen Finger über den Rand seiner Kaffeetasse kreisen.

»… dann ist sie einfach vorher gestorben!«, rief er wütend aus.

»Ich hatte das Wohnmobil kurz vorher gekauft«, fuhr er fort. »Dafür habe ich Zeitungen ausgefahren mit einem kleinen Roller und wissen Sie, wie einem die Knochen auf so einem Ding wehtun? Aber wir hatten unser Erspartes fest angelegt, für die Kinder, so war das. Da kommt man nicht so einfach dran. Und ich hatte nur ungefähr viertausend Euro auf dem Konto, aber ich wollte ein gutes Wohnmobil, mit Komfort und so. Ich wollte Helga nicht in einer Bruchbude in die Berge fahren. Das Wohnmobil hat neuntausend Euro gekostet, deshalb musste ich zusätzlich zu meiner Rente arbeiten, sonst hätte es nicht gereicht.«

Seine Stirn runzelte sich und er nahm einen Schluck Kaffee.

»Jeden Morgen bin ich um vier Uhr aufgestanden und habe die Zeitungen ausgefahren, fast ein Jahr lang. Den Roller bekam ich von dem Verlag gestellt, aber von Federung haben die noch nichts gehört. Und wenn es kalt war, also im Herbst und im Winter, da ist einem die Kälte so richtig in die Knochen gefahren, furchtbar war das. Und rutschig war es! Sie machen sich kein Bild. Aber irgendwann hatte ich das Geld zusammen und kaufte das Wohnmobil, es sollte eine Überraschung sein, sie dachte ja, wir fahren mit einem normalen Auto. Doch dann ist Helga in ihrem Haus beim Duschen gestürzt, während ich unterwegs war. Sie lag da bestimmt drei oder vier Stunden alleine herum und als ich zu ihr kam …«

Er war etwas außer Atem vom Erzählen und hielt für einen Moment inne, um Luft zu holen. Ich wartete schweigend, dass er die Geschichte fortsetzte. Nach zwei oder drei Minuten und einigen Schlucken Kaffee hatte sich sein Atem wieder normalisiert.

»… als ich zu ihr kam, lag sie da in der Dusche und ihr Bein war gebrochen, sie konnte nicht aufstehen. Ich rief den Krankenwagen, sie kam ins Krankenhaus und dann …«

Er ballt seine Hand zu einer Faust zusammen und sein Kinn zitterte.

»… dann haben sie sie mir weggenommen! In ein Altersheim haben sie sie gesteckt, weil sie sich angeblich nicht allein versorgen konnte. Dabei war ich doch da! Ich war immer da, nur einmal war ich weg, aber das war … das war doch auch für sie! Das war doch gar nicht für mich, das war für sie! Ich kann mich doch auch nicht in zwei Hälften teilen und dann … also da steckt man doch nicht einfach jemanden ins Heim. Einmal ist etwas passiert, ein einziges Mal!«

Er schlug mit der Faust auf den Tisch, sodass das Geschirr hüpfte. Er atmete schwer.

»Die Kinder haben das beschlossen. Einfach so haben die das beschlossen, dabei waren sie doch sowieso kaum da, und Helga hat klein beigegeben. Sie wollte ja niemandem zur Last fallen. Aber wo waren die Kinder denn all die Jahre, hm? Eins lebt in Hamburg, eins in Wien. Zweimal im Jahr kamen sie auf Besuch und ansonsten waren wir unter uns. Und dann kommen die einfach an und meinen zu wissen, was das Beste sei!«

Sein Kopf war richtig rot geworden.

»Helmut …« begann ich.

»Weggenommen haben sie sie mir! Dann heilte der Bruch nicht gut, sie kam zwei Wochen nach dem Umzug ins Heim wieder ins Krankenhaus und da bekam sie eine Lungenentzündung und dann war sie … dann war sie auf einmal tot! Auf einmal tot war sie, einfach so. Bevor wir in die Berge fahren konnten, und sie wusste noch nicht einmal etwas von dem Wohnmobil, nicht einmal das konnte ich ihr sagen, weil es doch eine Überraschung sein sollte, und ich dachte … ich dachte, wenn das Bein dann verheilt ist …«

Die letzten Worte kamen schluchzend aus ihm raus. Die Tränen liefen ihm in Strömen über die Wangen und der ganze Mann war nur noch ein einziges Zittern.

»Einfach weggenommen haben sie sie, weggeschafft!«, wie-

derholte er immer wieder und seine Lippen liefen erneut blau
an. Noch einmal holte ich das Sauerstoffgerät aus dem Wohnmobil. Der Akku war anscheinend wieder etwas geladen, denn
ich konnte es vom Trafo trennen und dennoch hörte es nicht
auf zu arbeiten. Helmut steckte sich den Schlauch wieder in
die Nase und wir warteten.

Nach einer Weile war er wieder so weit stabil, dass er aufstehen konnte. Judy, die sich zu seinen Füßen gelegt hatte, erhob sich ebenfalls, schüttelte sich und sah uns unternehmungs-
lustig an.

»Also noch einmal wegen der Sache mit dem Haus von
Helgas Großmutter«, begann ich, »wo wollten Sie da noch
gleich hin?«

»In die Dolomiten, genau genommen in die Gegend der
Seiser Alm. Waren Sie da schon einmal?«

Er war immer noch ein wenig außer Atem.

»Nein, noch nicht.«

»Es ist wunderschön dort, Sie müssen das unbedingt gesehen haben. Die Berge, die Wiesen, es wird Ihnen sicherlich gefallen, es ist alles ganz wunderbar!«

»Wie lange würden wir dorthin brauchen?«

»Hm, ich denke drei oder vier Stunden. Inklusive ein paar
kleiner Pausen dazwischen.«

Seine *kleinen Pausen* kannte ich ja mittlerweile.

»Okay ... und ... also das mit Ihrem Krebs. Ich weiß nicht,
sind Sie sicher, dass wir nicht in einer Klinik vorbeischauen
sollten? Oder wenigstens mal bei einem Arzt vorbeifahren?«

»Dran vorbeifahren können wir auf jeden Fall, hehehe ...«

Ich verdrehte die Augen.

»Es ist lieb, dass Sie sich sorgen«, fuhr Helmut fort. »Verstehen Sie mich nicht falsch. Aber ich weiß, was ich hier ma-

145

che. Und ich weiß, dass ich nicht mehr viel Zeit habe. Ich habe das mit meiner Ärztin durchgesprochen. Ich habe mein Sauerstoffgerät und meine Tabletten, vor allem habe ich noch Dinge zu erledigen. Sachen, die getan werden müssen, bevor ich mich nicht mehr darum kümmern kann. Ich muss das Versprechen halten, wissen Sie? Ich habe ihr damals gesagt, dass wir in die Berge fahren würden, um all unsere Orte von früher noch einmal zu besuchen. Und das machen wir jetzt. Wenn auch … na ja, anders als gedacht.«

»Ich verstehe.«

Ich streichelte Lutz, die ich jetzt in meinem Arm hielt, und sie gurrte leise. Helmut sah mich mit schief gelegtem Kopf an.

»Sind Sie traurig deshalb?«, fragte er mich.

»Ja, schon irgendwie. Ich weiß nicht, ich meine, wir kennen uns noch nicht lange, aber dass Sie auf einmal sterben, das ist … das ist …«

»Sie weinen jetzt, stimmt's?«

»Glaub schon. 'tschuldigung.«

»Schon okay.«

Er schickte eines seiner seltenen Lächeln auf die Reise, bis es durch meine Augen irgendwo in meinem Hirn landete und dafür sorgte, dass sich auch meine Mundwinkel wie durch Magie hochzogen. Ich schniefte und lächelte zurück.

»Ja, das stimmt«, sagte ich.

»Gut, dann packen Sie jetzt mal Ihren Kram zusammen, ich muss noch meine Medikamente nehmen.«

»Sagen Sie mir eigentlich irgendwann, was in den Kisten drin ist, die überall im Wohnmobil stehen?«, fragte ich, während ich mir die Augen trocken wischte.

»Hm?«, fragte Helmut, der sich schon dem Wohnmobil zugewandt hatte, über seine Schulter hinweg.

»Ich hab die vorhin gesehen, als ich das Sauerstoffgerät geholt habe. Diese Pappkartons, die überall stehen, wie viele sind das? Zwanzig? Dreißig?«

Helmut hielt inne und schaute mich nicht an.

»Noch zu früh«, sagte er, »irgendwann werden Sie's eh rausfinden, weil Sie Ihre verdammte Nase ja überall hineinstecken müssen.«

Mittlerweile kannte ich ihn gut genug, um zu wissen, dass er das nicht ganz so böse meinte, wie es klang.

»Okay«, sagte ich und wandte mich meinem kleinen Zelt zu, um es zusammenzupacken.

5570

Die Dolomiten waren vor allem eins: steil. Aber Helmut hatte recht, die Gegend war wunderschön. Die Berge reckten sich säulenartig in den Himmel, als wollten sie die Wolken fangen oder als warteten sie darauf, dass man sie hochhob. Ich schoss mit meinem Handy fast ununterbrochen Fotos durch das heruntergekurbelte Beifahrerfenster, der Anblick haute mich einfach um.

»Gab es eigentlich auch Bergdinos?«, hast du mich mal gefragt.

»Hm, das weiß ich nicht. Was meinst du mit Bergdinos?«

»Also ich frage mich, ob es Dinos gab, die auch klettern konnten. Oder haben vielleicht gar keine Dinos in Bergen gelebt?«

»Erst einmal sah die Welt damals ja noch ganz anders aus, weißt du? Die Kontinente hingen anders zusammen, manche Gebirge gab es zur Zeit der Dinos noch nicht und vielleicht gab es welche, die jetzt schon wieder verschwunden sind.«

»Aber die Berge. Hast du schon einmal von Bergdinos gehört, also welche, die klettern können? Vielleicht von Kletterdinos?«

»Von Kletterdinos im Speziellen nicht, nein.«

»Ich habe nämlich bei Mina letzte Woche *Jurassic Park* geschaut«, hast du mir erklärt, »da habe ich überlegt, was wäre, wenn hier auch so etwas passiert. Also wenn man aus der alten DNA von Dinos neue Dinos baut und dann brechen die

148

aus. Dann habe ich überlegt, wo man hingehen kann, um in Sicherheit zu sein. Erst dachte ich mit einem Schiff aufs Meer, aber da wären ja dann die uuuuuultrakrass großen Wassersaurier, die da auch ursprünglich mal gelebt haben, also die mit so total langen Zähnen, und die waren ja auch so riesig, die würden uns in einem Happen aufessen, wenn sie wieder da wären!«

»Mhm«, sagte ich und nickte dir zu, damit du sehen konntest, dass ich dich ernst nahm.

»Ja, und dann dachte ich halt an Bäume, aber das wäre doof, vielleicht würden einen versehentlich die Langhälse essen, außerdem muss man ja auch mal aufs Klo.«

»Das stimmt.«

»Ja, und dann dachte ich«, du sprangst auf, »dass man vielleicht in die Berge gehen könnte! Kannst du mal auf deinem Handy schauen, ob es Dinos gab, die in den Bergen gewohnt haben? Ich muss es jetzt wissen für meine Gedanken, weißt du?«

Ich zog mein Handy hervor und wusste erst einmal nicht, wonach ich suchen sollte. *Dinosaurier Berge* brachte keine hilfreichen Suchergebnisse.

»Oh neiiiiin«, riefst du plötzlich und ließt dich wieder auf die Couch sinken. Ich sah von meinem Smartphone auf.

»Hm?«

»Paula, ich hab die Flugsaurier vergessen! Die hatten ihre Nester ja bestimmt oben auf Bergen. Außerdem konnten die ja fliegen, das heißt, wenn sie wieder da wären, dann würden die einen sowieso sehen, wenn man dann in den Bergen herumliefe. Mist!«

»Oh stimmt, ja, Mist.«

»Was machen wir denn dann, wenn plötzlich Dinos überall sind? Tyrannosaurus Rexe und Velociraptoren? Die sind ja auch gar nicht so groß, die Raptoren. Die können dann bestimmt in Häuser rein, so wie in der Küche bei *Jurassic Park*.«

Du warst plötzlich sehr verängstigt.

»Das wird nicht passieren, Tim. Keine Sorge. Man kann nicht einfach aus der DNA neue Dinos machen, die DNA ist zu alt.«

»Aber vielleicht wird die Wissenschaft das in fünfzig Jahren können! Und du bist dann vielleicht schon tot, aber ich bin dann ja noch da. Und dann muss ich das alles erleben.«

Ich zog meine Augenbrauen hoch.

»Ey, so alt bin ich da auch noch nicht!«

»Boah, doch, und dann hast du Falten und deine Brüste werden so lang und hängen nach unten und deine Haare sind ganz grau. Und irgendwann fallen die aus, und Warzen hast du dann auch überall im Gesicht!«

Du hast gelacht und mir mit den Fingern ins Gesicht gefasst, überall da, wo du späteres Warzenwachstum vermutet hast.

»Sei bloß nicht so frech, denn wenn die Dinos aus DNA wiederherstellen können, können die vielleicht auch mich wiederherstellen, und dann komme ich nach meinem Tod zurück und versohl dir den Hintern!«

Wir lachten beide und du sprangst mit ausgebreiteten Armen über das Sofa und stießt Schreie aus, die wohl einen Flugsaurier imitieren sollten.

Wäre Sehnsucht eine olympische Disziplin, ich hätte uns längst Gold geholt.

Jetzt im fahrenden Wohnmobil ließ ich meine Blicke über die Berggipfel streifen und stellte mir vor, wie sich plötzlich ein großer Schatten von einem der Berge loslösen und auf uns zufliegen würde. Ich fragte mich, welcher Flugsaurier groß genug wäre, ein komplettes Wohnmobil hochzuheben. Im Altmühltal wurde vor Kurzem erst ein Saurier entdeckt, der aktuell als der größte, jemals lebende Flugsaurier gilt und mit zwölf Metern Flügelspannweite Veteranen wie den Quetzalcoatl ausgestochen hatte. Aber vermutlich war unser Fahrzeug trotzdem zu schwer und die Forschung war sich ja nicht einmal sicher, ob der Saurier, der übrigens *Dracula* genannt wurde, seine Flügel auch wirklich zum Fliegen benutzen konnte.

»Verfluchter Mist, verdammter!«, schimpfte Helmut neben mir.

Ich wurde aus meinen Gedanken gerissen. Das Wohnmobil keuchte und ächzte und ich sah, dass Helmut versuchte, es einen viel zu steilen Weg hinaufzutreiben. Der Motor röhrte und es roch nach Kupplung.

»Ich glaube nicht, dass wir da hochkommen«, sagte ich vorsichtig.

»Natürlich kommen wir da hoch!«

»Aber …«

»Ich fahre diesen Weg seit Jahrzehnten und werde sicher jetzt nicht mit Experimenten anfangen! Schließlich möchte ich zeitig ankommen.«

»Wir sollten wirklich eine flachere Route nehmen. Hier, schauen Sie mal, auf dem Handy wird eine alternative Route mit weniger Steigung angezeigt, der Umweg dauert nur eine halbe Stunde und …«

»Nein!«

»Aber was ist, wenn wir liegen bleiben?«

Helmuts Kopf war knallrot, er hatte sich am Lenkrad festgekrallt und starrte entschlossen durch die Windschutzscheibe wie ein Raubtier, das seiner Beute ganz dicht auf den Fersen war.

»Helmut …«

»Ja dann fahren Sie doch die flachere Strecke! Vor fünfzig oder hundert Metern sind wir an einer Bushaltestelle vorbeigefahren, gehen Sie da einfach hin zurück und schauen Sie, dass Sie der Bus nach Bozen bringt. Da kann ich Sie gerne einsammeln, nachdem ich Helga verstreut habe!«

»Aber …«

»Los! Aussteigen!«

Ich starrte Helmut fassungslos an, merkte aber, dass es ihm ernst war. Ich nahm meinen Rucksack, der zwischen uns stand, legte mir das Tuch um, setzte Lutz hinein und stieg aus. Draußen konnte ich gerade noch die Beifahrertür zuschlagen, als Helmut auch schon wieder das Gaspedal durchdrückte, sodass sich das Wohnmobil langsam in Bewegung setzte.

Wow, dass das alles so endet, hätte ich nicht geglaubt, dachte ich und setzte mich in Bewegung, um den Berg wieder herunterzulaufen. Was wusste denn ich, wer, was oder wo *Bozen* war. Ich würde versuchen, nach Hause zu kommen. Mir war alles egal. Über mir hörte ich das Wohnmobil keuchen, bis ich nach drei oder vier Minuten weit genug entfernt war, um es nicht mehr wahrzunehmen.

Als ich fast am Fuße des Berges angekommen war, hörte ich, wie das metallische Husten und Würgen plötzlich wieder näher kam. Ich drehte mich um und sah, dass das Wohnmobil im Schneckentempo rückwärts den Berg herunterrollte. Ich lief etwas langsamer weiter und plötzlich war die Fahrerkabine wieder auf meiner Höhe. Das Beifahrerfenster war noch heruntergelassen und ich sah Helmut, wie er mit knallrotem Kopf dasaß, weiterhin stur geradeaus starrte und dabei sein komplettes Schimpfwort-Repertoire abzufeuern schien.

»Soll ich wieder einsteigen?«, rief ich durch das Fenster hinein. Helmut reagierte nicht. Er sagte zwar nicht *Ja*, aber auch nicht *Nein*, weshalb ich nach der Tür griff und sie öffnete. Ich lief im Spaziertempo neben dem Wohnmobil her und legte zunächst meinen Rucksack, dann Lutz hinein. Ich zog mich hoch, setzte mich wieder auf den Beifahrersitz und schloss die Tür. Schweigend rollten wir weiter rückwärts, während es nach Kupplung und Bremse stank.

Als wir unten ankamen, lenkte Helmut das Wohnmobil in eine Haltebucht und wir kamen zum Stehen. Endlich ließ er das Lenkrad los und die zitternden Arme sinken.

»Geben wir dem Ding eine Pause«, sagte er und stieg aus.

Ich setzte Lutz auf dem Fahrersitz ab und verließ ebenfalls den Wagen, um Judy pinkeln zu lassen.

Helmut streckte sich und drückte den Rücken durch.

»Nun«, sagte er. Dann kam nichts mehr.

Er holte sich Wasser aus dem Wohnraum des Wohnmobils und trank direkt aus der Flasche, was eigentlich gar nicht seine Art war.

»Nun«, sagte er wieder.

»Nun?«

»Diese andere Strecke da an Ihrem Handy. Zeigen Sie mal her«, forderte er mich unwirsch auf.

Ich öffnete die Karten-App, das Ziel war noch gespeichert, und hielt ihm mein Handy hin. Er nahm es in die Hand, kniff die Augen zusammen und versuchte, etwas zu erkennen.

»Wie können Sie auf diesem kleinen Ding irgendwas lesen? Vielleicht nehmen wir doch lieber die Karte, die ich an der Raststätte gekauft habe«, murrte er.

»Sie müssen zoomen, also mit den Fingern.«

»Ich muss was?«

»Heranzoomen, vergrößern, schauen Sie, so.«

Ich zeigte ihm, wie man mit zwei Fingern den Ausschnitt vergrößerte und wieder verkleinerte. Er versuchte es auch, schloss dabei aber die Karte und öffnete versehentlich die Musik-App. Kraftklub begannen, uns entgegenzusingen, und Helmut ließ vor Schreck fast das Handy fallen.

»Mein Gott, was ist das für ein Geplärr, wo ist denn jetzt die Karte hin?«

»Kennen Sie sich mit Smartphones aus?«

»Also, entschuldigen Sie mal. Ich habe immerhin einen Rechner und bin im Internet unterwegs, ich habe eine E-Mail-Adresse und einen Facebook-Account, natürlich kenne ich mich aus!«

»Mhh, na ja, egal. Auf jeden Fall zeigt die Karte diese Strecke hier an«, sagte ich und zeigte auf die Straße, die sich kurz vor uns in zwei Spuren aufteilte. »Eine führte den Berg hoch, den wir gerade so ungeschickt hinabgerollt sind, die andere Spur führt rechts am Berg vorbei.«

»Aha«, sagte Helmut, ging ins Wohnmobil und kam mit einer Brille auf der Nase wieder heraus.

»Ähm, brauchen Sie die nicht auch beim Autofahren?«

»Nein.«

»Wenn Sie es sagen …«

»Zeigen Sie jetzt noch mal auf der Karte.«

Ich zeigte ihm, wo wir waren, vergrößerte den Ausschnitt und zeigte ihm noch einmal, welchen Weg wir nehmen würden.

»Okay, kann das auch navigieren, das Gerät? Ich meine in der Art, dass eine Frau sagt: *Jetzt abbiegen*, Sie wissen schon.«

»Ja, das geht, aber bei mir sagt das ein Mann.«

Er starrte mich an.

»Wieso denn ein Mann?«

»Ich finde es seltsam, dass solche Dienstprogramme immer eine weibliche Stimme haben. Das zementiert das Patriarchat und ich finde es nicht gut, dass wir Dienerschaft wieder mit Weiblichkeit verknüpfen. Außerdem schreit man diese Dienstprogramme wie Alexa und Siri ja auch gern mal an, wenn man frustriert ist. Das finde ich alles ungut.«

Helmut starrte mich an und er hatte offensichtlich keine Ahnung, wer Alexa oder Siri waren und wovon ich eigentlich sprach.

»Sind Sie so eine Feministin, ja?«

»Ja, und …«

»Helga war das auch. Deshalb hat sie damals auch auf traditionelle Wertvorstellungen, auf ihre Unberührtheit oder all diese komischen Zuschreibungen gepfiffen, die Frauen meiner Generation immer ertragen mussten. Ihre Mutter wollte, dass sie Sprachen studiert und vielleicht Übersetzerin wird, sie hat stattdessen mit mir im Forsthaus gearbeitet. Försterin war damals kein Beruf, den man kannte oder der angesehen war. Auch als Christoph da war, hat sie so schnell es ging wieder angefangen, im Wald zu arbeiten. Sie hat irgendwann auch eine Stelle bei einer Naturschutzorganisation bekommen, hat sich da für den Schutz bedrohter Tiere in unseren Wäldern eingesetzt. Helga hat immer ihr, wie sagt man heute … *ihr Ding* gemacht und ich habe ihr da nie reingeredet. Ich habe das meiste ihrer Theorien nicht verstanden aber ich glaube, dass Feminismus eine gute Sache ist. Aber wovon *Sie* da sprechen, also das verstehe ich nicht. Ich finde Frauenstimmen einfach angenehmer und Punkt.«

»Na, überlegen Sie mal, wieso das so ist.«

»Nein, das überlege ich nicht, und sparen Sie sich einen Vortrag à la mit der Haut sehen können oder solche Späßchen, dafür haben wir jetzt keine Zeit. Können Sie mich stattdessen navigieren?«

»Ja, okay.«

»Aber immer rechtzeitig Bescheid sagen und nicht erst, wenn man fünf Meter vor der Ausfahrt ist.«

»Okay.«

»Und laut sprechen bitte.«

»Ja.«

»Und deutlich.«

»Jahaaa!«

Helmut nickte und wir stiegen wieder ins Auto. Zu meiner Überraschung saß Lutz nicht mehr, sondern stand auf beiden Beinen. Okay, nicht ganz, hauptsächlich stand sie auf dem gesunden Bein, aber das gebrochene Bein berührte den Sitz und stabilisierte ihr Schwanken.

»Sie steht ja!«, rief ich.

»Sie hat mir auf den Sitz geschissen!«, rief Helmut.

5110

»Da sind wir«, sagte Helmut und stellte den Motor aus. Wir hatten in einem kleinen hochgelegenen Ort gehalten, der von Weinhängen und endlosen Wiesen umgeben war. Er bestand im Grunde nur aus einer Durchfahrtstraße und den Häusern, die links und rechts davon aufgereiht waren.

»Okay«, sagte ich.

»Wir müssen zum Kirchhof.«

»Okay«, sagte ich noch einmal.

Er hatte die Urne aus dem Wohnmobil geholt, vielleicht hatte er wieder vor, Asche zu verstreuen.

»Judy kann da nicht mit, aber das Huhn sollten Sie lieber nicht im Auto lassen. Sicher ist sicher, außerdem habe ich keine Lust, dass mir wieder alles vollgekackt wird.«

Ich hatte noch versucht, den Vogelkot vom Sitz zu entfernen, aber der Stoff war sofort leicht ausgebleicht, sodass man immer sehen würde, wo Lutz so heroisch auf ihrem gebrochenen Bein gestanden hatte (und wo ihr Hintern sich verewigt hatte).

Ich nahm Lutz einfach in den Arm, stieg aus und folgte Helmut, der mit seinen leichten O-Beinen vor mir herstapfte. Hinter uns bellte Judy im Wohnmobil, empört darüber, dass wir einfach irgendwo hingingen und das Huhn mitnahmen, sie jedoch zurückließen.

Wir gingen an einer sehr kleinen und schlichten Kirche mit geweißter Fassade vorbei und kamen direkt zum Kirchhof.

»Kennen Sie den Unterschied zwischen einem Kirchhof und einem Friedhof?«, fragte Helmut.

»Nee.«

»Die Friedhöfe hier wurden erst von den christlichen Kirchengemeinschaften betrieben und waren aus praktischen Gründen dann auch gleich neben den Kirchen. Irgendwann hat man es aber für nötig gehalten, auch kommunale Friedhöfe zu haben. Ist ja nicht jeder ein Christ.«

»Ah. Ja, gut. Naheliegend. Dieser Friedhof hier ...«, begann ich.

»Kirchhof!«

»Aber ist nicht jeder Kirchhof auch ein Friedhof? Also nicht jeder Friedhof ist ein Kirchhof, aber jeder Kirchhof ist doch auch ein Friedhof? Ein bisschen wie mit Quadrat und Rechteck, oder?«

Helmut funkelte mich säuerlich an.

»Was ich fragen wollte, war jedenfalls: Der *Ort hier* ist schon älter, oder? Zumindest wirkt es so, auch die Kirche sieht recht alt aus.«

»Ja«, fauchte Helmut kurz angebunden und ging vor.

Alles klar, eine Sightseeing-Tour würde das schon mal nicht werden. Als wir also auf dem *Kirch*hof standen, sah ich, dass dieser hier anders als alle Friedhöfe, Kirchhöfe oder wie auch immer war, die ich je gesehen hatte.

Als Erstes fiel mir auf, dass an allen Gräbern dasselbe Grabsteinmodell stand – wenn man es überhaupt Grabstein nennen konnte. Es handelte sich um einen steinernen Sockel, auf dem ein metallenes, schwarzes Kreuz stand, das ganz schön heftig verschnörkelt und verziert war. Und in der Mitte des Kreuzes befand sich eine ovale Vignette mit einem Schwarzweißfoto der verstorbenen Person.

Ich fand das *megakrass*. Ich ging von Grab zu Grab und schaute mir an, was für Leute hier lagen. Die meisten waren eher alt gestorben, nur ein paar wenige waren bei ihrem Tod unter sechzig Jahren. Am hinteren Ende gab es zwei Kindergräber. Sie sahen nicht anders aus als die anderen Gräber, doch lagen hier eine Menge Stofftiere und in der Erde steckten Windmühlen. Es schien eine Art Kindergrabkonsens zu geben, auf den sich alle schweigend geeinigt hatten. Egal, wo man hinkam, auf Kindergräbern drehten sich fast immer kleine bunte Plastikwindräder.

Als ich die Reihen abschritt, fiel mir auf, dass hier sehr selten jemand beerdigt wurde, vielleicht drei oder vier Mal im Jahr, und dass es insgesamt nur vier oder fünf Familiennamen gab.

»Wie viele Gräber sind das? Vierzig? Fünfzig?«, fragte ich.

»Zählen können Sie aber schon selbst, oder?«, murrte Helmut.

Ich begann zu zählen. Dreiundfünfzig.

Helmut war vor einem Grab stehen geblieben. In der Mitte des Kreuzes sah man eine Vignette mit einem Hochzeitsfoto, das schon sehr alt sein musste. Es stammte bestimmt aus dem Übergang vom neunzehnten zum zwanzigsten Jahrhundert, schätzte ich.

»Das sind Helgas Eltern«, sagte Helmut.

»Ich dachte, wir besuchen Helgas Großmutter?«

»Ja, ihre Großeltern sind ebenfalls hier beerdigt. Darunter. Schauen Sie«, sagte er und er zeigte auf ein kleines Metallschild, das im Boden steckte. *Georg Baumgarten und Paula Maria Baumgarten, geb. Schuster*, las ich darauf. Geburts- und Sterbejahr fehlten.

»Helgas Oma hieß ja wie ich!«

»Richtig«, sagte Helmut und nickte.

159

»Das ist ja skurril!«

»Ein wenig, ja.«

Er öffnete die Urne und ich beobachtete ihn dabei, während ich Lutz über das Köpfchen streichelte. Helmut beugte sich hinab und schwankte etwas, doch als ich noch überlegte, wie ich ihn mit Lutz auf dem Arm stabilisieren sollte, fing er sich schon wieder. Er griff in die Urne, holte eine Hand voll Asche heraus und streute sie über das Grab. Dann schob er mit dem Schuh ein wenig Erde drüber.

»Jetzt sind sie alle zusammen«, sagte er leise. »Das ist gut. Das ist richtig so.«

»Wie war die Großmutter so?«

»Nun, Helga war ihr sehr ähnlich. Die Eltern waren arg streng und konservativ, doch ihre Großmutter war ein Freigeist. Sie hatte Ideen, die für die damalige Zeit undenkbar waren und auch heute nicht unbedingt überall selbstverständlich sind. Zum Beispiel musste ihr Großvater auch viel im Haushalt erledigen, trotz seines Berufs. Und er musste sich mit um die Kinder kümmern, das haben damals ja die meisten Männer wirklich komplett an ihre Frauen abgegeben. Für Helga war ihre Großmutter ein großes Vorbild und als diese starb, hat sie das sehr getroffen. Aber jetzt sind sie wieder zusammen, das ist gut. Das ist richtig so.«

Helmut betrachtete noch kurz das Grab und schlenderte dann bis zum Zaun des Friedhofs und schaute in die Ferne. Direkt hinter dem schmiedeeisernen Gitter ging es Hunderte Meter steil herab, man hatte eine gute Aussicht ins Tal. Helmut griff noch einmal in die Urne und streute eine Hand voll Helga ins Tal hinab. Der Wind zog und zerrte an seiner dunkelroten Strickjacke, die er sich über das Shirt gezogen hatte, und kurz wirkte es so, als wolle der Wind ihn mitnehmen ins Tal, als wolle er den dünnen Mann mit sich tragen. Vielleicht würde er ihn zu Helga bringen. Ich überlegte, ob ich vielleicht auch mit dem Wind mitkommen sollte, vielleicht wusste er, wo du jetzt wohntest. Vielleicht würde er mich dahin tragen können, wo wir alle hinkommen, wenn wir sterben. Was machte das alles schon aus, die paar Jahre mehr oder weniger. Jetzt oder später sterben, wo war der Unterschied? Ich war neben Helmut ans Gitter getreten und lehnte mich weit darüber, um ins Tal hinabzuschauen. Unter uns wand sich die Straße hinab zu einem Städtchen, das von hier aus wie Spielzeug aussah. Helmut sah mich still von der Seite an.

»Sie werden doch nicht springen, oder?«, fragte er.

»Was? Ich? Ähm … nein, Quatsch. Natürlich nicht.«

Ich trat einen Schritt zurück.

»Es sah gerade so aus.«

»Nee, alles okay.«

Ich fühlte mich bei den düstersten aller düsteren Gedanken ertappt, die in letzter Zeit so oft durch mein Hirn wanderten. Er sah mich an und ich konnte seinen Blick nicht deuten.

»Dann gehen wir doch wieder vor zum Auto, würde ich sagen«, schlug er in ruhigem Ton vor. Er sprach mit mir wie mit einem Pferd, das durchgegangen war und das beruhigt werden musste. Die Worte kamen langsam und akzentuiert aus seinem Mund und aus irgendeinem Grund machte mich das wütend.

»Ja, klar, zum Auto«, sagte ich und setzte mich in Bewegung.

Als wir dort ankamen, sahen wir, dass Judy wohl komplett ausgeflippt war. Helmut schloss die Tür zum Wohnraum auf und sie schoss sofort heraus und begrüßte uns verzweifelt und winselnd. Innen hatte sie ordentlich gewütet, das Bett war zerwühlt, sie hatte Regale abgeräumt und eine der Pappkisten umgestoßen. Auf dem Boden waren schreibmaschinenbeschriebene Blätter verteilt. Helmut fluchte. Ich wollte mich gerade hinunterbeugen und eines aufheben, als Helmut mich schon zurückzerrte und sich schwerfällig auf die Knie fallen ließ. Er sammelte die Blätter ein und rief: »Das ist privat! Drehen Sie sich um!«

Ich gehorchte, wenn auch widerwillig. Doch ich sah ein, dass es mich tatsächlich nichts anging.

Nachdem wir alles aufgeräumt und Judy sich beruhigt hatte, setzten wir uns wieder in die Fahrerkabine.

»Okay, jetzt müssen wir erst einmal wieder zurück zum Fernsteinsee fahren, von dort aus geht es dann weiter zu meinem Elternhaus, das liegt nämlich in der anderen Richtung«, erklärte mir Helmut.

Es war mittlerweile schon Nachmittag, die Schatten der Gebäude des kleinen Ortes wurden länger, trotzdem brannte die Sonne noch heiß auf der Haut.

»Sicher? Wir könnten auch hier noch irgendwo eine Nacht bleiben.«

»Nein, nein, das geht nicht. Es muss heute sein, dass wir zurückfahren, wir haben nicht so viel Zeit.«

»Haben Sie etwas Bestimmtes vor?«

Normalerweise hatte er es nicht so eilig. Wir waren jetzt seit sechs Tagen für eine Strecke unterwegs, die man auch gut an einem Tag hätte fahren können. Ich fragte mich, wo auf einmal diese Eile herkam.

»Nein, aber ich habe mir vorher einen groben Zeitplan gemacht und an den würde ich mich gerne halten.«

Er wurde wieder von seinem Husten geschüttelt. Diese

kleinen Hustenanfälle kamen jetzt häufiger vor, zwei oder drei Mal in der Stunde, doch hielten sie jeweils nur eine oder höchstens zwei Minuten an. Das war nicht lange, doch sah ich, wie es Helmut immer stärker anstrengte.

»In Ordnung«, sagte ich.

Wir fuhren los und die Fahrt war nun weniger beschwerlich, da es erst einmal bergab gehen würde. Es schien mir, als ging die Fahrt sogar ein bisschen *zu* einfach, der Tacho zeigte, dass wir deutlich zu schnell fuhren.

»Ich glaube, wir sollten etwas langsamer machen.«

»Ach, das ist schon in Ordnung«, sagte Helmut, der es wirklich eilig zu haben schien.

»Ich weiß nicht, meinen Sie nicht, dass wir Probleme bekommen könnten?«

Bevor Helmut etwas sagen konnte, beantwortete sich die Frage von selbst. Hinter uns kam plötzlich ein kleiner Roller aus einer Einfahrt geschossen. Er war blau-weiß gestreift und es stand *POLIZIA* auf der Seite. Den Schriftzug hätte es gar nicht gebraucht, das kleine Blaulicht und der darauf sitzende und mit einer Kelle winkende italienische Polizeibeamte waren recht … eindeutig.

»Der will uns rauswinken, fahren Sie langsamer«, sagte ich.

Doch Helmut war anscheinend wieder in seinem Modus sturer Verbissenheit angekommen, hielt das Lenkrad fest und trat das Gaspedal weiter durch. Das Wohnmobil klapperte, wir fuhren viel zu schnell in die Serpentinen hinein.

»Sie bringen uns um!«, rief ich und klammerte mich mit einer Hand am Haltegriff über mir fest, als würde das irgendwas bringen, während wir den Berg hinunterbretterten.

»Unsinn«, rief er und fuhr weiter im halsbrecherischen Tempo die Straße entlang. Der Roller hatte mittlerweile die

Sirene eingeschaltet. *Deine Schwester auf der Flucht vor der Polizei, na, wie krass ist das,* dachte ich.

»Der sieht doch unser Nummernschild«, sagte ich.

»Das habe ich abmontiert«, sagte Helmut.

»Sie … was? Wieso?«

»Sicherheitshalber.«

Welche Sicherheit sollte das denn bitte sein?

»Haben Sie noch vor, eine Bank zu überfallen?«, schrie ich gegen den Lärm der Sirene und Judy an, die mittlerweile begonnen hatte, im Takt mitzuheulen. Helmut schüttelte den Kopf.

»Falls die Kinder nach mir und dem Wohnmobil suchen lassen, dachte ich!«, rief er zurück. »Die haben das Ding ja gesehen, als sie zur Beerdigung da waren!«

Der Polizist beschleunigte und war kurz davor, uns einzuholen, als die Straße plötzlich wieder anstieg und unser Tempo drastisch verringert wurde. Ich sah zu, wie die Tachonadel immer weiter fiel, bis sie zitternd zwischen zehn und zwölf Stundenkilometern ankam. Ich war mir sicher, dass jetzt alles vorbei war, doch als ich mich umdrehte, sah ich, dass auch der kleine Roller sehr zu kämpfen hatte. Es war ein recht altes Modell, anscheinend ziemlich schwach auf der Brust und der Polizist fuhr sogar noch langsamer als wir. Wenn uns jemand von oben beobachtet hätte, hätte er sich vermutlich schlapp gelacht: Ein Wohnmobil kroch keuchend den Berg hoch, ihm auf den Fersen kroch ein Polizist mit heruntergeklapptem Visier auf seinem Motorroller hinterher, der so aussah, als würde er jeden Moment auseinanderfallen – die langsamste Verfolgungsjagd der Geschichte der Verfolgungsjagden, da war ich mir sicher. Der Polizist fuchtelte wild und ich glaube, dass er dabei etwas Wütendes schrie, doch hörten wir ihn natürlich nicht. Dann wurden wir von einer grauen modernen Viersitzer-Limousine überholt und der Polizist war so wütend und frustriert, dass er seine Kelle dem Auto hinterherwarf. Er verfehlte es und die Nobelkarosse zog hupend davon, wobei der Beifahrer noch den Mittelfinger aus dem heruntergelassenen Fenster reckte, um uns zu zeigen, was er von der ganzen Sache hielt.

Wie lang sich diese lächerliche Verfolgung schon hinzog, als das Wohnmobil wieder anfing, nach Kupplung oder Bremse zu stinken, kann ich nicht mehr sagen.

»Scheiße«, sagte Helmut und sah in den Seitenspiegel. Der Polizist war zwanzig oder dreißig Meter hinter uns, verschwand ab und zu hinter einer engen Kurve, tauchte kurz auf, bevor er wieder aus unserem Blickfeld verschwand.

»Das Wohnmobil macht's nicht mehr lange bei dem Tempo«, sagte Helmut.

Bei welchem Tempo?, wollte ich erst fragen, aber dann dachte ich mir, dass es besser sei, den Drachen lieber nicht zu reizen, und blieb still. Ich war mir nicht sicher, ob Helmut in dieser Laune unser Gefährt überhaupt anhalten würde, bevor er mich wieder rauswarf.

Auf einmal fiel mir auf, dass das Sirengeheul aufgehört hatte. Auch Judy war wieder still. Ich sah in den Seitenspiegel und hinter den Kurven tauchte der Polizist nicht mehr auf.

»Ich glaube, er hat aufgegeben«, sagte ich.

»Was?«

»Er ist nicht mehr hinter uns und ich höre auch keine Sirene mehr.«

Wir fuhren weiter und tatsächlich schienen wir den Polizisten verloren zu haben.

»Wollen wir kurz Halt machen?«, fragte ich Helmut.

»Nein, was ist, wenn er Verstärkung ruft? Wir fahren besser weiter.«

»Schafft es das Wohnmobil?«

»Na, sicher schafft es das, weil es weiß, was ihm blüht, wenn es das nicht tut«, knurrte Helmut.

4620

Als wir wieder am Campingplatz am Fernsteinsee ankamen, war es schon fast dunkel. Helmut hatte es sich nicht nehmen lassen, diese angeblichen Verfolger *abzuhängen*, weshalb wir einige Schlenker und Umwege in Kauf nehmen mussten.

»Unser alter Platz ist noch frei«, sagte Helmut zufrieden. Keine Kunst, es waren nur zwei andere Wohnmobile da.

»Hätten wir nicht einfach direkt zu Ihnen ins Elternhaus fahren können?«

»Na, dann wissen die ja, wo ich wohne, wenn die uns vielleicht doch gefolgt sind. Dann sollen sie uns lieber erst einmal hier finden.«

Helmut war recht erschöpft von der ganzen Aufregung – er war ziemlich blass und atmete schwer.

»Wollen Sie nicht lieber Ihr Sauerstoffgerät benutzen?«, fragte ich ihn.

Er war gerade dabei, den Tisch und die Stühle hinauszustellen, und lehnte es strikt ab, sich dabei helfen zu lassen.

»Nein. Wobei …«

Er hielt kurz inne.

»Ja gut, ich denke, Sie haben recht. Morgen muss ich fit sein.«

Er holte das Gerät heraus und schob den Schlauch in die Nase. So saßen wir dann am Tisch, Helmut hatte uns Tee gemacht und wir ließen ihn ziehen.

Schweigend lauschten wir dem Fluss, dessen Rauschen durch die Bäume bis zu unserem Wohnmobil drang.

»Kann es in Flüssen Haie geben?«, hattest du mich mal gefragt, während wir eine Doku über den Amazonas anschauten.

»Ich glaube nicht.«

»Was ist, wenn doch? Ist es nicht gefährlich, wenn wir einfach so im Urlaub im Fluss stehen und Fische fangen? Bei Tante Margit in Bayern?«

»Ich denke nicht, dass wir dort in allzu großer Gefahr sind«, sagte ich und pausierte die Dokumentation.

Du wolltest jetzt unbedingt reden, das merkte ich schon, andere Reize hatten gerade keine Chance.

»Gib mir mal dein Handy«, befahlst du mir regelrecht.

Widerstandslos händigte ich dir mein Smartphone aus und sah dir dabei zu, wie du dich minutenlang sehr konzentriert mit dem Ding beschäftigtest. Deine Kleine-Bruder-Stirn legte sich in gewichtige Falten, die Augen waren ein bisschen zusammengekniffen. Ich strich dir über deine Kükenflaumhaare, doch du hattest meine Hand nur wie eine Fliege weggewedelt. Bitte nicht stören, Tim *denkt*.

Ich überlegte gerade, die Dokumentation weiterlaufen zu lassen, als du plötzlich riefst: »Aha!«

»Hm?«, fragte ich und aß ein wenig von dem Popcorn, das vor uns auf dem Sofatisch stand.

»Es gibt in Indien Haie in Flüssen! Schau!«

Vor meinem Gesicht hüpfte das Smartphone-Display auf und ab.

»Gangeshai«, las ich vor.

»Der lebt in Flüssen in Indien! Im Ganges zum Beispiel, deshalb heißt der so. Und Bullenhaie gibt es da auch! Siehst du!«, riefst du einerseits triumphierend, andererseits auch irgendwie mit einem nervösen Unterton in deiner Stimme.

Ich las den Wikipedia-Artikel zum Gangeshai und danach auch den des Bullenhais vor, und wir erfuhren, dass beide Arten bevorzugt in flachem Wasser leben und es deshalb öfter zu Unfällen mit Menschen kommt. Anscheinend glaubt man sogar, dass die vielen Attacken, die dem Weißen Hai zugeschrieben werden, tatsächlich vom Bullenhai ausgehen, der wohl ein recht unangenehmer Zeitgenosse ist, wenn man ihn stört.

»Was ist, wenn so ein Hai zu uns schwimmt? Also in unsere Flüsse? Dann sind wir geliefert, oder?«, fragtest du angespannt.

»Nein, hier ist es doch viel kälter als in Indien. Das finden die Haie sicher nicht so toll.«

»Das wäre sooooo gruselig. Andererseits könnte ich vielleicht ein Hai-Baby fangen und an mich gewöhnen. Dann kann ich ihn als Haustier halten und wir werden Freunde. Und dann schwimme ich mit ihm im See!«

»Das könntest du machen, klar.«

»Komm, wir machen eine Liste!«, riefst du und ranntest aus dem Zimmer, nur um kurz darauf mit Zettel und Stift wiederzukommen.

»Was für eine Liste denn?«

»Hai-Namen für mein Haustier. Los!«

»Gregor, der gemütliche Gangeshai«, flüsterte ich leise.

»Was?«, fragte Helmut und riss mich damit aus meinen Gedanken.

»Ach, nichts«, antwortete ich und griff nach meiner Teetasse.

»Wissen Sie«, begann er wie üblich, der Helmut'sche Gesprächseinstieg. Wissen Sie, wissen Sie, wissen Sie. Ich wusste nicht, aber war gespannt darauf zu hören, was in seinem Kopf vorging.

»Wissen Sie, mein Sohn, der Christoph, der mochte Schiffe so gerne. Ihr Bruder liebte das Meer, da waren die zwei sich vielleicht nicht so unähnlich. Christoph vergötterte diese ganze Seefahrersache, er war wirklich besessen davon. Dauernd musste ich mit ihm Boot fahren, immer mussten wir an irgendwelche Häfen reisen. Und wir haben auch Modellschiffe gebaut, das fand er toll.«

»Haben Sie auch dieses Schiff im Wohnzimmer gemeinsam gebaut? Das in der Flasche?«

»Ja. Das war vielleicht eine Aktion, es hat über drei Jahre gedauert. Das ist übrigens die *HMS Terror* aus der Franklin-Expedition, haben Sie davon schon einmal gehört?«

»Nee.«

»Wirklich nicht? Wie sie Mitte des neunzehnten Jahrhunderts versuchten, die Nordwestpassage vollständig zu durchsegeln und fertig zu kartieren?«

»Nein, das sagt mir wirklich nichts.«

Er trank einen Schluck von seinem Tee, zog sich den Schlauch aus der Nase und ging ins Wohnmobil. Er holte die zwei Decken heraus und reichte mir eine davon. Ich legte sie über mich und Lutz, die auf meinem Schoß eingeschlafen war. Durch die Decke wurde sie wach und gackerte unsicher. Schnell stellte sie fest, dass alles okay war, und schloss wieder die Augen, während ich ihr die Lieblingsstelle zwischen den Flügeln kraulte.

»Also, wollen Sie die Geschichte hören? Die Expedition ist fürchterlich schiefgegangen.«

»Das klingt grausam. Und spannend. Leider.«

»Ja, so ist das, wir wollen immer die fürchterlichen Details hören, nicht? Hehe … nun denn. Sie müssen sich vorstellen, dass Großbritannien im neunzehnten Jahrhundert eine gewaltige Seemacht war, aber das ist Ihnen vermutlich bereits bekannt. Die Nordwestpassage ist ein fast sechstausend Kilometer langer Seeweg, der den Atlantik oberhalb des nordamerikanischen Kontinents mit dem Pazifik verbindet. Waren Sie schon einmal in Kanada?«

»Bisher noch nicht.«

»Wunderschön da. Und saukalt so weit oben im Land. Sehr gefährlich auch, vor allem damals. Jedenfalls führt die Route durchs Nordpolarmeer und die Leute erhofften sich durch sie damals schnellere Handelswege nach Asien.«

Helmut nahm einen Schluck Tee.

»Damals versuchten seit Jahrhunderten verschiedene Expeditionen durch die Nordwestpassage zu segeln, doch bis dahin waren alle Versuche gescheitert. 1845 entschied sich die britische Admiralität dazu, Sir John Franklin das Kommando über seine Expedition zu erteilen, woher sie auch ihren Namen hat. Franklin war ein britischer Admiral und ein sehr bekannter und verehrter Polarforscher. In einer vorherigen Polarexpedition, die ähnlich verheerend verlief wie die, von der ich Ihnen heute erzähle, musste der arme Mann seine Schuhe essen, um zu überleben. Zumindest hat er es versucht, na ja, wie dem auch sei … Oh, und er war gleichzeitig der Gouverneur von Tasmanien, das Empire hat schließlich die ganze Welt kolonialisiert, damals.«

»Fürchterlich.«

»Ja, das war es. Die Weißen waren immer schon grausam zu anderen Völkern, während sie ihre angeblich so christlichen Werte vor sich hertrugen, nicht?«

Ich nickte, während er seinen Tee austrank und sich eine weitere Tasse nachgoss.

»Also zurück zu Franklin. Die Expedition gründete auf zwei Schiffen, einerseits gab es die *HMS Erebus*, auf der er auch der Kapitän war, andererseits die *HMS Terror*. Es waren zwei wirklich mächtige Kriegsschiffe, zwei gigantische Bombarden! Sie waren schwer gepanzert und mit Stahlschutz versehen. Das diente im ursprünglichen Sinne dazu, Kanonenkugeln standzuhalten, aber im Eis war es nicht gerade ein schlechter Zusatzschutz. Sie müssen sich vorstellen, was für einen Druck Packeis ausüben kann, wenn ein Schiff durch das Nordpolarmeer segelt, da kann es schon einmal zerdrückt werden.«

Helmut schlug die Hände zusammen, als wolle er eine Mücke erschlagen, räusperte sich und steckte den Sauerstoffschlauch wieder fester in seine Nase, weil er durch das Erzählen ein wenig kurzatmig geworden war.

»Im Grunde waren die Schiffe prima für so eine Expedition ausgestattet. Wie gesagt, sie waren gut gepanzert, es war eine Dampfmaschine dabei, sie hatten sogar eine Entsalzungsanlage, um Trinkwasser zu produzieren. Damit sichergestellt war, dass die Expeditionsteilnehmer auch immer genug zu essen haben würden, hat man Vorräte für drei Jahre mitgegeben. Das war richtig schickes Zeug. Neben ganz normalem Essen wie Konservendosen mit Fleisch – Konservendosen waren damals der neuste Hit – hatten die tonnenweise Schokolade dabei, mehrere Tausend Liter Zitronensaft, um Skorbut vorzubeugen. Damals wusste man noch nicht besonders viel über die Haltbarkeit von Zitronensaft, hm. Glaube nicht, dass der so lange gehalten hat.«

Helmut runzelte die Stirn und dachte nach.

»Tausende Bücher waren mit an Bord und Mahagoni-Möbel, das müssen Sie sich mal vorstellen! Da fährt man auf eine gefährliche Forschungsreise und stellt sich Mahagoni-Tische und Porzellan ins Schiff, also wirklich. Aber wissen Sie, was sie nicht dabeihatten? Schlitten oder Jagdwaffen, mit denen man Robben und Ähnliches hätte jagen können! Kaum zu fassen, oder?«

Ich nickte brav. Bisher fand ich die Geschichte noch nicht wirklich ungewöhnlich, aber ich wartete geduldig auf die Pointe.

»Im Mai 1845 liefen die *Terror* und die *Erebus* aus, insgesamt kamen beide Mannschaften auf einhundertvierunddreißig Menschen, das war eine gewaltige Expedition, das sag ich Ihnen. Überall stand das in den Zeitungen, die Leute fieberten mit, so war das damals eben. Die ganze Welt war noch ein Schatz voller Überraschungen, man wusste nie, was so eine Expedition ans Licht bringen würde. Jeder Tag war ein Wunder, jede Entdeckung ein Gottesbeweis. Die Schiffe wurden von einem kleinen Versorgungsschiff begleitet, das sich nach ein paar Wochen von ihnen trennte und Briefe der Besatzung mitnahm, und vier oder fünf glückliche Jungs, die krank geworden waren und nicht weiterreisen konnten. Glückspilze, das sag ich Ihnen. Auf den beiden Forschungsschiffen herrschte aber eine super Stimmung. Sie waren Nationalhelden und sich sicher, dass sie nicht mehr als ein Jahr unterwegs sein würden. Sie dachten, dass sie da schnell durchsegeln und dann wieder nach Hause könnten. Wie sie sich geirrt haben.«

Helmut schenkte mir nach. Ich kuschelte mich tiefer in die Decke, anscheinend würde es jetzt spannender werden.

»Es gab zu der Zeit eine Theorie, die besagte, dass das Nordpolarmeer eisfrei sei. Haben Sie schon einmal Fotos vom Nordpolarmeer gesehen?«

»Ja, klar.«

»Und, war da kein Packeis zu sehen?«

173

»Doch, war es.«

»Genau. Doch damals dachte man, dass das Meer dort packeisfrei sei, weshalb die Expedition erst im Norden nach der Passage suchte, doch natürlich war da nichts eisfrei, gar nichts. Also fuhren sie wieder weiter in den Süden, um die Suche an der Beechey-Insel fortzusetzen. Nun kam aber die kalte Jahreszeit und es war klar, dass sie mit den Schiffen irgendwie überwintern mussten, und errichteten ein kleines Lager. Hier starben die drei ersten Expeditionsteilnehmer, die Gräber findet man bis heute auf der Insel. Ansonsten klappte die Überwinterung ganz gut, sodass die Schiffe weiterfahren konnten. Sie suchten im Südwesten, dachten vermutlich, dass es sich nur noch um Tage handeln könnte, bis sie die Passage finden und zu den größten Seefahrern der Welt zählen würden, zack! Aber …«

Helmut beugte sich zu mir vor.

»… so lief das aber leider nicht«, flüsterte er.

»Ha!«, rief er und schlug auf den Tisch, sodass Judy erschrocken aufbellte und Lutz hektisch mit den Flügeln flatterte.

»Das kam anders, ganz anders kam das!«, rief Helmut und war anscheinend völlig in seinem Element. Er hustete kurz, rückte den Schlauch des Sauerstoffgeräts wieder zurecht und fuhr fort.

»Im Herbst 1846 blieben sie irgendwo im arktischen Norden Kanadas im Packeis stecken. Zack, bumm, aus! Da standen sie mit ihren Mahagonimöbeln und dem Porzellan und der Schokolade und konnten nichts machen. Sie harrten bis zum Sommer 1847 im Eis aus, doch es blieb so kalt, dass das Eis nicht taute und sie immer noch nicht weiterfahren konnten. Die King-William-Insel hielt sie fest in ihren Klauen aus Eis, ein Entrinnen war nicht abzusehen. Und dann ging alles so richtig den Bach herunter, glauben Sie mir. Als Erstes starb Franklin. Nebst Kapitän Crozier, der die *HMS Terror* kommandierte, war er der Einzige, der überhaupt Erfahrung in der Arktis hatte. Dass der plötzlich weg war, war ein harter Schlag. Die Moral der Mannschaft sank ins Bodenlose und langsam kam auch die Ahnung, dass sie demnächst Probleme mit den Vorräten bekommen würden. Der arktische Winter, der mittlerweile eingesetzt hatte, ist lang und erbarmungslos, man steht da und um einen gibt es nur endloses Weiß, das kann einen Mann schon verrückt machen, jaja.«

Helmut lehnte sich zurück und starrte in den Sternenhimmel. Er dachte nach, hustete kurz und rubbelte sich dann den Kopf, als wolle er unangenehme Gedanken verscheuchen.

»Nachdem sie also 1847 bis 1848 wieder überwintern mussten, hatte Crozier anscheinend beschlossen, dass sie die Schiffe nicht mehr frei bekommen würden. Sie gaben sie im Frühjahr auf und versuchten in ihrer Verzweiflung, einen dreihundertfünfzig Kilometer entfernten Außenposten zu erreichen – zu Fuß! Was die feinen porzellanverwöhnten Herren ja wie gesagt *nicht* dabeihatten, waren Schlitten oder etwas, das darauf ausgelegt war, sich über arktische Landmassen hinwegzubewegen. Die britische Marine war so stark, der Glaube in die Überlegenheit der modernen Seefahrttechnik so unerschütterlich, dass niemand auf die Idee kam, diese unwirtliche Welt vielleicht nicht mit Innovation und guten Schiffen bezwingen zu können. Tja, das war sicher ein ganz schöner Realitätsschock.«

Ich rutschte ein bisschen tiefer im Stuhl und wünschte mir sehr, du könntest dabei sein. Solche Geschichten waren genau dein Ding und wie gern hätte ich mit dir dort gesessen, während du dich ganz weit vorgebeugt hättest, um Helmut zu lauschen.

»Ich weiß nicht, was sie geritten hat«, fuhr Helmut fort, »aber sie versuchten dann allen Ernstes, die Beiboote über das Land zu ziehen. In den Booten fand man später allen möglichen nutzlosen Mist wie Bücher und eben dieses verteufelte Porzellan. Stellen Sie sich das mal vor: Da macht man sich auf einen Hunderte Kilometer langen Fußmarsch auf, um sein Leben zu retten und Hilfe zu holen. Man ist ausgezehrt, entkräftet und die Umwelt ist absolut lebensfeindlich für europäische Menschen, die damals ja so ein Klima gar nicht kannten. Da man keine Schlitten hat, zerrt man notgedrungen Boote hinter sich her, und als wären die nicht schon schwer genug, belädt man sie mit Porzellan und anderem sinnlosen Kram! Unfassbar. Also die Boote mitzunehmen war schon dumm genug, aber dann auch noch diese Ladung … Vielleicht hat der viele Schnee die Männer verrückt gemacht, wer weiß. Diese Fehleinschätzung ihrer Kräfte war jedoch fatal. Die Leute starben wie die Fliegen, wirklich wahr. Sie verreckten elend an Krankheiten und an der Kälte, sie verhungerten nach und nach, und dann, ja, dann begannen sie irgendwann, sich gegenseitig zu verspeisen.«

Helmut hatte sich vorgebeugt und seine Stimme war jetzt nur noch ein verschwörerisches Flüstern.

»Stellen Sie sich das vor. Sie stehen da in der weißen Hölle mit ihren Kameraden und überlegen sich, welchen Teil ihres Kumpels Sie essen. Da stirbt ein Kamerad von Ihnen und alle fallen über ihn her wie die Raubtiere. Und Sie fragen sich, ob sie wirklich nachts die Augen zumachen sollten oder ob es sein kann, dass sie plötzlich ein Messer am Hals spüren. Oder …«, seine Stimme wurde noch leiser, »… Zähne.«

Ich bekam eine Gänsehaut.

»Alle Expeditionsteilnehmer starben«, erzählte Helmut jetzt wieder in seiner normalen Stimme weiter, »und jahrelang wurden abenteuerliche Rettungsexpeditionen ausgeschickt, die nach und nach das furchtbare Schicksal anhand von Leichenfunden, Notizen und den Aussagen der dort ansässigen Inuit rekonstruierten. Was man in Großbritannien nicht wusste, war, dass Franklin schon tot war, bevor das erste Rettungsschiff ausgesandt wurde. Seine Frau finanzierte über zehn Jahre lang Schiffe, um nach ihrem Mann suchen zu lassen. Traurig, nicht? Und noch ein bizarrer Fakt: Bei den Rettungsmissionen – es war übrigens ein Preisgeld ausgesetzt – starben insgesamt mehr Menschen im ewigen Eis als bei der ursprünglichen Expedition.«

Helmut lächelte ein wenig verschmitzt, als er sah, wie angespannt ich gelauscht hatte.

»Ja, so ist das eben, wenn man die Natur unterschätzt«, endete er seine Erzählung und trank langsam seinen Tee aus.

Gedankenverloren streichelte ich über Lutz' Köpfchen und sie zwickte mich vorsichtig in den Finger, anscheinend hatte ich sie dadurch geweckt. Menschen, die sich gegenseitig essen. Wenn das mal nicht *oberkrass* war, weiß ich auch nicht. Was du wohl dazu gesagt hättest? Bestimmt hättest du Albträume bekommen.

»Wir sollten jetzt schlafen, morgen müssen wir wieder früh raus«, unterbrach Helmut meine Gedankenspirale, die schon wieder damit begann, sich um dich zu kreisen.

»Ja, okay«, stimmte ich zu und stand auf, um in mein Zelt zu gehen.

Im Zelt schaute ich nach, ob irgendwelche Nachrichten auf meinem Handy angekommen waren. Meine Mutter hatte geschrieben, ich solle doch mal wieder anrufen, und zwei meiner Freundinnen fragten, wo ich die ganze Zeit steckte und wieso ich gar nichts mehr auf Instagram und Co. postete. Meiner Mutter schickte ich ein Foto vom Fernsteinsee mit der Nachricht *Bin im Urlaub in den Bergen, melde mich in ein paar Tagen!* Dann machte ich mich daran, in meiner Fotogalerie ein Bild rauszusuchen, das ich meinen Freundinnen schicken konnte. Dabei stieß ich auf ein Video, das ich mir vor ein paar Tagen erst von meinem Rechner aufs Handy gezogen hatte.

Es war der Geburtstag unseres Onkels, den wir im Herbst vor deinem Tod in Dänemark gefeiert hatten. Auf dem Video ranntest du den Strand mit ausgebreiteten Armen entlang und riefst immer wieder *Ich bin eine Möweeeee*, wobei du versuchtest, Möwengeräusche zu machen. Da war sie wieder, die Faust, die mir mehrmals am Tag in die Magengrube schlug und meine Innereien zerdrückte. Videos von früher und das Herz bricht in 24 frames per second.

4100

Als ich am nächsten Tag aufstand, stellte ich fest, dass wir wieder die einzigen Gäste auf dem Campingplatz waren – die beiden anderen Wohnmobile waren verschwunden. Helmut war schon auf den Beinen und hatte das Frühstück aufgebaut. Es gab heute nur Müsli, weil unsere Vorräte langsam ausgingen.

»Wollen Sie nichts essen?«, fragte ich ihn.

»Nein, ich habe heute keinen Appetit.«

Ich betrachtete ihn genauer und stellte fest, dass sein Gesicht wieder diese seltsame gräuliche Farbe angenommen hatte.

»Geht es Ihnen gut?«, fragte ich ihn.

»Es ist nichts.«

»Ja, natürlich nicht. Ist es ja nie bei Ihnen.«

»Mir ist nur ein wenig mulmig im Magen.«

»Kommt das von den Medikamenten?«

»Ja, unter anderem.«

»Unter anderem?«

»Sagen Sie, arbeiten Sie für meine Krankenkasse, dass Sie das alles wissen wollen?«

»Ist ja schon gut.«

Es war sinnlos, ihn weiter auszuquetschen. Mal war er zugänglich, dann war da wieder die knallharte Mauer, so ging das mit ihm immer hin und her. Es war unberechenbar.

Nachdem wir aufgegessen hatten, schickte er mich los, um mit Judy Gassi zu gehen. Er selbst wollte erst mal den Campingplatz bezahlen und – klar – in Ruhe auf Toilette, weshalb wir Lutz in mein Zelt steckten. Es war noch früh am Morgen und die Campingwiese war noch mit Tau bedeckt. Als ich mit Judy am See ankam, sah ich, dass über der Wasseroberfläche Nebel entlangwaberte.

Nebel war immer etwas, das dir Angst gemacht hatte. Es beunruhigte dich, nicht sehen zu können, was sich im Nebel abspielte, weshalb du wilde (und sehr gruselige) Theorien darüber aufgestellt hattest, was dort alles so geschehen könnte. Es hatte für dich immer etwas mit Aliens oder *Menschenfressern* zu tun, wobei die Definition, wie solch ein Wesen genau aussehen mochte, bei dir tagesformabhängig war.

Judy lief angespannt neben mir her, irgendetwas war nicht in Ordnung mit ihr. Sie erschrak vor den kleinsten Geräuschen und als eine Ente plötzlich aus dem Schilf flog, winselte sie herzerweichend. Ich hockte mich neben sie und nahm den zitternden Hund in meine Arme.

»Alles okay«, flüsterte ich ihr mit betont ruhiger Stimme in die weichen Fellohren, »es ist alles okay, Judy.« Dabei streichelte ich ihr in langsamen und rhythmischen Strichen über den Rücken, bis sie sich immer mehr entspannte. Sie schaffte es dann noch, ihr großes Geschäft zu erledigen, und wir machten uns auf den Rückweg zum Zeltplatz. Doch kaum waren wir in der Nähe unseres Wohnwagens, spannte Judy wieder an und begann leise zu knurren. Ich sah, dass Helmut vor dem Wohnwagen stand, die Hände in die Hüften gestützt, den Blick nach unten gerichtet. Judy bellte und zog so sehr an der Leine, dass ich sie losließ, woraufhin sie sich ungehindert auf Helmut stürzen konnte. Sie bellte wütend, sprang an ihm hoch und schnüffelte aufgeregt am Boden herum.

»Keine Ahnung, was mit ihr los ist, sie war schon am See so komisch«, erklärte ich Helmut.

Als sich unsere Blicke trafen, bemerkte ich sofort, dass auch bei ihm irgendetwas nicht in Ordnung war.

»Was ist denn?«

Helmut zeigte wortlos auf mein Zelt. Ich drehte mich um und sah zunächst nichts Ungewöhnliches, bis mir plötzlich zwei oder drei helle Federn auffielen, die vom Wind hin und her geschoben wurden.

»Oh … oh nein, was …«

Ich betrachtete das Zelt genauer und sah, dass es an einer Seite aufgeschlitzt war.

»Lutz«, sagte ich leise und riss den Reißverschluss auf. Lutz war fort, auf meinem Schlafsack waren Blut und Federn verteilt.

»Nein …«

»Der Fuchs hat das Huhn geholt, glaube ich. Es tut mir leid«, sagte Helmut.

Judy bellte immer noch aufgeregt und wütend hinter mir, kämpfte sich durch das aufgerissene Loch ins Innere und schnüffelte begierig alle Ecken ab. Als sie begann, die Blutspritzer abzulecken, schob ich sie aus dem Zelt.

»Nein, nein, nein, nicht schon wieder«, wimmerte ich leise und begann zu weinen.

»Herrje«, hörte ich Helmut draußen murmeln.

Ich kniete am Boden und konnte es nicht fassen.

Ich weiß nicht, wie lange ich da kauerte, doch irgendwann spürte ich eine Hand auf meiner Schulter. Helmut war auf die Knie gegangen und durch den Eingang hinter mir ins Zelt gekrochen.

»He«, sagte er.

Ich schüttelte seine Hand ab und zog mich in den hinteren Teil des Zeltes zurück. Er krabbelte weiter rein und setzte sich aufrecht hin.

»Wurde schon einmal eins Ihrer Haustiere gerissen?«, fragte Helmut in bemüht mitfühlendem Tonfall.

»Was?«

»Weil Sie gesagt haben: *Nicht schon wieder.*«

»Ach so, nein. Es ist … wäre ich hier gewesen, würde Lutz noch leben. Aber ich habe sie allein gelassen und deshalb ist sie jetzt tot. Wie bei Tim … ich … ich …«

Meine Stimme brach und Helmut wartete geduldig darauf, dass ich weitersprach. Judy hatte sich mittlerweile auch wieder halb ins Zelt gewagt und lag nun mit dem Oberkörper auf meinem Schlafsack und mit dem Hintern draußen auf der Wiese. Sie beobachtete aufmerksam, was wir machten, und versuchte, das alles in Hundelogik zu übersetzen.

»Ich bin nicht mit in den Urlaub gefahren, weil ich auf ein Konzert wollte. Nur wegen so 'nem scheiß Konzert und … und wäre ich dabei gewesen, wäre er nicht ertrunken. Dann wäre ich ja da gewesen. Ich lasse Tim nie aus den Augen, also ich habe ihn nie aus den Augen gelassen. Wenn ich nicht auf dieses dumme Konzert gegangen wäre, wäre ich dabei gewesen, da am Strand! Und Tim wäre noch hier und nicht tot, nur wegen meines Egoismus ist er ertrunken!«

Ich schluchzte mittlerweile hemmungslos und hatte keine Ahnung, ob Helmut mein zusammenhangloses Gebrabbel überhaupt verstand. Aber mir war in diesem Moment alles egal.

»Tim wollte so sehr, dass ich mitkomme, und er war so traurig, dass ich nicht dabei war. Aber ich dachte, dass es nicht so schlimm wäre, einmal nicht dabei zu sein, ganz einfach. Und dann ist er ertrunken und ich kann nicht aufhören, daran zu denken, dass ich schuld bin. Dauernd muss ich mir ausmalen, wie er vielleicht gedacht hat, dass ich dabei sein sollte, dass ich da sein müsste, um ihn zu retten, und dass ich ihn im Stich gelassen habe, denn das habe ich! Und meine Mutter ... sie sagt zwar, ich bin nicht schuld und ... und mein Therapeut sagt das auch, aber ich weiß, dass sie lügen. Ich weiß, dass es meine Schuld ist, weil es als große Schwester meine verdammte *Aufgabe* gewesen wäre, auf ihn aufzupassen!«

Ich schrie mittlerweile.

Helmut sah mich still an, während ich mein mit Tränen und Schnodder überströmtes Gesicht mit dem blutverschmierten Schlafsack abwischte.

»Nicht einmal auf ein Huhn kann ich aufpassen, nicht mal das. Nichts kriege ich hin, verdammt, gar nichts!«

»Ich war es doch, der Sie mit Judy Gassi geschickt hat. Und ich war schließlich auch nicht da, als der Fuchs kam.«

»Aber es war *mein* Huhn, *ich* hätte auf es aufpassen müssen, auf Lutz!«, brüllte ich ihn an.

Helmut sagte nichts und knetete seine steifen Hände. Ich hatte in den letzten Tagen mitbekommen, dass ihm oft die Gelenke wehtaten, und anscheinend war das gerade wieder der Fall. Judy robbte näher an mich heran und beschnüffelte mein Schienbein. Als sie sah, dass sie damit keine Besserung erreichte, leckte sie mein Knie ausgiebig ab, ohne den Blick von meinen Augen zu wenden. *Na, das ist doch schon besser, oder?*, schien ihr Blick zu sagen. Doch ich weinte einfach weiter.

»Christoph war Nichtschwimmer, als er mit der Klasse auf diesem Schulausflug war, also da an der Lahn. Paddeln an der Lahn wollten sie gehen, ja«, begann Helmut, als ich nicht mehr ganz so lautstark schniefte und flennte, sondern nur noch ab und zu die Nase hochzog.

Helmut erzählte von Christophs Vorliebe für Schiffe, doch anscheinend hatte der Junge unheimliche Angst vor Wasser und war das einzige Kind in der sechsten Klasse, das noch nicht schwimmen konnte. Er berichtete, wie er einfach so viel zu tun hatte, dass er die gemeinsamen Schwimmstunden immer wieder aufschob, wie er dachte, das würde irgendwann schon noch klappen.

»Der Lehrer erzählte später, dass die Jungs spielerisch auf dem Boot gerangelt hätten«, fuhr Helmut nach einer kleinen Pause fort, »also die Kinder sind immer in Grüppchen in den Booten gefahren. Sie haben gebalgt, und dabei fiel Christoph ins Wasser. Heutzutage hätte man ihn gar nicht auf ein Boot gelassen, so als Nichtschwimmer, aber damals … das waren noch andere Zeiten, da machte man sich nicht so viele Gedanken.«

Helmut starrte auf seine Knie.

»Er … er ist einfach untergegangen. *Wie ein Stein*, hat der Lehrer gesagt. Er muss komplett unter Schock gestanden haben. Er hat nicht einmal instinktiv mit den Armen und Beinen gestrampelt. Er ist einfach untergegangen.«

Helmut rieb seine Handflächen auf seinen Oberschenkeln entlang, immer und immer wieder, sein Körper suchte sich Bewegung als Ventil für seine Fassungslosigkeit.

»Helga ist daran komplett zerbrochen«, fuhr er fort. »Es war so schlimm wie bei meiner Mutter damals. Sie hat nicht mehr gegessen, sich nicht mehr gepflegt, ist nicht mehr aus dem Bett gekommen. Ich schlief auf unserem Sofa im Wohnzimmer, weil sie niemanden um sich haben wollte. Sie sprach nicht mehr. Sie war wie tot. Ich hätte einfach mit Christoph üben sollen. So viel Zeit hätte das doch nicht gekostet.«

Ich hatte mich etwas beruhigt und damit angefangen, Judy hinter den Ohren zu kraulen, sie brummte zufrieden. Ihr warmer Körper an meinem Bein beruhigte mich und ich vermied es, die Stellen anzusehen, an denen Lutz' Federn und Blut waren.

»Irgendwann habe ich all das nicht mehr ausgehalten«, sprach Helmut weiter. »Ich bin in unseren Schuppen gegangen, um mir einen Strick zu holen.«

Helmut erzählte, wie er sich dort am Balken aufgeknüpft hatte und von einem kleinen Hocker sprang, die ganze Konstruktion jedoch so niedrig war, dass das Genick vom kleinen Ruck nicht brach.

»Ich weiß noch, wie ich dachte: *Na Bravo*, während mir die Luft abgeschnürt wurde. Doch kaum hatten meine Füße den Hocker verlassen, da flog die Tür auf und Helga stand im Bademantel vor mir und sah, was ich gerade getan hatte. Sie rannte sofort rüber zu mir und packte mich um die Beine und versuchte, mich hochzuheben. Ich war schon fast weggedämmert und total benommen. Sie schrie und schrie und schrie, doch sie war so klein und schwach, dass sie mich nicht wirklich oben halten konnte ...«

Helmut fuhr sich wieder über das Gesicht, sein Blick streifte rastlos durch das kleine Zelt.

»Ich habe dann mit letzter Kraft die Arme ausgestreckt und mich am Seil hochgezogen, bis ich den Balken zu fassen bekam. Helga ließ mich los und da waren wir. Sie stand, ich hing. Ich glaube, sie holte sich die Leiter, die an der Wand lehnte, stieg rauf und nahm mir die Schlinge vom Kopf, sodass ich mich einfach fallen lassen konnte, es war ja alles nicht hoch. Und kaum lag ich röchelnd am Boden, begann sie, wie wild auf mich einzutreten und zu schlagen. Sie war so wütend auf mich, oh ja, und geschrien hat sie! Wie ich es wagen könne, sie allein zu lassen nach all dem, was gerade passiert sei. Nach diesem Verlust, den sie gerade erfahren habe. Wie ich nur so selbstsüchtig sein könne, all so etwas. Ich war verwirrt, denn ich dachte schließlich, dass Helga der Meinung war, dass ich Schuld am Tod unseres Sohnes hatte, aber das war nicht so. Das hat sie nie gedacht, meine Helga, das dachte nur ich.«

Er erzählte, wie sie beide danach regelmäßig zum Pfarrer in die Kirche gingen, sozusagen als therapeutische Maßnahme. Dieser sprach viel mit ihnen, versuchte ihnen klarzumachen, dass es nicht ihre Schuld gewesen sei.

»Das mit Lutz und Ihrem Bruder ist auch nicht Ihre Schuld, wissen Sie.«

Helmut schaute mich an. Ich schüttelte den Kopf und dachte wieder daran, dass ich hätte dabei sein sollen. Dich nicht hätte allein lassen sollen. Dass ich es hätte verhindern können, wenn ich doch nur auf dieses Konzert gepfiffen hätte.

»Ich weiß, Sie wollen das jetzt nicht hören«, fuhr Helmut fort. »Ich wollte das zuerst auch nicht. Doch das macht das alles nicht ungeschehen. Diese Dinge geschehen. Söhne und Brüder ertrinken und Schlimmes kann immer passieren, so banal das auch klingt. Wir machen alles, so gut wir eben können. Wir geben den Menschen, für die wir die Verantwortung tragen, immer die ganze Kraft und Aufmerksamkeit, die uns zur Verfügung steht. Meistens reicht es, manchmal nicht. Sie wollten ein Konzert sehen, meine Güte. Wären Sie mitgekommen, wäre er vielleicht nicht ertrunken, ja.«

Ich begann wieder leise zu weinen.

»Aber dann wäre vielleicht was anderes passiert. Sie sind ein erwachsener Mensch, Sie können nicht dauernd und für immer auf einen anderen Menschen aufpassen, ihn die ganze Zeit überwachen. Geht nicht! Sie haben ihn ja nicht fahrlässig auf einer Autobahn spielen lassen. Er war mit Ihren Eltern im Urlaub, mein Gott. Genau so gut könnten sich Ihre Eltern schuldig fühlen.«

»Das tun sie auch«, sagte ich leise.

»Also sind alle bei Ihnen in der Familie schuld? Großartig, das ist immerhin Arbeitsteilung, nicht wahr.«

Ich schwieg.

»Man kann das Leben nicht aufhalten, wissen Sie. Das geht nicht. Und den Tod kann man auch nicht kontrollieren, weil er nun einmal zu diesem bekloppten Ritt namens Leben gehört. Ich meine …«

Er warf die Arme hoch und stieß damit an das Zeltdach.

»… ich werde sterben! Und das bald! Denken Sie, ich habe da große Lust drauf? Das passt mir nicht in den Kram, aber dem Tod könnte das nicht egaler sein. Und denken Sie, der hat irgendwie Rücksicht darauf genommen, dass ich gerade das Wohnmobil gekauft hatte, als er Helga mitgenommen hat? Nein. Ich meine, genau jetzt könnten gefrorene Exkremente auf uns landen und dann wären die Lichter aus.«

»Was?« Ich schaute ihn verdutzt an.

»Das habe ich mal in einer Dokumentation gesehen. Da hat ein Flugzeug die gefrorenen Exkremente der Passagiere verloren. Es ist wohl versehentlich eine Luke aufgegangen oder so etwas, über einer Wohnsiedlung. Dann ist dieser große gefrorene Klumpen auf eine Frau gefallen und hat sie erschlagen.«

»Sie verarschen mich.«

»Nein, wirklich wahr. Und denken Sie, diese Frau hat morgens gedacht: *Hui, das wäre ja verrückt, wenn ich heute von einem Haufen Kot erschlagen werde, bleibe ich mal lieber daheim?* Und denken Sie, dass ihr Mann zu Hause saß mit dem Gedanken: *Vielleicht sollte ich sie daran hindern, das Haus zu verlassen, nicht, dass sie von einem Haufen Kot erschlagen wird!*«

Ich musste ein bisschen grinsen, was Helmut darin bestärkte weiterzusprechen.

»Natürlich hat er das weder gedacht noch getan. Warum auch? Woher hätte er denn so etwas ahnen können? Und woher hätten Sie denn wissen können, dass Ihr Bruder in diesem Urlaub im Meer ertrinkt? Das hat nichts mit *Ihnen* zu tun. Es ist nicht *Ihre* Schuld, weil Sie nichts, wirklich *nichts* mit der Sache zu schaffen hatten. Ich konnte nicht wissen, dass die Jungs meinen Sohn versehentlich ins Wasser stoßen würden, die Jungs konnten nicht wissen, dass Christoph fallen und ertrinken würde. Diese Dinge passieren, und wir können nichts dagegen tun.«

Ich betrachtete nun doch die Überreste von Lutz.

»Menschen ertrinken, Füchse fressen Hühner, Leute sterben an Krebs. Das sind alles Dinge, die furchtbar sind, aber passieren. Und es wird nicht der letzte Tod sein. Ihre Eltern werden sterben und wenn Sie so alt sind wie ich, können Sie froh sein, wenn überhaupt noch genug Freunde leben, um eine Skatrunde zu bilden, glauben Sie mir.«

»Das ist nicht sehr tröstlich.«

»Aber es ist nun einmal wahr. Und ich sage Ihnen das, weil das Leben nicht auf Pause schaltet und auf Sie wartet. Es geht weiter und auch Sie kommen dem Tod immer näher. Trauern ist normal, auch länger trauern ist normal, aber nach zwei Jahren sein Leben aufzugeben, das ist *nicht* normal. An einem Geländer am Abhang zu stehen und sich zu wünschen, man würde den Mut finden zu springen, ist *nicht* normal.«

Ich fühlte mich seltsam ertappt.

»Sie haben es gemerkt, nicht?«

»Natürlich. Ich kenn's ja von mir selbst. Sie sehen aus wie eine junge Frau, die ununterbrochen an den Tod denkt, auch an den eigenen. Möchten Sie sterben?«

»Ich … also. Ja.«

Ich war erstaunt, wie leicht mir das von den Lippen ging.

»Es tut gut, das zu sagen, nicht wahr?«, fragte Helmut und sah mich mit durchdringendem Blick an.

»Ein bisschen schon. Moment, ich sage es noch einmal: Ja, ich will sterben. Wow, fühlt sich krass an.«

Ich hielt kurz inne, bevor ich fortfuhr: »Ich denke oft: Scheiß auf alles, Paula. Aber dann denke ich an Mama und Papa und traue mich nicht. Weil ich mich frage: Was ist dann? Wenn beide Kinder tot sind, was machen sie dann? Bringen sie sich auch um? Oder vegetieren die dann vor sich hin, so wie ich es schon seit zwei Jahren mache. Ich weiß nicht.«

»Oh, doch, doch. Sie wissen.«

»Ich weiß, dass es eigentlich nicht geht, also Suizid.«

»Genau.«

»Aber leben geht auch nicht.«

»Natürlich geht das. Sie tun's ja gerade.«

»Na ja, so halb.«

»Haben Sie gerade Puls, Hirnaktivität, all das?«

»Jetzt kommen Sie mir doch nicht mit solchen Plattitü–«

»Also leben Sie. Ob das gerade Spaß macht, ist eine andere Sache.«

»Was mache ich denn jetzt?«

»Atmen. Essen. Schlafen. Ab und zu aufs Klo.«

»Nein, ich meine …«

»Ich weiß schon, was Sie meinen«, unterbrach mich Helmut barsch, »aber manchmal funktioniert nicht mehr als das und das fühlt sich schlimm an, ja.«

»Ja.«

»Ja.«

Ich seufzte, weil ich das Gefühl hatte, verwirrter als vorher zu sein.

»Wollen Sie sterben?«, fragte Helmut noch einmal.

»Das sagte ich doch bereits.«

»*Oder*«, unterbrach er mich laut, »oder wollen Sie gerade einfach nicht leben?«

»Ist das nicht dasselbe?«

»Oh nein, ganz und gar nicht. Wenn Leute sterben wollen, dann tun sie es. Die kann man nicht aufhalten, vielleicht geht der erste Versuch schief, vielleicht der zweite, aber der dritte Versuch, der sitzt. Wer sterben will, stirbt. Zack, bumm! Da kann man nichts machen, die wollen den Tod, aus welchen Gründen auch immer.«

»Also ich weiß nicht.«

»Das ist meine Theorie, da müssen Sie jetzt durch. Bei Leuten, die *nicht leben* wollen, bei denen ist das in meinen Augen anders. Nicht leben zu wollen heißt, gerade nicht da sein zu wollen, weil man das alles nicht aushält. Diese Leute nehmen dann vielleicht Drogen oder trinken, um das alles nicht mitzukriegen, also das Leben. Manchmal überlegen sie, ob sie nicht vielleicht lieber sterben wollen. Aber sie sind sich nicht sicher, weil sich bei ihnen alles um *nicht leben* dreht. Paula, sind Sie sich sicher, also ganz sicher, dass Sie *sterben* wollen, oder einfach nur *nicht leben*?«

Ich verstand langsam, worauf er hinauswollte, auch wenn es ein bisschen wie total schwachsinnig zusammengeschusterte Küchenpsychologie klang … Aber dennoch: Wollte ich wirklich tot sein? Wollte ich sterben? Ich dachte nach und versuchte, *in mich hineinzufühlen*, wie mein Therapeut mir öfter mal geraten hatte, als ich schweigend und ratlos in seinem

Sprechzimmer saß. Leben fand ich bis zu deinem Todestag eigentlich immer ganz gut. Es hat nicht immer alles Spaß gemacht, klar, aber eigentlich war ich mir immer sicher, dass Leben an sich eine gute Sache ist. Nur seit deinem Tod …

»Ich halte es nicht aus, dass ich jetzt ohne Tim weiterleben muss.«

»Okay.«

»Und wie sich das anfühlt. Das ertrage ich nicht. Ich weiß nicht, wie ich dieses beschissene Drecksgefühl loswerden kann.«

»Vor allem das Schuldgefühl?«

»Vor allem das, ja. Das ist egoistisch von mir, oder? Viel schlimmer als mein Schuldgefühl ist doch die Tatsache, dass er weg ist …«

Helmut verdrehte die Augen.

»Meine Güte, Sie können es nicht lassen, sich mal fünf Minuten nicht runterzumachen, oder?«

»Ja ne, also …«

»Unternehmen Sie etwas gegen das alles? In die Kirche werden Sie wohl eher nicht gehen, oder doch?«

»Ich mache eine Therapie, das habe ich doch erwähnt, oder nicht?«

»Kann sein. Und was sagt Ihr Therapeut zu all dem?«

»Nichts.«

Helmut runzelte die Stirn.

»Der sagt nix dazu?«, wiederholte er.

»Ich habe ihm das alles so noch nicht erzählt.«

»Über was sprechen Sie denn dann mit Ihrem Therapeuten?«

»Dies und das. Ehrlich gesagt, habe ich zuletzt viel mit ihm über Nudeln gesprochen.«

»Wie bitte?«

Er starrte mich entgeistert an.

»Ich kenn den ja nicht, ich kann doch nicht einem fremden Mann einfach alles erzählen.«

»Sie sind schon ein bisschen plemplem, oder? Sie erzählen das alles schließlich gerade einem fremden alten Mann, den Sie nachts dabei erwischt haben, wie er seine Exfrau auf dem Friedhof ausgräbt.«

»Ja, okay, stimmt. Aber wir sind uns doch ein bisschen ähnlich.«

»Ich finde, Sie haben ein bisschen einen an der Murmel im Gegensatz zu mir«, sagte er, lächelte dabei aber freundlich.

Jetzt verdrehte ich die Augen, grinste aber auch ein wenig.

»Sie und Ihr Sohn und das alles … und Helga. Sie haben Ihre ganze Familie verloren. Ich weiß gar nicht, wie Sie es geschafft haben, dass Sie nicht komplett durchgedreht sind.«

»Sie finden, sich am Deckenbalken aufhängen ist *nicht komplett durchgedreht*?«

»Sie leben ja noch.«

»Sie ja auch. Ihr Bruder ist tot und kommt nicht wieder. Und Sie haben keine Schuld.«

»Aber ich …«

»Sagen Sie mal, Sie fangen langsam an, mir auf den Keks zu gehen. *Sie haben keine Schuld.*«

»Ich … ich … ich habe«, ich erstickte fast an den Worten, »… keine Schuld.«

»Und Sie leben noch. Das ist die Realität. Da müssen Sie durch.«

»Okay.«

»Gut, meine Güte. Noch ein letztes Mal: Möchten Sie sterben?«

Seine Augen durchbohrten meine Pupillen bis ins Hirn.

»Ich weiß es nicht.«

Er klatschte in die Hände.

»*Ich weiß es nicht* klingt schon einmal besser als das *Ja* vorhin.«

»Ich glaube ... ich würde nur wieder gerne leben, irgendwie. Und das auch genießen.«

»Na, endlich«, seufzte er, »damit kann man doch schon arbeiten.«

Er sah sich im Zelt um.

»Dann hätten wir das ja besprochen. Ganz schöne Sauerei hier, das können Sie vermutlich alles wegwerfen, oder?«

In abrupten Themenwechseln war Helmut konkurrenzlos König.

»Wo schlafe ich denn dann?«

»Wir kommen heute in meinem Elternhaus an, da kriegen Sie ein Bett.«

Ich wischte mir noch einmal mit dem Schlafsack über das Gesicht und achtete darauf, mir kein Blut irgendwo hinzuschmieren.

»Sie wären bestimmt ein guter Therapeut. Besser als meiner sind Sie zumindest, finde ich.«

»Was? So ein Laberkasper? Ich bitte Sie, Sie spinnen ja«, sagte Helmut und begann, rückwärts aus dem Zelt zu kriechen.

3410

Wir waren endlich am eigentlichen Ziel unserer Reise angekommen – in Helmuts Elternhaus. Es war ein Gehöft, das
recht weit oben am Berg und etwas abseits von einer Hand-
voll Gebäude stand, die das Dorf bildeten. Weiter unten gab
es noch eine kleine Kapelle mit Kirchhof und einen winzigen
Lebensmittelladen. Wie Helmut angekündigt hatte, stand es
wirklich mit einer Mauerseite direkt am Abhang und sah aus,
als wolle es sich jeden Moment ins Tal stürzen.

Das Hauptgebäude sah mit seinem Landhausstil, den Blu-
menkästen, Fensterläden, Holzbalken und der weiß getünch-
ten Fassade aus, als habe man es aus einer Tourismusbroschüre
für die Alpen gepflückt, dort hingestellt – und anschließend
verrotten lassen. Einige der Fensterläden fehlten, der Rest war
verschlossen und hing teilweise etwas schief in den Angeln.
Die hölzernen Balkone sahen stark verwittert aus und die Blu-
menkästen hatten vermutlich Jahrzehnte kein Blatt und keine
Blüte mehr gesehen. Der Putz bröckelte und war an der Wet-
terseite komplett ergraut. Das Dach sah noch gut aus, es schrie
unsere Augen fast kirschrot an.

»Das hat mein Vater vor fast einhundert Jahren gedeckt,
hier und da musste mal ein Dachziegel erneuert werden, aber
ansonsten ist das noch astrein! Früher hat man die Dinge nun
einmal noch ordentlich gemacht!«, sagte Helmut zufrieden.

Er ließ Judy aussteigen, die sofort losflitzte und ihre wichti-
gen Untersuchungen aufnahm.

Helmut marschierte mit seinen etwas schwerfälligen Helmut-Schritten zum Haus und suchte an seinem Schlüsselbund herum. Die große hölzerne Haustür war mit einem Balken verriegelt, an dem ein rostiges Vorhängeschloss hing.

»Wollen wir mal schauen«, murmelte Helmut, als er endlich den richtigen Schlüssel gefunden hatte. Er steckte ihn in das Schloss, drehte und es passierte – nichts. Immer wieder versuchte er, den Schlüssel herumzudrehen, überprüfte noch einmal, ob es vielleicht doch ein anderer war, versuchte es wieder. Er trat zurück.

»Probieren Sie mal!«, forderte er mich auf.

Ich trat an die Tür und versuchte mein Glück, hatte aber keinen Erfolg.

»Nun gut, so wird das nichts, so etwas hatte ich schon erwartet.«

Er stapfte zurück zum Wohnmobil, kramte im Innenraum herum und kam mit einem Werkzeugkoffer zurück. Als er ihn abstellte, merkte ich, dass er schon wieder sehr kurzatmig war. Er hustete in sein Taschentuch, beugte sich herunter und öffnete die Werkzeugkiste.

»Hier«, sagte er und hielt mir einen Hammer und ein kleines Brecheisen hin.

»Was soll ich damit?«

»In der Nase bohren«, knurrte er, schüttelte den Kopf und setzte nach: »Na, das Schloss aufbrechen!«

»Sie glauben doch nicht ernsthaft, dass ich das hinkriege, oder?«

»Das Ding ist total verrostet, das kriegen Sie im Nu hin.«

»Aber …«

»Ich kann es nicht, klar? Soll ich mich noch vor Sie auf die Knie werfen und betteln?«

Sein Kopf war wieder rot geworden und sein Atem rau und hektisch. Hilfe zu benötigen war seine Achillesferse, seine wunde Stelle, an die er nicht gerne dachte und an die ich ihn versehentlich wieder erinnert hatte. Hastig nahm ich das Werkzeug entgegen, setzte das Brecheisen seiner Anweisung nach am Schloss an und hieb mit dem Hammer darauf.

Ich verfehlte. Ich verfehlte wieder. Insgesamt schlug ich sieben Mal daneben, weil ich im letzten Moment immer wieder ängstlich die Hand mit dem Brecheisen verrückte, weil ich befürchtete, mich zu verletzen.

»Herrje, Menschenskinder! Jetzt reißen Sie sich doch mal zusammen!«

Helmut stützte sich mit den Händen auf den Knien ab, seine Lippen liefen wieder blau an.

»Meinen Sie nicht, dass wir vielleicht ...«

»Los jetzt!«, schrie er heiser.

Ich setzte das Stemmeisen wieder an, zielte mit dem Hammer und hieb mit aller Kraft drauf. Funken flogen, es tat einen Schlag und der Bügel des Schlosses brach ab.

»Na also«, sagte Helmut, »und jetzt brauche ich bitte mein Sauerstoffgerät.«

Ich lief zum Wohnmobil und holte das Gerät. Er schaltete es ein, legte sich den Schlauch um den Hals und steckte sich die Enden in die Nase. So stand er da und wir schwiegen, während wir beide die Tür anstarrten und er ab und zu hustete.

»Sollen wir sie mal ... öffnen?«, fragte ich.

Er fummelte wieder an seinem Schlüsselbund herum und hielt mir einen der Schlüssel hin. Als ich ihn genommen hatte, zeigte er wortlos auf das Schloss unter dem Türknauf. Der Schlüssel glitt überraschend einfach hinein und ließ sich problemlos umdrehen. Es klackte zweimal leise, dann spürte ich, dass die Tür nach dem dritten Klacken nachgab.

»Soll ich?«, fragte ich ihn.

Er nickte.

Ich stieß die Tür auf und wir starrten beide in einen dunklen Gang.

»Die meisten Fensterläden sind anscheinend zu. Ich hatte vor drei Wochen bei den Strom- und Wasseranbietern angerufen und alles wieder anstellen lassen. Ich weiß nicht, ob noch Glühbirnen in den Lampen sind, aber vielleicht haben wir Licht, links müsste irgendwo ein Schalter sein«, sagte Helmut.

Ich entdeckte einen Lichtschalter und drückte ihn. Es knallte und Scherben flogen durch die Gegend.

»Okay, so viel dazu. Dann nehmen wir erst einmal die Taschenlampe, ich habe genug Birnen dabei, keine Sorge.«

Ich nahm die Lampe, die Helmut aus dem Werkzeugkasten genommen hatte und mir entgegenstreckte, und schaltete sie ein. Dann lief ich hinter Helmut, der sein Sauerstoffgerät wie einen kleinen Hund hinter sich herzog, und beleuchtete über seine Schulter das, was vor uns lag. Beim Gehen schob ich mit meinem Fuß die Scherben unter die Treppe rechts von mir, damit Judy nicht versehentlich hineintappen würde. Der Lichtstrahl wanderte über staubige Fliesen mit Blumenmuster, er glitt über weiß verputzte Wände und die Holzrahmen, die an ihnen hingen. In den Rahmen fanden sich in einem einfachen Stil gemalte Berglandschaften und gestickte Gesichter, irgendwas Christliches, glaube ich. Ich musste daran denken, wie du im Urlaub immer bei Tante Margit in der Dorfkapelle dem Jesuskind gute Nacht gesagt hattest, jeden Abend, an dem wir dort waren.

»Hier lang, lassen Sie uns mal in die Stube gehen.«

Falls es Helmut auf irgendeine Art berührte, das erste Mal

seit Jahrzehnten in seinem Elternhaus zu sein, ließ er es sich nicht anmerken.

Wir kamen in einen großen dunklen Raum voller Gespenster. So sahen die mit weißen Leinentüchern abgedeckten Möbel zumindest aus, deren Formen man nur erahnen konnte.

Helmut durchquerte den Raum zielsicher und öffnete eine große Terrassentür. Nachdem er die Läden aufgestoßen hatte, wehte uns frischer Wind um die Nase, der die alte abgestandene Luft mit sich durch die Haustür nach draußen trug.

»Schauen Sie mal«, rief Helmut zu mir herüber.

Ich kam zu ihm und sah, dass er auf einer großen Holzterrasse stand, unter der sich der Abgrund auftat.

»Mein Gott«, sagte ich und trat ein paar Schritte zurück ins Wohnzimmer.

»Was haben Sie?«

»Trägt das Holz denn noch?«

»Natürlich, was ist das für eine Frage?«

Er trampelte auf der Stelle herum.

»Hüpfen Sie mal!«, forderte er mich auf.

»Nee, lieber nicht.«

»Wo liegt das Problem, wollten Sie gestern nicht noch sterben?«

Ich fand seinen Kommentar ein bisschen gemein und auch Helmut merkte, dass er sich im Ton vergriffen hatte.

»Ich meinte es nicht böse, aber kommen Sie raus, schauen Sie doch, wie dick und fest die Balken sind, da ist nichts morsch!«

Ich trat wieder auf die gewaltige Terrasse hinaus und stellte mich neben Helmut, der am Geländer stand. Ich hielt mich an den Stäben fest und beugte mich vor, um hinuntersehen zu können.

»Das ist krass, oh mein Gott.«

»Da fühlt man sich sehr klein, nicht wahr?«

Helmut nickte zufrieden und hatte die Hände wie immer in die Hüfte gestemmt. Sein Versuch, die frische Bergluft tief einzuatmen, endete in einem bösen Hustenanfall, der trotz des zusätzlichen Sauerstoffs an seiner Kraft zehrte. Ich führte den alten Mann wieder hinein und riss eine weiße Abdeckung von etwas, das ich als Couch zu identifizieren meinte. Unter dem Leinentuch kam ein abgewetztes grünes Samtsofa mit geschnitztem Holzrahmen zum Vorschein. Ich klopfte den Staub etwas ab und Helmut setzte sich darauf.

»Ich hole Ihnen ein Wasser, okay?«

Als ich zurückkam, sah ich, dass Helmut aufgestanden war und neben dem Kamin vor einer Wand mit Fotos stand. Als ich neben ihn trat und ihm ins Gesicht blickte, war seine Miene unbewegt und rätselhaft. Ich betrachtete die gerahmten Fotos, die über dem Kamin aufgehängt waren. Es waren mehrere alte Hochzeitsfotos, vielleicht Helmuts Eltern oder andere Verwandte. Alle Bilder mussten zwischen sechzig und einhundert Jahre alt sein. Spielende Kinder, Familien mit vielen Söhnen und Töchtern, die anscheinend immer dem Alter nach aufgereiht standen.

»Was ist das für ein Hund?«, fragte ich und zeigte auf das Schwarz-Weiß-Porträt einer Dogge.

»Das war Senta, die Dogge meines Bruders. Wir liebten sie alle sehr, sie war ein richtiges Familienmitglied.«

Ich ließ meinen Blick weiter über die Bilder streifen, als Helmut die Hand nach einem Bild ausstreckte und es von der Wand nahm. Auf ihm waren vier Kinder abgebildet, drei Jungs und ein Mädchen.

»Ist das Ihre Schwester?«, fragte ich.

»Ja, das Mädchen da ist Regine. Das Familienfoto wurde kurz vor ihrem Tod aufgenommen. Ach ... es ist alles so lange her.«

Er hob den Blick vom Foto in seiner Hand zur Wand.

»Alle Menschen, die hier auf den Bildern sind, sind tot. Alle sind fort, nur ich bin noch da.«

»Aber Ihre Geschwister haben doch sicher auch Kinder, haben Sie denn keine Nichten und Neffen?«

»Das stimmt, die sind hier aber nicht auf den Bildern. Und ich habe auch keine richtige Beziehung zu ihnen ... weiß nicht einmal, wo sie alle wohnen. Früher war das anders, also als meine Geschwister noch lebten, aber die Zeiten sind vorbei.«

»Das ist so schade.«

Ich betrachtete Helmut, der mit seinen wirren Kükenflaumhaaren vor dem Kamin stand und durch eine Sanduhr in eine längst vergessene Zeit hinabblickte. Ich las dir einmal einen Artikel über eine Forschungsstation vor, in der die letzten Individuen von einer bestimmten Art Schnecken, die zu dem Zeitpunkt kurz vor dem Aussterben waren, lebten. Eine Schnecke hieß Pete und war ein sogenannter Endling, der Letzte seiner Art, ein Symbol des Unwiederbringlichen – und er war gestorben. Der Artikel ließ dich damals bittere Tränen weinen. Und nun stand ich neben diesem Mann, der die Bilder in der Hand hielt, als wären es die leeren Schneckenhäuser seiner Artgenossen, und genau genommen sah ich ihm beim Sterben zu. Ich fühlte mich auf einmal sehr unwohl, ich gehörte hier nicht her, ich war Zeugin seines (Aus-)Sterbens, dabei kannte ich ihn doch kaum.

Er hängte das Bild wieder an seinen Platz und drehte sich zu mir.

»Wir müssen hier ein wenig aufräumen.«

»Ich mache das.«

»Aber …«

»Keine Widerrede. Sie setzen sich da hin und sagen mir, wo ich vielleicht einen Besen finde, Putzsachen haben wir ja im Wohnmobil. Und dann sagen Sie mir, was ich tun soll.«

Zu meiner Überraschung gab es keinen Widerstand, er wischte sich nur die durch die Bilderrahmen staubigen Hände an seiner braunen Bundfaltenhose ab und sagte: »Na gut.«

Beim Putzen fühlte ich mich wie eine Archäologin. Der Staub war zwei oder drei Zentimeter dick und überall scheuchte ich Spinnen vor mir her.

»Hauen Sie mit dem Besen drauf!«, wies mich Helmut an.

»Vergessen Sie's.«

»Verdammter Hippie!«

Ich entfernte alle Leinentücher von den Möbeln, trug sie heraus und klopfte sie über einer alten Teppichstange aus Metall aus. Ich ließ sie dort hängen, weil sie muffig waren und auch ein paar Motten herausfielen, empört darüber, dass sie so unsanft aus ihrem Zuhause hinauskomplimentiert wurden.

»Sind die Möbel alle handgemacht?«, fragte ich Helmut, als ich wieder im Haus war.

»Natürlich. Das meiste von meinem Vater, aber der Bauernschrank ist mein Gesellenstück.«

Ich ging zum Schrank hinüber und ließ meine Hand über die Schnitzereien im Holz gleiten.

»Hinten steht mein Name drauf, wenn Sie es nicht glauben! Also meine Initialen.«

»Ich glaube Ihnen.«

Helmut hatte das Sauerstoffgerät abgeschaltet und saß nun

etwas angespannt auf dem Sofa, während er mir Anweisungen gab.

»Kommen Sie, ich zeige Ihnen den Rest des Hauses«, sagte Helmut, als ich mich nach dem Putzen neben ihn gesetzt hatte.

Seufzend stand ich auf und folgte ihm, obwohl ich mich lieber kurz ausgeruht hätte. Im unteren Geschoss befanden sich neben dem Wohnzimmer noch die altmodische Küche, ein großes Wannenbad, ein kleines Büro und ein großer Haushaltsraum.

»Schauen wir mal, wie die Schlafzimmer aussehen«, sagte Helmut und begann, die Holztreppe hochzusteigen.

Die Stufen seufzten unter unseren Schritten, ob aus Ärger oder Freude darüber, dass sie nach all den Jahrzehnten aus ihrem Schlaf gerissen wurden, konnte ich nicht sagen.

Ich war erstaunt, wie gut alles in Schuss war. Vermutlich kam alle paar Jahre jemand vorbei und schaute nach dem Rechten, anders konnte ich mir das nicht erklären. Oben gab es eine Galerie und insgesamt vier Schlafzimmer.

»Eins war das Schlafzimmer unserer Eltern, eins das meiner Schwester und eins teilte ich mir mit meinem kleinen Bruder. Mein großer Bruder hatte ein eigenes, so wie meine Schwester.«

»Okay, dann öffnen wir überall die Fenster, ja?«

»Nein.«

»Sondern?«

»Ich … ich gucke erst mal allein nach, in Ordnung? Sie können ja schon einmal Ihre Sachen aus dem Wohnmobil holen.«

»Dann mache ich das mal«, sagte ich und stieg die Treppe wieder herunter.

»Sehen Sie sich ruhig etwas um, schauen Sie sich die Gegend an, ich brauche hier vielleicht ein wenig«, rief er mir hinterher.

Unten traf ich Judy, die gerade aus der Küche kam und irgendwas kaute. Vielleicht eine Maus oder etwas Ähnliches, so genau wollte ich das gar nicht wissen. Ich ging zum Wohnmobil, um ihre Leine zu holen. Nachdem ich sie angeleint hatte, rief ich noch einmal ins Haus hoch: »Ich geh mal Gassi!« Ich bekam keine Antwort.

Der Kies der Einfahrt knirschte unter meinen Füßen, als ich das Grundstück verließ. Ich wusste nicht so richtig, wo ich hinwollte, hörte dann aber das Rauschen von Wasser. Mir fiel ein, dass hier der Fluss sein musste, in dem Helmuts kleine Schwester vor so langer Zeit den Unfall gehabt hatte.

Judy war anscheinend schon ganz schön erledigt von der ganzen Aufregung und den Eindrücken, vor allem von den Gerüchen, die ihr in die hochspezialisierte Hundenase strömten und in ihrem Gehirn wohl ein Feuerwerk auslösten. Es gab eine recht neu aussehende, schmale Straße, die wir überquerten. Auf der anderen Seite begann ein kleiner Pfad, vermutlich ein Wanderweg, der links und rechts von einer Schafherde gesäumt wurde.

Judy war außer sich. Ihr gesamter Körper stand unter Strom, sie blieb wie angewurzelt stehen, stellte die Rute auf und hob instinktiv eine Pfote. So verharrte sie und ich stand wie ein nutzloser Garderobenständer daneben.

»Judy, alles okay?«, fragte ich und ruckte leicht an der Leine.

Keine Reaktion.

»Judy?«

Nichts.

Ich ging um sie herum, hielt ihr die Augen zu, doch sie verharrte wie eine Marmorstatue, die sich nur dadurch als lebendiges Wesen verriet, dass sich die Nase geschäftig hin und her bewegte und jedes herumtanzende Geruchsmolekül einsaugte.

»Judy, na komm schon«, sagte ich und zog etwas fester an der Leine.

Langsam setzte sie sich in Bewegung, doch sie lief wie in Trance, war nicht ansprechbar, reagierte nicht auf mich. Ich fragte mich, ob sie schon einmal etwas gehütet hatte oder ob das gerade der erste Ruf war, den ihre Gene ihr in die kleinen, für einen Schäferhund untypischen Klappöhrchen eingaben. Na ja, eher in ihr Gehirn.

Wir liefen über den Weg mitten durch die Herde hindurch, doch Judy blieb ganz brav bei Fuß, wenn auch deutlich angespannt. Als wir die Herde passiert hatten, drehte sich Judy immer wieder um und begann zu winseln.

»Oh, du hast wohl deine wahre Bestimmung gefunden, mh?«

Ich strich ihr über den Kopf. Ihre Öhrchen waren so weich, ich hätte am liebsten den ganzen Tag mein Gesicht dran gedrückt.

Insgesamt liefen wir vielleicht sieben oder acht Minuten, bis wir am Fluss ankamen, wo ich sah, dass es vielmehr ein Bach war. Man sah das alte Flussbett immer noch und konnte erahnen, dass er mal deutlich breiter gewesen war. Die weltweit steigenden Temperaturen und der Klimawandel machten vor keiner Gegend halt.

»Wusstest du, dass die Eiszeit gar nicht so kalt war?«, hattest du mich mal gefragt.

»Wie meinst du das?«

»Das steht in diesem neuen Buch, das du mir gegeben hast. Die Temperatur auf der Welt war nur ein bisschen kälter als jetzt. Nur vier oder fünf Grad Unterschied.«

»Die Durchschnittstemperatur meinst du, ja, das stimmt.«

»Das ist verrückt, das war ja eine ganz andere Welt!«

»Das ist richtig.«

»Und was ist, wenn die Welt jetzt auch immer wärmer wird? Das hört man manchmal in den Nachrichten, also im Radio oder abends beim Fernsehen. Papa sagt, das sei Unsinn.«

»Da redet Papa leider Unsinn. Wenn sich die durchschnittliche Temperatur um zwei Grad erhöht, wird der Effekt nicht mehr umkehrbar sein. Das heißt, dass sich die Welt dann sehr verändern wird. Das verstehen die Leute oft nicht, Papa auch nicht. Aber die Welt wird dann eine ganz andere sein.«

Gebannt hingst du an meinen Lippen.

»Wie, eine andere?«

»Es wird immer mehr Eis schmelzen, weshalb der Meeresspiegel steigt.«

»Das ist doch toll für die Fische, die haben dann mehr Wasser!«

»Das wirkt nur so, aber auch für die Fische wird das nicht toll, denn die mögen die jetzige Temperatur des Meeres und das wird dann auch wärmer. Manche Küstenstädte werden überflutet, das wird nicht gut. Es wird mehr Versteppungen und Verwüstungen geben.«

»Was ist das?«

»Das bedeutet, dass zum Beispiel Wälder und Wiesen immer mehr zurückgehen. Stellen, die jetzt noch schön grün sind, werden austrocknen.«

»Oh nein … was ist denn dann mit den Rehen, wo wohnen die dann?«

»Die müssen fliehen und sich Orte suchen, wo es noch Wälder gibt. Wir Menschen übrigens auch, wir müssen uns dann andere Orte zum Leben suchen. Wir müssen sehr viel mehr künstlich bewässern und unser Leben wird sehr anders werden.«

»Aber … aber die Fische, wo gehen die denn dann hin? Die in den Flüssen und in den Seen? Trocknen die nicht alle aus, also die Teiche und so?«

»Doch, tun sie.«

»Aber dann sterben die ja, oder? Sterben die Fische dann?«

Du warst entsetzt, und irgendwie hatte ich wieder einmal nicht bedacht, welche Auswirkungen es hatte, wenn ich dir so etwas erklärte.

Der Sommer war danach sehr schwierig, denn du bist die ganze Zeit mit einem Thermometer herumgerannt und in Panik verfallen, wenn die Temperatur um zwei, vier, acht oder neun Grad anstieg. Einmal hattest du zum Beispiel von deinem Taschengeld eine ganze Tüte Eiswürfel im Supermarkt gekauft und sie zum Teich bei uns in der Nähe getragen und reingekippt. Innerhalb von zwei oder drei Minuten waren alle geschmolzen und du warst sehr enttäuscht, dass sich die Wassertemperatur überhaupt nicht verändert hatte.

Was hättest du wohl gesagt, wenn du mit mir auf dem Berg gewesen wärst und das Rinnsal betrachtet hättest, das der Erzählung nach mal ein reißender Fluss gewesen war?

Ich setzte mich auf einen großen Stein ans Ufer und leinte Judy ab. Sie blieb in respektvoller Entfernung zum Wasser stehen und ich fragte mich, ob sie wohl zu den Schafen zurückrennen würde, doch sie blieb in der Nähe.

Ich zog meine Schuhe aus und steckte meine Zehen ins Wasser. Es war extrem kalt, der Schmerz zog sich bis in die Oberschenkel. Ich zog meine Füße schnell wieder raus. Das Plätschern beruhigte mich, genauso wie die Sonne, die auf meine nackten Arme schien und diesen typischen Ozonge-

206

ruch hinterließ. Sobald ich den Blick hob, sah ich Berggipfel, die sich in einer Art Kessel um mich schlossen. Manche Menschen empfinden Felswände als bedrückend, weil sie einem von allen Seiten auf die Pelle zu rücken scheinen, sobald man in den Bergen ist. Ich hingegen fühlte mich einfach behütet und dadurch unendlich frei.

Wieder musste ich an Regine denken. Einmal mehr wurde mir bewusst, dass Helmut und ich im selben Boot saßen. Dachte ich an seine Verluste, hatte ich meist nur Christoph und Helga vor Augen, doch auch er hatte ein Geschwister verloren, genauso wie ich. Wie hatte er das sein Leben lang ausgehalten? War es einfacher, wenn man noch andere Geschwister hatte, oder machte das keinen Unterschied? Früher passierte sowas ja auch viel öfter als heute. Wie es wohl gewesen sein musste, im selben Haus wie die Mutter zu leben, die so sehr am Tod ihrer Tochter zerbrach.

Plötzlich kam ich mir schwach und albern vor, unbeholfen, melodramatisch und unfähig. Helmut hatte weitergemacht. Er hatte bestimmt auch irgendwann wieder angefangen zu spielen. Ist zur Schule gegangen, hatte seinen Alltag gelebt. Wieso fiel mir das so schwer?

Wieder dachte ich an die Schuldfrage, ich versuchte herauszufinden, was mir am meisten wehtat. Dass du weg warst? Der Gedanke, dich nie wieder um mich zu haben, schnürte mir die Luft ab und trieb die Verzweiflung in Form von Neurotransmittern durch meine Blutbahn, die an Rezeptoren andockten, welche wiederum Erregungspotenziale weiterleiteten. Das Resultat: Tränen, schon wieder. Paula, seit Neuestem eine ewige Heulboje. Doch da war noch etwas anderes. Ich dachte wieder daran, dass ich dich hätte retten müssen, dass ich hätte da sein müssen, dass ich dich hätte davor bewahren müssen.

Ich hätte dich vor dem Tod bewahren können. Da war sie wieder. Das war sie. Da war die Dunkelheit, die mir so unendlich in die Magengrube schlug. Das war der Marianengraben, er war das eigentliche Problem. Es waren die Tentakeln, die aus der Schwärze kamen und mich nach unten zogen. Der Griff um meine Beine, der mich nicht auftauchen ließ, der aber auch dafür sorgte, dass ich dich nicht loslassen konnte, nicht loslassen *musste*. War es das? Wollte ich unterbewusst einfach nicht weitermachen, weil ich dich so noch näher bei mir behalten konnte, das Davor noch näher an mir hatte, obwohl es wehtat?

Ich stellte meine Ellbogen auf die Oberschenkel und stützte den Kopf in meine Hände. Trauer war kompliziert.

Aber was wäre, wenn Helmut recht hatte? Er war der Experte im Thema Trauern, auf jeden Fall war er der größere Experte von uns beiden – und das vermutlich auch im Vergleich zu den meisten Menschen, die ich kannte. Was also, wenn er recht hatte? Was, wenn ich doch keine Schuld trug? Wenn ich mir eingestehen würde, dass dein Tod wirklich außerhalb meiner Kontrolle gelegen hatte. Was dann? Würde ich mein Leben dann weiterleben können? Weiterleben *müssen*? Vielleicht hatte ich einfach eine Scheißangst vor meiner Zukunft, von der ich übrigens noch nie ein richtiges Konzept gehabt hatte. Doktor, klar, und dann? Keine Ahnung.

Ich warf ein Steinchen in den Bach und zuckte zusammen, als es die Wasseroberfläche traf. Du hättest mich gescholten, weil das ja auch einen Fisch oder ein Wasserinsekt oder einen Krebs hätte treffen können. Mir kam in den Sinn, was für ein Glück es war, dich in meinem Leben gehabt zu haben. Dass viele Leute all so etwas gar nicht wussten, dass die Leute ja in der Regel auf so etwas nicht achteten, doch bei mir war das anders. Du hast mich sensibilisiert, hast einen Teil von mir zu dir werden lassen, Liebe tut so etwas. Wir teilten uns außerdem den gleichen DNA-Baukasten. Wir waren zwei Interpretationen desselben Songs, zwei Seiten derselben Münze, zwei Bäume nebeneinander im Wald, die sich unterirdisch gegenseitig mit Glucose versorgten. Wir waren Geschwister, und das ist etwas sehr Besonderes. Du bist fort, aber du hast mich auf dieser Welt zurückgelassen, als wäre ich der Durchschlag und du das Original. Du hast mich geprägt, deinen Abdruck hinterlassen und ist es nicht für immer meine Aufgabe, diesen in die Welt hinauszutragen? Ich bin deine Stellvertreterin, ich muss regeln, was du ansonsten gemacht hättest. Ich muss den Leuten jetzt sagen, dass sie keine Steine ins Wasser werfen dürfen, muss alles über Fische rausfinden.

Ich muss diese scheiß Doktorarbeit zu Ende bringen, dachte ich plötzlich. Es fiel mir wie Schuppen von den Augen. Wie sauer du gewesen wärst, hättest du gesehen, wie viel Zeit ich verschwendete, in der ich nichts mit Fischen machte. Ich war du und du warst ich. Suizid war hier keine Option, denn tötete ich mich, würde ich dich endgültig umbringen und aus dieser Welt schleudern und das durfte auf keinen Fall passieren. Wieso hatte ich das nicht gesehen? Wieso hatte ich das nicht *gesehen*, verdammt noch mal?

Ich sprang auf, mein ganzer Körper stand unter Strom. Judy sah mich beunruhigt an und blickte hektisch umher, um herauszufinden, ob mich etwas erschreckt hatte, das sie zu meiner Verteidigung anbellen musste.

»Es ist nichts«, sagte ich zu ihr und merkte erst an meiner zittrigen Stimme, dass ich wieder weinte. Darin war ich ja mittlerweile Profi, aber dieses Mal fühlte es sich anders an. Wenn ich davor um dich weinte, hatte ich immer das Gefühl, nur halbe Kraft zu geben, dass irgendwas immer zurückblieb und nicht herauskam, obwohl ich es so sehr wollte. Jetzt war es eine Art spontane Gletscherschmelze, die sich über meine Wangen ergoss. Ich ließ mich ins Gras sinken und heulte wie ein Wolfsjunges, peinlich und laut und mit viel Rotz. Kurz überlegte ich, meine Mutter anzurufen und ihr zu sagen, dass ich es endlich verstanden hatte, dachte dann aber, dass sie vermutlich denken würde, ich wolle mich umbringen, so wie ich klingen musste. Stattdessen schlang ich meine Arme um Judy, die sich neben mich gesetzt hatte, und heulte ihr in den besonders dichten Pelz am Hals. Stoisch saß sie da und ließ mich ihren Nacken vollweinen, leckte mir über mein Gesicht, als ich meinen Kopf kurz hob, um mir die Nase abzuwischen, und blieb einfach weiter sitzen, bis mein Heulanfall einem leisen und regelmäßigen Nasehochziehen gewichen war.

Als ich mit Judy zum Haus zurückging, durchlebte ich einen Mix an Gefühlen. Ich hatte große Angst, war traurig und glücklich gleichzeitig.

Helmut hatte angefangen, die leichteren Sachen aus dem Wohnmobil in den Flur zu tragen. Er saß gerade wieder mit dem Sauerstoffgerät auf der kleinen Treppe, die ins Innere des Campers führte.

»Alles okay?«, fragte ich.

»Ja. Was ist mit Ihnen?« Er sah mich skeptisch an. »Haben Sie wieder geweint?«

»Ja.«

»Herrje.«

»Nein, nein, es war gut.«

»Weinen war gut?«

210

»Ja, ich habe es jetzt verstanden.«

»Was denn?«

»Alles«, lächelte ich.

»Wollen Sie immer noch sterben?«

»Nein.«

Er lächelte.

»Ha!«, sagte er und stand dann auf.

»Was machen wir jetzt?«

»Können Sie die Kisten bitte reintragen, die Kartons mit meinen … mhh, Unterlagen.«

»Klar.«

»In Regines Zimmer, bitte. Es befindet sich ganz hinten links im Obergeschoss.«

Ich stieg mit dem ersten Karton die Treppe hoch und betrat das Zimmer, in dem schon das Fenster und die Läden geöffnet worden waren. Ich stellte die Kiste auf den Boden und sah mich um. Es war ein Museum.

Das Zimmer war klein, vielleicht acht oder neun Quadratmeter. Es stand ein schmales Holzbett darin, in das sich auch ein Erwachsener hätte hineinlegen können. Die Bettwäsche war vermutlich unter dem Blumenmuster einmal weiß gewesen, jetzt jedoch vergilbt. An den Wänden hingen Setzkästen mit Schmetterlingen, von denen einige schon recht angefressen aussahen, vielleicht waren es Motten, die ihre Artgenossen angeknabbert hatten, ich war mir nicht sicher. Unter dem Fenster, das gegenüber der Tür lag, stand ein kleiner Schreibtisch, auf dem ein altes liniertes Schulheft, ein paar Buntstifte, ein Holzlineal und ein Buch lagen. *Gritlis Kinder*, las ich darauf. Dunkel erinnerte ich mich, dass unsere Oma mir das einmal vorgelesen und mir erzählt hatte, dass sie das schon als kleines Mädchen gelesen habe.

Ich schlug es auf und ließ meine Finger durch die Seiten wandern. Der Leineneinband knarzte und der Text war in dieser alten Schrift gehalten, die früher in allen Büchern verwendet wurde.

Plötzlich fühlte ich mich wie eine Schnüfflerin, ich schlug das Buch wieder zu und wandte mich zum Gehen, als ich in der Ecke plötzlich einen Kescher sah. Das musste das Schmetterlingsnetz sein, das Helmuts Vater seiner Tochter kurz vor dem Unfall geschenkt hatte. Ich nahm es in die Hand und fragte mich, ob sich der Vater Vorwürfe gemacht hatte. Es wäre unsinnig, denn was konnte er dafür? Er hatte lediglich seiner Tochter das Netz geschenkt.

Unten hatte Helmut den kleinen Campingtisch und die zwei Stühle ausgeladen, damit ich besser hinten an die Kartons kam. Insgesamt brachte ich zweiunddreißig Kartons in das Zimmer, außerdem einen Koffer und eine Reisetasche.

»Gleich ist Zeit für das Abendessen«, sagte Helmut, als wir das Wohnmobil abschlossen.

»Jetzt schon? Es ist nicht einmal siebzehn Uhr.«

»Haben Sie keinen Hunger?«

Doch, ich hatte Hunger. Ziemlich großen sogar.

Die Küche sah aus, als habe man sie in den Achtzigerjahren noch einmal renoviert. Sie war also der modernste Raum im Haus und gleichzeitig doch schon lange wieder überholt.

»Suchen Sie mal Geschirr raus«, sagte Helmut, während er unser letztes Gemüse und anderes Essen aus der Tüte holte, die ich ihm neben den Kühlschrank gestellt hatte.

»Was gibt es denn?«, fragte ich.

»Sagen Sie es mir.«

»Was?«

»Sie kochen heute, ich bin zu müde.«

Ich konnte kaum fassen, dass er das Zepter alias Küchenmesser aus der Hand gab. Erst einmal verschaffte ich mir einen Überblick über unsere Möglichkeiten. Ich entschied mich für Gemüselasagne.

Helmut wollte gerade etwas sagen, doch ein Hustenanfall hielt ihn davon ab und er setzte nicht noch einmal zum Sprechen an. Mir war aufgefallen, dass sein Atem in den letzten zwei Tagen fast durchgehend pfiff.

Ich ließ ihn die Paprika und Zwiebeln schneiden und würfelte selbst die Tomaten, als mein Handy vibrierte. Meine Mutter versuchte, mich zu erreichen.

»Wer ruft Sie da an?«, fragte Helmut.

»Meine Mutter.«

»Gehen Sie ran. Na los!«

Ich wischte meine Hände an meiner Hose ab und ging ans Telefon.

»Hallo Mama«, sagte ich, während ich versuchte, das Smartphone zwischen Ohr und Schulter zu balancieren und weiter die Tomaten klein zu schneiden.

»Paula! Wo bist du denn?«

»Mama, ich hab dir doch geschrieben, dass ich in den Bergen bin. Im Urlaub, weißt du nicht mehr?«

Ich war erstaunt, wie gut die Verbindung hier war. In Deutschland hatte man ja nicht einmal in allen Großstädten durchgehend Empfang und hier hockte ich auf einem österreichischen Berg und konnte meine Mutter glasklar verstehen.

»Das klingt aber schön«, sagte sie, und: »Dein Vater fragt, ob du uns mal wieder besuchen kommst.«

»Wieso sagt Papa mir das nicht selbst?«

»Er kocht gerade.«

»Er hätte danach anrufen können.«

Helmuts Blick verfinsterte sich, anscheinend missbilligte er meinen Tonfall.

»Aber das ist ja auch nicht schlimm«, beeilte ich mich freundlicher fortzufahren: »Geht es euch gut?«

»Ja, ja, uns geht es gut, danke, Liebes. Bist du allein im Urlaub?«

»Nein, mit einem, mhh, Freund von mir.«

»Oooh, ein –«

»Nein Mama, nicht *so* ein Freund. Einfach nur ein Freund. Er ist verheiratet und so.«

»Oh. Ist seine Familie auch dabei?«

»Ja«, sagte ich.

»Das ist ja nett! Also, wir wollten fragen, ob du vielleicht nächste Woche …«

»Das ist schlecht, ich bin noch eine Weile unterwegs.«

»Wie lange denn?«

»Ein bisschen schon noch. Ich mache eine Art Kur, um wieder ein bisschen mehr auf die Beine zu kommen, weißt du. Damit ich genug Energie für die Doktorarbeit habe.«

»Oh, bist du schon weit?«

Ihre Stimme hellte sich auf. Vermutlich war sie erleichtert zu hören, dass es voranging. Dass ich gerade gar nichts in Sachen Doktorarbeit machte, wusste sie ja nicht.

»Es wird langsam, ja. Ich komme gut voran.«

»Toll! Sagst du uns Bescheid, wenn du aus den Bergen zurück bist und uns besuchen kannst?«

»Das mache ich.«

»Es ist wirklich schon länger her.«

Das Handy rutschte, woraufhin ich das Messer fallen ließ, um das Telefon aufzufangen.

»Ja, das ist es wirklich. Mama, ich muss jetzt auflegen, wir kochen gerade.«

»Ach schön, was gibt es bei euch? Dein Vater macht seine Ente Spezial, du weißt ja, die du als Kind auch so gerne gegessen hast.«

»Es gibt Gemüselasagne.«

Meine Mutter hatte die Hoffnung nie aufgegeben, dass ich eines Tages doch noch zum Fleischkonsum zurückfinden würde.

»Das klingt auch lecker. Essen dein Freund und seine Familie auch kein Fleisch?«

»Mama, ich muss wirklich aufhören, die anderen brauchen meine Hilfe.«

»Ich verstehe. Dann habt noch eine gute Zeit, ja?«

»Ja, ihr auch. Grüß Papa von mir.«

»Mache ich. Wir haben dich lieb!«

»Ich euch auch. Tschüss, Mama. Ja, tschüss.«

Nachdem ich aufgelegt hatte, sah Helmut mich durchdringend an.

»Ihre Eltern machen sich Sorgen.«

»Ja, vermutlich.«

»Sie lieben Sie.«

»Ja.«

»Lieben Sie Ihre Eltern auch?«

»Ja, auch wenn wir schon immer etwas distanziert waren.«

»Das ist in Ordnung, so ging es mir mit meinen Eltern auch.«

Wir schnitten schweigend unser Gemüse und ich heizte den Backofen vor.

Der Rest des Tages verlief ruhig, Helmut quartierte mich im Zimmer seines großen Bruders ein, während er in Regines Zimmer nächtigte. Mein Raum war etwas größer als Helmuts, hatte jedoch eine ähnliche Einrichtung. Ein Bett, ein Schreibtisch mit Stuhl, eine Kommode, eine fantastische Aussicht. Ich versuchte abends noch ein bisschen zu lesen, während wieder diese Klackergeräusche aus seinem Zimmer kamen, doch ich war zu müde, mir darüber den Kopf zu zerbrechen.

2330

»Wie fühlt es sich an, wenn man tot ist?«, fragtest du mich, nachdem unser Hund gestorben war.

»Das weiß ich nicht«, sagte ich dir.

»Ist Ronny jetzt im Himmel?«

»Vielleicht, ich weiß es nicht.«

»Sieht der Tod wirklich so aus? Mit schwarzem Mantel und Sense? Meinst du, der ist in unsere Wohnung gekommen und hat Ronny mitgenommen?«

»Auch das weiß ich leider nicht.«

Ich hatte damals noch keine wirkliche Erfahrung mit dem Tod, hatte mir darüber auch noch nie Gedanken gemacht.

»Sonst weißt du doch immer alles! Wieso das nicht?«

Du warst so enttäuscht.

Nun, mein Wissen sollte sich im Folgenden leider erweitern. Was der Tod war oder wie er aussah, wusste ich immer noch nicht. Ich stellte mir das Ende in vielen Fällen als Prozess vor: Es ist nicht immer so plötzlich da wie bei dir, es stellt sich nicht unbedingt auf einmal vor einen, fährt aber irgendwie schon eine Weile als blinder Passagier mit. Vielleicht spürt man die Nähe und Präsenz, dann nickt man ihm zu und fährt aber erst einmal weiter.

Man sieht das Ende manchmal auch von außen, also wenn man dem Todgeweihten in die Augen schaut, erst sieht man nur Pupille und Iris und Weißes, doch dann, wenn das Licht auf eine bestimmte Weise fällt, sieht man es zwischen den Reflexen hervorschauen, es starrt einem direkt in die eigenen Augen und nickt rüber. Manchmal, wenn ich während jener Tage Helmut in die Augen schaute, konnte ich es winken sehen.

Wir waren nun schon drei Tage in dem Haus in den Bergen und ich hatte das Gefühl, dass der Tod aus jeder seiner Zellen nach außen strömte. Seine Kraft schwand so schnell, dass es mir Angst machte. Seit nicht einmal zwei Wochen kannte ich ihn jetzt, und war er bei unserem ersten Treffen noch relativ gewandt über die Friedhofsmauer geklettert, war an so etwas jetzt gar nicht mehr zu denken. Seit zwei Tagen hing er permanent am Sauerstoffgerät, die meiste Zeit saß er auf dem Sofa, das ich unter mörderischen Anstrengungen in eine überdachte Ecke der großen Holzterrasse gezerrt hatte.

»Wo ist Christoph eigentlich beerdigt?«, fragte ich Helmut, als wir wieder auf der Terrasse saßen und dem Sonnenuntergang zusahen.

Er fing leise an zu kichern, eine Reaktion, die ich nicht unbedingt auf diese Frage erwartet hätte.

»Hehehe … Offiziell ist er in Kassel bestattet.«

»Offiziell? Oh Gott, Helmut, sagen Sie mir nicht, dass Sie ihn auch gestohlen haben.«

Er zog nur die Schultern hoch.

»Helmut?«

»Ja, wir haben ihn ausgegraben. Helga, ich und zwei meiner besten Freunde. Direkt nach der Beerdigung, wir haben den kompletten Sarg mitgenommen.«

»Sie sind wahnsinnig!«

»Vielleicht. Wir haben so getan, als wären wir Friedhofsgärtner, haben uns verkleidet. Das ging einfach, weil mein großer Bruder einen Gärtnereibetrieb hatte und uns ausstatten konnte. Wir sind mitten am Tag hingefahren und haben ihn einfach abgeholt, einen leeren ähnlichen Sarg hineingetan und alles wieder ordentlich zugemacht. Ordnung ist wichtig, wissen Sie?«

»Und das ging einfach so? Niemand hat sich gewundert?«

»Nun, es war ein kleiner Friedhof, also damals noch, wir haben einfach gewartet, bis eine Beerdigung parallel an einer anderen Stelle stattfand und die Totengräber und die Verwaltung damit beschäftigt waren. Die haben das nicht mitgekriegt und die ein oder zwei Besucher, die uns gesehen haben, haben uns kaum beachtet.«

»Unfassbar.«

Ich war baff.

»Da staunen Sie, was?«

»Und dann?«

»Wir haben ihn hierhergefahren, in die Berge.«

»Oh Gott, hat das nicht gestunken?«

»Wir haben ihn in einem Transporter gefahren und gut mit Eis gekühlt, außerdem hat es nur einen Tag gedauert, nicht fast eine Woche, so wie bei uns.«

»Wo liegt er jetzt?«

»Neben meiner Schwester.«

»Und wo liegt die?«

»Also eigentlich …«

»Bitte sagen Sie mir nicht, dass Sie Ihre Schwester *auch* gestohlen haben, bitte!«

»Sie ist auf dem Kirchhof im Ort beerdigt worden, doch meine Mutter wollte sie hier auf dem Hof haben, so wie man das früher handhabte. Der Totengräber hat mitgemacht und der Pfarrer weggesehen, als wir sie geholt haben. Jahrhundertelang haben die Leute hier ihre Toten bei sich daheim begra-

219

ben, aber irgendwann kamen die feinen Pinkel in Anzügen und haben uns gesagt, dass das nicht mehr ginge, Hygienevorschriften. Na ja, und da fing das irgendwie an.«

»Da fing *was* an?«

»Das mit der Ausgraberei natürlich.«

»Moment, was wollen Sie damit sagen?«

»Der Friedhof, also der kleine Kirchhof, an dem wir im Dorf auf dem Weg zum Haus vorbeigefahren sind und der auch ein bisschen aussieht wie der in Helgas Heimatdorf. Fotos, Kreuze, Sie wissen schon.«

Ich nickte.

»Der ist komplett leer. Da liegt niemand.«

»Sie verarschen mich«, brach es aus mir heraus und ich starrte ihn fassungslos an.

»Die Leute hier lassen sich nicht dabei reinreden, was sie mit ihren Toten machen. Das finde ich auch richtig so. Wir haben die Leute offiziell beerdigt und die Totengräber, die hier auch gleichzeitig die Friedhofsgärtner sind, haben die Erde nur locker aufgeschüttet. Nachts konnte man seine Toten abholen und sie *richtig* beerdigen, also bei sich auf dem Hof. Wie es hier nun einmal Jahrhunderte lang gemacht wurde.«

Ich starrte auf das Bergpanorama gegenüber und sagte lange nichts. Und dann bekam ich einen sehr, sehr heftigen Lachanfall, in den Helmut irgendwann hustend einstimmte.

»Also der Friedhof ist leer?«, prustete ich. »Die Leute kamen zu den Beerdigungen und alle, die Totengräber, die Besucher, der Pfarrer, alle wussten, dass der Sarg nachts wieder ausgebuddelt wurde?«

»Ja!«, lachte Helmut und schlug sich auf den Schenkel.

»Helmut, das ist das Bekloppteste, das ich je gehört habe.«

Wir lachten eine ganze Weile und mussten uns beide die Tränen wegwischen. Helmuts Lippen waren ein wenig blau und er steckte sich seinen Sauerstoffschlauch in die Nasenlöcher.

»Na, das sind doch mal gute Tränen, viel besser als unser sonstiges Gejaule, finden Sie nicht?«, fragte er immer noch grinsend.

»Oh, ja. Und wie!«

Auch ich war ein wenig außer Atem.

Es klingelte.

»Das wird der Ulrich sein«, sagte Helmut.

»Der Ulrich?«

»Ja, der ist der Anwalt hier in der Gegend. Und Notar. Und er ist Milchbauer. Schlüssel kann der Ihnen aber auch nachmachen.«

»Er ... was?«

»Was meinen Sie, wie viele Aufträge ein Anwalt hier bekommt. Zehn im Jahr? Hauptsächlich Testamente. Von irgendwas muss er leben, also hat er den Milchbetrieb seines Vaters übernommen, als der gestorben ist.«

Helmut hinkte zur Tür und ich folgte ihm.

»Grüß Gott, Ulrich!«, rief er dem Mann entgegen, der schon im Flur stand.

Man klaute hier seine Toten und von Türen hielt man anscheinend auch nicht viel. Es war wirklich eine andere Welt.

»Der Helmut, ja Mensch, dass man dich hier noch einmal sehen würde!«

Der Mann sprach Hochdeutsch mit starkem Dialekteinschlag. Er schien sich ernsthaft zu freuen, Helmut zu sehen, und die beiden Männer schüttelten sich begeistert die Hände und klopften sich mehrmals gegenseitig auf die Schulter.

»Na, komm rein, nur hinein, komm, setz dich zu uns auf die Terrasse.«

Ich versuchte Judy unter Kontrolle zu bringen, die nach einer kurzen Evaluationsphase beschlossen hatte, dass der Besucher leider doch sterben müsse, und wie eine Berserkerin bellte, knurrte und versuchte, sich aus meinem Griff an ihrem Halsband zu lösen.

»Na, so ein Lieber!«, sagte Ulrich in Richtung Judy. »Brav tust das Haus verteidigen, ne? Na feiiin!«

Dass der fremde Mensch sie ansprach, steigerte Judys Wut ins Grenzenlose und ich nahm schnell die Leine und machte sie im Wohnzimmer an einem Fuß des großen Bauernschranks fest. Der würde stabil genug sein, ihrem Ausraster standzuhalten.

Die beiden Männer waren schon auf die Terrasse gegangen und hatten sich gesetzt. Nachdem ich uns Wasser geholt und mich dazugesetzt hatte, starrten wir zu dritt auf die Berge.

»Da sind sie,« sagte Ulrich und meinte vermutlich die Berggipfel gegenüber.

»Ja«, antwortete Helmut.

»Mensch.«

»Ja, Mensch, sowas.«

Schweigen.

»Wo warst du all die Jahre?«, setzte Ulrich wieder an.

»Hier und da, du weißt ja.«

»Und Helga?«

»Die … die ist tot.«

»Mensch Helmut, das tut mir leid«, sagte Ulrich und klopfte seinem Freund auf die Schulter.

Ulrich war vielleicht zehn Jahre jünger als Helmut, vermutlich hatten sie sich schon als Kinder gekannt.

»Hast … hast du sie …«

»Sie ist dabei, ja.«

»Prima!«, sagte Ulrich, senkte dann aber die Stimme. »Und was hast du vor? Ich meine …«

»Sie weiß Bescheid«, sagte Helmut und nickte in meine Richtung. »Du kannst offen reden, alles gut. Ich habe vor, Helga teilweise zu verstreuen und dann den Rest der Asche zum Christoph und zu den anderen zu tun, also zu den Eltern und zur Regine.«

Natürlich, seine Eltern wurden bestimmt auch ausgegraben.

»Das klingt gut. Verbrannt wurde sie also.«

»Ja, das ist einfacher zu transportieren, dachte ich mir.«

»Gut mitgedacht. Nun, also weshalb ich hier bin …«

»Paula«, sprach mich Helmut jetzt direkt an, »gehen Sie doch noch mal eine Runde mit Judy, das hier ist privat.«

»Okay…«, sagte ich und war ein bisschen beleidigt, dass ich weggeschickt wurde.

»Das hat nichts mit Ihnen zu tun, Sie wollen das jetzt sicher nicht hören, es geht um Notar-Themen und um, ähm, Dinge, die ich regeln muss.«

»Okay, klar, kein Thema«, sagte ich und stand auf.

Als ich in die Stube zurückkam, sah ich, dass Judy den Schrank trotz seiner Größe und seines Gewichts ein paar Zentimeter in Richtung Terrasse gezogen hatte.

»Du Monster«, rief ich ihr zu und kraulte ihr den Kopf, während ich sie losmachte.

Ich ging mit ihr wieder zum Bach, setzte mich an dieselbe Stelle wie letztes Mal und rekapitulierte die Gedanken, die ich hier drei Tage zuvor gehabt hatte und seitdem immer wieder in meinem Kopf wälzte. Ich spürte, dass sich in mir etwas verändert hatte. Die Tentakeln an den Knöcheln waren weg und ich war mir bewusst, dass ich wirklich dabei war, aus dem Marianengraben aufzusteigen. Ich hatte das Gefühl, endlich richtig um *dich* trauern zu können und nicht um irgendeine Schuld, die zwischen uns stand. Ich fühlte mich dir so nah wie schon lange nicht mehr, die letzten zwei Jahre war mein Blick vernebelt gewesen und jetzt sah ich klar, *fühlte* ich klar. Ich hatte meinen Bruder verloren, dich verloren und du fehltest mir jede Sekunde. Endlich konnte ich das richtig spüren, es tat unfassbar weh, aber ich wusste, dass das ein bewältigbarer Schmerz ist. Weil er gleichzeitig in meinem Kopf – auf eine zugegebenermaßen etwas verrückte Weise – ein guter Schmerz war. Weil er nur so intensiv war, weil da so viel Liebe war, ohne die ich nicht so traurig sein könnte. Und sie war immer noch in mir, genau wie all die Erinnerungen an dich. Dass keine neuen dazukommen würden, tat unbeschreiblich weh, auch, dass ich neue Erlebnisse hatte, die ich niemals mit dir würde teilen können. Es würden Fische entdeckt werden, die du nie sehen würdest, und das musste ich aushalten.

Ich schlang meine Arme um die angezogenen Beine und sah Judy zu, die wieder irgendeine Witterung aufgenommen hatte und in Zickzacklinien mal hier und mal dorthin trabte, während die Nase wichtige Untersuchungen durchführte.

Was wird eigentlich aus Judy, wenn Helmut tot ist?, fiel es mir auf einmal ein. Vielleicht nähmen sie Helgas Kinder? Hoffentlich jemand, der ihre ganzen Eigenheiten kannte. Die Sache mit der Karotte und der Tür, ihre Ängste, die Sensibilität, die sich unter der haarigen Fassade mit wütenden Augen und gefletschten Zähnen verbarg. Hoffentlich landete sie nicht bei irgendjemandem, der ihre speziellen Charakterzüge nicht zu schätzen wusste.

Ich stand auf, ging näher ans Wasser und watete ein wenig das schlammige und steinige Bachbett entlang. Diesmal kam es mir nicht mehr so kalt vor. Ich musste an unsere Urlaube

in Bayern denken, genau genommen in Zeubach, diesem kleinen Ort mit nur dreiundsechzig Einwohnern. Eine Straße, an
der links und rechts Häuser entlangführten, eine große Schrei-
nerei, ein Bach, der so hieß wie das Dorf selbst, sonst nichts.
Drum herum noch winzigere Orte mit Namen wie Hann-
berg, Neusig oder Langenloh, die Kreisstadt Waischenfeld
selbst nicht größer als meine Nachbarschaft in Frankfurt. Ich
dachte daran, wie wir am Staudamm an der Wiesent standen,
vornübergebeugt und bewegungslos. Wir beobachteten, wie
uns kleine Fische um die Knöchel flitzten. Wie aufgeregt du
warst, wie du vor Freude schreien wolltest, jedoch Angst hattest, die Fische zu verjagen. Ich dachte daran, wie wir Zucker-
rüben von den Feldern klauten und noch im Laufen aßen, wie
wir Rohmilch vom Bauern nebenan tranken und den ganzen
Tag Durchfall hatten, weil unsere Mägen das nicht gewohnt
waren. Ich dachte an all das und an die Liebe, die zwischen uns
immer so greifbar war.

Judy hatte sich neben mich gelegt, als ich mich wieder ans
Ufer gesetzt hatte, und ich kraulte ihr Fell, während ich ihr
endlich alles von dir erzählte. Wie du auf die Welt gekommen
bist und erst im Brutkasten lagst, weil du sechs Wochen zu
früh aus Mamas Bauch rauswolltest. Wie Mama bei der Ge-
burt fast verblutete. Ich erzählte ihr, wie ich dich immer in den
Kindergarten brachte, als ich noch bei euch daheim wohnte,
und wie du nicht mit den anderen Kindern spieltest, sondern
schüchtern genau da bliebst, wo ich dich abgesetzt hatte. Die
Kindergärtnerin war verzweifelt. Wie sich das aber änderte, als
der Kindergarten ein Aquarium geschenkt bekam und du den
halben Tag davor verbringen konntest. Wie dein Interesse an
Fischen und Wasser immer mehr wuchs und deine Haustier-
wünsche immer ausgefallener wurden (»eine Meeresschild-

kröte!«, »Bitte ein Beluga-Wal!«). Ich berichtete, wie du dir den Fuß brachst, weil du über eine Luftmatratze gestolpert warst und wie wir deinen Gips komplett blau anmalen mussten, damit er wie das Meer aussah. Darauf malten wir dann mit weißer Farbe Fische, es sah, um ehrlich zu sein, scheußlich aus, aber du liebtest diesen Gips. Ich erzählte Judy, was ich ganz besonders an dir gemocht hatte – die Kükenflaumhaare und dass du in einem Moment ganz leise und konzentriert warst, um im nächsten Moment laut und wild herumzuspringen. Wie du immer selbstbewusster wurdest, wie du in einem Moment kindlich naive Fragen stelltest und dann im nächsten Moment eine so elaborierte und wohlüberlegte Feststellung machtest, dass sie die Erwachsenen ganz schön in die Bredouille brachte. Ich flüsterte eine Liste deiner Lieblingsfische in die Hundeohren, berichtete von deiner besten Freundin Mina, die dir irgendwann gestand, dass sie Fische eklig fand – dein erster Liebeskummer, sozusagen. Von diesem brutalen Vertrauensverlust (so kam es dir zumindest vor) würde sich eure Freundschaft nicht mehr erholen. Ich zählte deine besten Freundinnen und Freunde auf, Max, Anna, Emrah und Deborah, die Fische auch ganz gut fanden, aber natürlich nicht *so* gut wie du. Judy erfuhr, wie ich dich einmal dabei erwischte, wie du versuchtest, mit einem mitgebrachten kleinen Kescher und einer mit Wasser gefüllten Dose einen Fisch im Zoogeschäft zu stehlen – dein erster richtiger Ungehorsam, das war noch vor der Sache mit dem Zoo. Ich erzählte der Hündin, was für ein großer Forscher du warst, dass du später sicher eine Menge Tim-Fische entdeckt hättest und dass ich das jetzt für dich tun musste. Ich musste unbedingt meine Doktorarbeit schreiben, damit ich endlich wieder auf ein Schiff konnte, auf der Suche nach Tim-Fischen und -Krabben.

Judy war eine tolle Zuhörerin. Ihre klugen Hundeaugen schauten mich die ganze Zeit an, als würden sie jedes Wort verstehen. Verrückt, wie sehr ich mich anfangs vor ihr gefürchtet hatte, wie feindlich ich sie gelesen hatte, dabei hatte ich sie einfach nicht verstanden. Sie war ein bisschen wie du, auf den ersten Blick nicht zu greifen, aber dann, wenn man Geduld zeigte und sensibel vorging, wurde man mit viel Liebe belohnt.

»Wir sollten langsam mal wieder zurück«, flüsterte ich ihr in ein flauschiges Ohr.

Sie schüttelte den Kopf. Auf ihrer Angst-Liste stand unter anderem *Wind an den Ohren*. Wahrscheinlich wollte sie mir signalisieren, dass es für sie nicht akzeptabel war, jemandem einfach ins Ohr zu pusten. Also wirklich, ts.

1680

Für Helmut lief es in diesen Tagen, in denen neben Ulrich immer wieder verschiedene Nachbarn zu Besuch kamen, nicht so gut. Er baute rasend schnell ab, sowas hatte ich noch nie gesehen. Sein Atem röchelte durchgehend, er war extrem vergesslich, hatte kaum Kraft in Armen und Beinen und sein Gesicht sah immer eingefallener aus. Ich redete so lange auf ihn ein, bis er sich bereit erklärte, den Arzt zu rufen. Hannes war fast achtzig Jahre alt und im Ruhestand, kümmerte sich aber noch um die alten Leutchen hier, die den weiten Weg in die Stadt im Tal nur schwer bewerkstelligen konnten.

Er sah die Arztbriefe und Röntgenbilder durch, die Helmut dabeihatte, und untersuchte ihn.

»Hast du alles geregelt?«, fragte Hannes.

»Ja«, antwortete Helmut.

Hannes nickte.

»Helmut, ich schreib dir Morphin auf.«

»Aber dann werde ich ja blöd im Kopf.«

»Unsinn. Du musst starke Schmerzen haben, dagegen wird es helfen, außerdem lindert es deine Atemnot und diese Erstickungsgefühle. Deine Begleiterin soll zur Apotheke fahren und es abholen. Oder ich bestelle es in die Praxis und sie kann zu Fuß vorbeikommen.«

»Machen wir das lieber so.«

»Gut.«

Der Arzt nahm Helmuts Hand in seine und legte die andere Hand oben drauf. So standen sie sich gegenüber und mir wurde plötzlich klar, dass das *der Abschied* war. Meine Kehle schnürte sich zu, mein Herz begann zu rasen, ich musste hier raus, musste hier weg, ganz weit weg, irgendwo anders hin.

Ich taumelte rückwärts, auf einmal war mir schwindelig, tastete mich an der Wand entlang und rannte raus auf die Einfahrt, Judy war mir dicht auf den Fersen.

Was machte ich hier? Wieso war ich noch hier? Niemand hatte mich gefragt, ob ich das wollte, ich hatte mich nicht einmal selbst gefragt. Ich realisierte gerade, dass ich Helmut beim Sterben zusah, dass ich vielleicht dabei sein würde, wenn er seinen letzten Atemzug tat.

»Ich kenne ihn doch gar nicht«, keuchte ich und stützte meine Hände auf meinen Knien ab.

Mein Herz raste, ich zitterte und wartete, dass es vorüberging. Ich wollte ihn nicht sterben sehen, ich wusste doch gar nicht, was man tun musste, ich hatte keine Ahnung, wie man sich verhält, was er brauchen würde und was ich hier überhaupt zu suchen hatte. Ich war doch keine Pflegerin, das war mir alles eine Nummer zu groß.

Hannes kam aus dem Haus, stellte sich neben mich und ging in die Hocke, damit sein Gesicht auf Augenhöhe mit meinem war.

»Geht es?«, fragte er.

Ich schüttelte den Kopf. Er nahm eine meiner Hände und fühlte den Puls.

»Mensch, Ihre Pumpe hat ja ganz schön zu tun«, sagte er in freundlichem Tonfall.

»Ich … ich kann das nicht, das hier. Ich kenne Helmut gar nicht und jetzt stirbt er.«

»Ja, er hat mir ein bisschen von den Umständen erzählt, unter denen Sie sich kennengelernt haben. Das muss für Sie ja alles recht seltsam sein.«

»Und wie«, sagte ich, während sich mein Atem ein wenig normalisierte und auch meine Herzfrequenz spürbar abnahm.

»Wovor haben Sie Angst?«

»Vor allem«, sagte ich und richtete mich wieder auf.

Auch er stand auf, wenn auch etwas schwerfälliger als ich.

»Ich habe gar nicht darüber nachgedacht, was ich jetzt mache. Ich kann doch nicht hierbleiben, aber ich kann ihn auch nicht allein lassen!«

»Sie müssen nicht hierbleiben, es gibt hier auch andere Leute, die sich um ihn kümmern können.«

»Aber der Hund und überhaupt. Ich … Also, was meinen Sie, wie lange hat Helmut noch?«

Hannes massierte mit einer Hand seine Schulter und schaute auf das Bergmassiv gegenüber.

»Hm, ich würde sagen … ein paar Tage.«

»*Was?*«, schrie ich ihn regelrecht an. »Aber so schnell stirbt man doch nicht. Wieso geht er nicht ins Krankenhaus?«

»Er will nicht im Krankenhaus sterben, die wenigsten Leute wollen das, und ich kann das verstehen.«

»Aber da kann man sich doch viel besser um ihn kümmern. Und vielleicht wollen seine Stiefkinder dabei sein.«

»Es ist seine Entscheidung, da kann man ihm nicht reinreden und das sollte man auch nicht. Seine Krankheit ist sehr fortgeschritten, im Endstadium, ich weiß gar nicht, wie er überhaupt noch diese ganze Tour mit Ihnen schaffen konnte, ehrlich gesagt. Ohne Sie hätte er das vermutlich nicht hinbekommen, er hatte sich viel zu viel vorgenommen.«

»Ich weiß nicht, was ich machen soll.«

»Und das wiederum ist Ihre Entscheidung, da sollten Sie

sich auch nicht reinreden lassen. Sie können nach Hause fahren und Ihr eigenes Leben in die Hand nehmen, das ist eine gute Sache. Oder Sie bleiben bei ihm, was auch eine gute Sache ist.«

»Ich kann das nicht, also hierbleiben.«

»Das ist absolut in Ordnung.«

Ich legte meine Hände vor das Gesicht, als könnte ich die Welt von mir weghalten.

»Kann ich ihm noch das Morphin bringen? Wann wird das geliefert?«

»Ich bestelle es jetzt gleich, heute Abend ist es dann da.«

»Okay, wo finde ich Sie?«

Er drehte sich zur Straße um.

»Diese Straße gehen Sie herunter, bis Sie an den Ortseingang kommen. Dort ist es der vierte Hof auf der linken Seite, der mit dem roten Tor und dem Arztzeichen an der Fassade.«

Er gab mir eine vergilbte Karte aus seinem Portemonnaie mit seiner Telefonnummer darauf.

»Ich hab die immer noch dabei«, sagte er, blickte gedankenverloren auf die Karte und reichte sie mir dann. »Geben Sie mir auch Ihre Nummer? Dann rufe ich Sie an, wenn ich das Medikament habe.«

»In Ordnung. Warum können Sie überhaupt noch Medikamente bestellen? Ich dachte, Sie seien im Ruhestand.«

»Es ist der Rezeptblock meines Sohnes«, sagte er und lächelte. »Dass die Dinge hier etwas unkonventioneller laufen, haben Sie ja sicher schon gehört. Hier oben muss man schauen, wie man sich hilft, das Leben ist rauer, auch heutzutage noch.«

Er gab mir einen Kuli, ich schrieb meine Nummer auf eine seiner anderen Visitenkarten und er versprach, mich anzurufen.

Als ich zurück ins Haus ging, hörte ich wieder die Klacker-geräusche aus Helmuts Zimmer, das einmal Regine gehört hatte. Mittlerweile war ich mir sicher, dass er jeden Tag etliche Schreibmaschinenseiten beschrieb. Aber da ihm das Thema offensichtlich unangenehm war, sprach ich ihn nicht darauf an.

Als er herunterkam, hatte ich das Essen schon auf dem Tisch stehen.

»Ich dachte, ich mache uns eine Suppe«, begrüßte ich ihn.

»Das ist gut, Suppen sind gut«, sagte er leise.

»Helmut, ich hab ein bisschen nachgedacht. Ich werde viel-leicht nach Hause fahren, aber nur vielleicht. Und ich hab mir überlegt, ob Sie mir Judy mitgeben wollen. Weil Sie ja gar nicht mehr gut mit ihr Gassi gehen können.«

Helmuts Mund wurde schmaler, und er nickte nur, sonst sagte er nichts.

Das Abendessen verlief schweigend, bis er plötzlich sagte: »Sie wollen also gehen, ja?«

»Wir kennen uns ja nicht so gut und ich weiß nicht recht, vielleicht wollen Sie jetzt lieber unter Leuten sein, die Sie bes-ser kennen, wissen Sie?«

»Jetzt wo ich sterbe, meinen Sie«, sagte er in ruhigem Ton.

»Ja, also …«

Weiter kam ich nicht, bevor ich wieder einmal begann zu weinen.

»Mensch, Ihr Wasserwerk wird mir fehlen«, sagte er, womit er nur noch heftigeres Schluchzen bei mir auslöste.

»Na, na, na«, raunte er und kam um den Tisch herum, sein Sauerstoffgerät im Schlepptau, und klopfte mir auf den Rücken.

»Jetzt trösten Sie mich, dabei sind Sie doch der, der stirbt«, schluchzte ich.

»Wissen Sie«, begann er und hustete, »ich weiß es doch schon lange und ich habe meine Sachen alle erledigt. Also fast alle. Schauen Sie mich an. Es kommt bei so einem alten Mann wie mir auch nicht überraschend, oder?«

Ich nickte und heulte weiter stumm in meine Suppe.

»Jetzt sind ja lauter Tränen in Ihrer Suppe, herrje«, murmelte Helmut und schob meinen Teller ein Stück von mir weg.

»Eigentlich will ich sie ja auch gar nicht allein lassen hier, wirklich nicht. Ich habe nur Angst, weil ich nicht weiß, was ich machen soll. Ich war noch nie dabei, als jemand …«

Und wieder begann ich, heftig zu schluchzen.

»Ich sterbe auch zum ersten Mal, mich dürfen Sie da wirklich nicht fragen«, sagte Helmut.

»Nein, ehrlich: Sie müssen sich nicht verpflichtet fühlen hierzubleiben. Und dass Sie Judy nehmen, ist eine gute Idee, ich wollte Sie das sowieso fragen. Der Anwalts-Ulrich hat mir so einen Wisch gegeben, den ich ausgefüllt habe. Judy gehört jetzt Ihnen, tut mir leid, dass ich Sie nicht gefragt hatte, aber ich hatte Angst, Sie lehnen ab.«

»Ich weiß nicht. Vielleicht bleibe ich ja doch lieber.«

»Wir können ja erst mal die noch offenen Dinge erledigen, wie wäre es damit?«, fragte Helmut.

»Wir müssen Helga ja noch beerdigen, stimmt.«

»Ja, und wir sollten noch Ihr T-Shirt verbrennen. Damit Sie es auch verstreuen können.«

»Ach ja … das hatte ich ganz vergessen.«

»Sehen Sie. Wollen wir das heute noch machen?«

»Okay. Wo müssen wir Helga hinbringen?«

»Zur Klippe neben dem Haus.«

»Okay, Sie haben die Leichen aber nicht alle einfach da in die Schlucht geworfen, oder?«

233

Helmut sah mich stumm an.

»*Oder?!*«

Er lachte und hustete dabei.

»Nein, keine Sorge. Wir haben sie dort begraben. An der Stelle, wo dieser Steinhaufen ist, den haben Sie doch sicher schon gesehen. Das ist so etwas wie das Grabmal.«

Ich war erleichtert, hätte diesem seltsamen Ort und seinen Bewohnern jedoch alles zugetraut.

Kurz darauf standen wir an der Klippe. Helmut hatte sich einen alten, abgetragenen schwarzen Anzug angezogen, der um die Schultern herum ziemlich schlackerte. Ich hatte eine schwarze Leggings und eine schwarze Bluse an und Judy mit einer meiner schwarzen Socken eine Schleife ans Halsband gebunden.

»Das ist ja gar nicht mal so unansehnlich«, hatte Helmut dazu gesagt.

»Not macht erfinderisch.«

Ich hatte ein kleines Loch ausgehoben und Helmut hatte die Hälfte der Asche hineingekippt. Danach starrte er lange in das Loch. Ich hatte eigentlich erwartet, dass er etwas sagen würde, doch er griff nur nach der Schaufel und begann, schwerfällig zu schippen, während ich ihn dabei etwas stützte.

»Was ist mit der Urne und dem Rest der Asche?«, fragte ich.

»Die behalte ich.«

Ich fragte lieber nicht nach Details.

Nachdem Helmut das Loch zugeschüttet hatte, standen wir nur schweigend nebeneinander und schauten auf das Bergpanorama gegenüber, während die Sonne langsam herabsank. Judy lag zu unseren Füßen und döste, es war komplett still bis auf das Pfeifen des Windes und das leise Brummen des Sauerstoffgeräts, das neben uns stand.

»Jetzt verbrennen wir das Shirt«, sagte Helmut schließlich und wandte sich ab. Ich sah, dass seine Augen ein wenig feucht waren.

Der Stoff wollte einfach nicht brennen. Bis hierhin war alles gut verlaufen, wir hatten vor dem Haus eine kleine Feuerstelle aus Steinen aufgehäuft, hatten Reisig und Holz aus dem Haus genommen, alles aufgeschichtet. Erst wollte Helmut das Feuer entfachen, doch ich sagte ihm, dass das mit dem Sauerstoffgerät vermutlich keine so kluge Idee wäre.

»Wollen Sie etwas sagen?«, fragte er.

»Nein, ich glaube nicht.«

Das Feuer, das ich angefacht hatte, wurde langsam größer und brannte stabiler. Funken flogen umher.

»Vielleicht sollten wir das Sauerstoffgerät hier wegbringen«, sagte ich.

Helmut stimmte zu, zog den Schlauch aus der Nase und ich stellte das kleine Gerät in den Hausflur. Als ich wieder herauskam, sah ich, dass Helmut sich gesetzt hatte. Stehen strengte ihn an, vor allem ohne zusätzlichen Sauerstoff.

Ich stellte mich wieder ans Feuer und dachte an dich. Dachte an den Moment, als ich dich zum ersten Mal in Mamas Armen sah. Dachte daran, wie ich dich als Baby gebadet hatte, wie ich dir dein erstes Wort beigebracht hatte, *Wolf.* Warum ich dieses Wort ausgesucht hatte, wusste ich nicht mehr. Du hattest es »Woff« ausgesprochen und warst sehr stolz. Ich dachte an den Moment, als Mama anrief und mir sagte, das du tot seist. Ich dachte an die erste Zeit danach. In den ersten beiden Nächten lag ich nur katatonisch herum und starrte an die Decke, die Nächte darauf schrie ich fast durchgehend ins Kissen. Ich dachte an Gespensterfische, an das Einhöcker und den

235

Mehrzahl. Ich schloss die Augen und stellte mir dein Gesicht vor, erinnerte mich an den Klang deiner Stimme und dann warf ich das T-Shirt, das bis dahin schlaff in meiner Hand gehangen hatte, ins Feuer.

Es begann fürchterlich zu qualmen und zu stinken. Aber es brannte einfach nicht.

»Herrje, war es noch feucht?«, fragte Helmut.

»Ein bisschen.«

»Mensch, das ist ja eine Sauerei«, schimpfte er und hustete.

Ich erkannte, dass das für seine Lunge nicht unbedingt optimal war, und als ich gerade aufstehen und ihn wegbringen wollte, fing der Stoff auf einmal Feuer und die Flammen schossen in die Höhe.

»Wow, jetzt geht's los«, flüsterte ich.

Ich hatte mich neben Helmuts Stuhl auf den Boden gesetzt und als ich plötzlich seine Hand auf meiner Schulter spürte, weinte ich wieder. Meine Sicht verschwamm, das Feuer wurde zu einem wabernden orangefarbenen Fleck und ich legte meine Hand auf Helmuts. Als ich hochblickte und mir die Tränen aus den Augen wischte, sah ich, dass auch Helmut weinte.

»Jetzt sitzen wir hier also«, flüsterte er mit brüchiger Stimme.

»Ja.«

Da saßen wir also.

1070

Helmut stand irgendwann auf und bedeutete mir, sitzen zu bleiben, als ich ebenfalls aufstehen wollte. Das Feuer glomm mittlerweile nur noch, vom Shirt war nichts mehr zu sehen. Er ging ins Haus und kam kurz darauf mit einer kleinen Metalldose, Schaufel und Besen zurück.

»Hier, da können Sie die Asche reintun.«

Auf der Metalldose war ein Schmetterling abgebildet, sie musste schon sehr alt sein.

»Hat die Ihrer Schwester gehört?«

»Ja, das war Ihre Bonbon-Dose.«

»Aber die können Sie mir doch nicht geben.«

»Doch, sehen Sie doch.«

»Aber …«

»Herrje, Sie müssen auch immer Widerworte geben, oder?«

»Hm na ja, ja?«

Er setzte sich wieder auf den Stuhl, wobei ihm das alles sichtlich schwerfiel. Ich stocherte mit einem Stock in der fast erloschenen Glut, damit die Asche schneller abkühlen konnte.

»Ich denke, Sie können sie jetzt in die Dose tun«, sagte Helmut nach einer Weile.

»Ja, okay.«

Ich kehrte die Asche, die jetzt wirklich nur noch lauwarm war, zusammen und füllte sie in die Dose.

»Könnten Sie mir … also mein Sauerstoffgerät, ich glaube, ich brauche es.«

Als ich in Richtung Haus lief, klingelte mein Handy. Es war der Arzt, der mir sagte, dass das Morphin angekommen sei.

Als ich wieder bei Helmut war und er sich den Schlauch umgelegt hatte, erklärte ich ihm, dass ich jetzt das Morphium holen würde.

»Ja, prima. Mein Brustkorb tut weh, und die Knochen … Ich habe Metastasen in der Hüfte, die drücken ganz ordentlich.«

»Wieso haben Sie das denn nie gesagt?«

»Na, was hätten Sie denn daran ändern können? Am Ende hätten Sie sowieso wieder nur angefangen zu weinen!«

Ich verdrehte die Augen, allerdings nur im Spaß, und führte ihn wieder ins Haus.

»Können Sie mich bitte hochbringen, ich möchte mich hinlegen.«

Ich brachte ihn die Treppe rauf und musste ihn gut abstützen, damit er nicht fiel. Ich konnte wieder kaum fassen, wie schnell und wie viel er noch einmal abgebaut hatte. Einige Tage vorher hatte er noch einigermaßen gut gehen können.

Oben angekommen schickte er mich los.

»Soll ich Sie nicht noch ins Zimmer bringen?«, fragte ich.

»Nein, nein, das ist schon in Ordnung. Nehmen Sie bitte Judy gleich mit, dann kann sie nach Ihrer Rückkehr gefüttert werden.«

Ich ging die Treppe hinunter und hörte, wie hinter mir eine Tür geöffnet, dann wieder geschlossen und das Summen des Sauerstoffgerätes leiser wurde.

»Na, komm, Judy, Gassi!«, rief ich und suchte die Taschenlampe, es war nämlich schon dunkel geworden und es gab keine Beleuchtung.

Der Arzt hatte mir die Spritzen ausgehändigt, ich musste allerhand Zeug unterschreiben und dann erklärte er mir noch, wann und wie das Morphin anzuwenden sei. Das alles stand zusätzlich noch auf einem Zettel, den er mir mitgab.

Als Judy und ich nach dem anstrengenden Aufstieg wieder am Haus ankamen, hörten wir die Schreibmaschinengeräusche, die aus dem geöffneten Fenster in Helmuts Zimmer zu uns hinausdrangen. Erneut fragte ich mich, was er schrieb und was auf den ganzen Zetteln in den Kisten stand. Vielleicht würde ich es noch erfahren, *danach*.

»Kann ich reinkommen? Ich habe die Spritzen und wollte Ihnen zeigen, wie man sie benutzt«, rief ich Helmut durch seine geschlossene Tür zu.

»Ich komme raus«, antwortete er und seine schlurfenden Schritte und das Brummen des Sauerstoffgerätes kamen näher.

Er verließ das Zimmer, indem er die Tür nur so weit öffnete, dass er hindurchpasste, ich aber nicht hineinspähen konnte.

»Was machen Sie da drinnen eigentlich, geheime Atomtests?«

»Ja«, antwortete er trocken und schloss die Tür hinter sich.

Ich übergab ihm die Spritzen und erklärte ihm, was der Arzt mir gesagt hatte.

»Geben Sie sich die Spritzen selber, oder muss ich … also soll ich?«

»Nein, das schaffe ich schon, keine Sorge«, sagte er. »Eine soll ich vorm Schlafengehen jetzt, stimmt's?«

»Eine halbe, hat er gesagt. Um zu gucken, wie es anschlägt.«

»Eine halbe. In Ordnung. Dann gehe ich jetzt schlafen. Danke für die ganze Mühe, die Sie sich gemacht haben. Ohne Sie hätte ich das alles gar nicht geschafft, wirklich.«

»Kein Problem. Sie haben mir ja auch unglaublich bei der Sache mit meinem Bruder geholfen, wissen Sie. Ich habe jetzt erst verstanden, was Sie mir sagen wollten. Ich bin nicht schuld gewesen. Ja, es fühlt sich manchmal noch so an, aber mittlerweile kriege ich es die meiste Zeit hin.«

Helmut lächelte.

»Sehen Sie«, sagte er, »und den Rest kriegen Sie auch noch hin.«

Er legte mir beide Hände auf meine Schultern und drückte kurz zu.

»Alles wird gut.«

»Meinen Sie?«

»Natürlich. Ich bin überzeugt davon, dass Sie ab jetzt allein zurechtkommen und das Gerede eines alten Mannes nicht mehr brauchen, um die richtige Richtung zu finden.«

»Ach, ein bisschen können Sie mich ja trotzdem noch zuquatschen«, sagte ich und freute mich über die Zuneigung, die ich aus seiner Stimme heraushörte.

»Sie finden Ihren Weg«, sagte er noch einmal und streichelte Judy, die zwischen uns stand, über den Kopf. »Machen Sie es gut.« Er verschwand mit seinem Sauerstoffgerät im Zimmer.

Ich hätte es merken können.

570

Am nächsten Morgen wachte ich ungewöhnlich früh auf. Als ich nach meinem Handy tastete und aufs Display schaute, sah ich, dass es erst halb sechs Uhr morgens war. Wieso zur Hölle war ich um diese Zeit wach? Draußen war es noch dunkel, Judy schlief am Fußende meines Bettes, anscheinend hatte sie sich nachts unter meine Decke geschlichen, ohne mich zu wecken. Ich rieb mir die Augen und wollte mich gerade noch einmal herumdrehen, als mir etwas einfiel.

Machen Sie es gut.

Ich saß plötzlich kerzengerade im Bett. Helmut hatte ungewöhnliche Sprachregelungen, zum Beispiel sagte er morgens oft nicht *Guten Morgen*, sondern *Guten Tag*. Aber abends sagte er immer *Schlafen Sie gut*, nicht *Machen Sie es gut*. Mein Herzschlag beschleunigte wieder ordentlich.

Ich tastete nach dem Licht der kleinen altmodischen Nachttischlampe und schaltete sie an. Ich stand auf und ging zur Tür, die nur angelehnt war. Ich öffnete sie und stellte mich in den Flur, um zu lauschen. Nichts. Keine auffälligen Geräusche, genau genommen gar keine Geräusche.

Gar keine Geräusche.

Auch das Brummen des Sauerstoffgerätes fehlte. Ich spürte, wie die Panik wie eine kühle Schlange meinen Rücken hinaufkroch, bis ich begann zu zittern. Judy stand mittlerweile neben mir und starrte ebenfalls in den Flur, die Nase bewegte sich geschäftig hin und her. Plötzlich tippelte sie los zu Helmuts Tür am anderen Ende des Ganges und kratzte mit der Pfote daran.

Ich schaltete das Flurlicht ein und ging zu Judy, legte eine Hand auf die Türklinke – und zögerte. Statt die Tür direkt zu öffnen, klopfte ich leise. Keine Reaktion. Ich klopfte noch einmal, diesmal lauter und länger.

»Helmut?«, rief ich.

Meine Stimme klang weinerlich, mittlerweile zitterte ich auch ganz ordentlich.

Ich ging in die Hocke, steckte mein Gesicht in Judys Fell und roch an ihrem Nacken. Irgendwie beruhigte mich das, doch Judy begann jetzt leise zu winseln und kratzte an der Tür. »Ich will da nicht rein«, flüsterte ich dem Hund ins Ohr. Judy kratzte wieder an der Tür und versuchte, mich abzuschütteln.

Ich richtete mich wieder auf, wischte mir die Augen und atmete tief durch. Dann legte ich eine Hand auf die Türklinke und drückte sie herunter.

Der Raum war dunkel und still. Das schwache Flurlicht fiel hinein und direkt auf den Schreibtisch am Fenster. Darauf stand eine Schreibmaschine. Ich wusste, dass sich rechts von mir das Bett befand, traute mich aber noch nicht rüberzusehen. Das Zimmer roch komisch, also ging ich erst einmal ans Fenster, den Blick zur Decke gerichtet, öffnete beide Flügel und dann die Fensterläden. Die kalte Bergluft strömte sofort hinein und eine Weile machte ich nichts anderes, außer meinen Kopf in den Windzug zu halten, die Augen geschlossen.

Judy bellte. Ich wusste, ich musste hinsehen. Ich zählte leise rückwärts.

»Drei – zwei – eins.«

Ich drehte mich zum Bett und öffnete die Augen.

Da saß Helmut. Der Rücken lehnte an der Wand, der Blick war zum Fenster gerichtet, die Haare waren verwuschelt und die Gesichtshaut war unnatürlich gräulich gelb, das erkannte ich trotz des spärlichen Flurlichts. In seinem linken Arm steckte eine sehr große Spritze, anscheinend hatte er sie mit dem Inhalt der sieben Morphinspritzen gefüllt. *Woher hat er die große Spritze*, war mein erster Gedanke. Dann erst verstand ich so richtig, was ich hier sah.

Ich sank auf den Schreibtischstuhl und betrachtete sein Gesicht. Die Augen waren geschlossen, wären sie offen gewesen, wäre ich vermutlich durchgedreht. Der Mund stand ein wenig offen. Erst jetzt bemerkte ich, dass er den Kescher neben sich liegen hatte, Helgas Urne hatte er sich zwischen die Oberschenkel geklemmt. Helmut war fort, war einfach gegangen. Er hatte mich hier in diesem Haus mit all seinen Geistern und einem halb verrückten Hund zurückgelassen. Und mit seiner Leiche. Ich hatte vorher noch nie einen Toten gesehen, der Anblick machte mir Angst.

Ich drehte mich von ihm weg und begann laut zu schluchzen und »Scheiße« und »Sie Idiot!« zu murmeln. Wie konnte er das machen, wieso hatte er nichts gesagt? Judy war auf das Bett gesprungen und hatte sich an Helmut geschmiegt, während sie leise winselnde Laute ausstieß. Das gab mir den Rest und ich heulte laut und hemmungslos in mein Schlafshirt, das ich mir bis zu den Augen hochgezogen hatte. Ich ließ meinen Kopf auf die Schreibtischplatte sinken und wartete, bis die großen Schluchzer abebbten.

Ich muss eine ganze Weile so dagelegen haben, denn irgendwann bemerkte ich, dass Lichtstrahlen durch das Fenster hineinfielen. Die Sonne war aufgegangen und der Himmel hatte sich pink gefärbt. Ich setzte mich auf, wobei mein Blick die Schreibmaschine streifte.

PAULA stand oben auf der eingespannten Seite.

Ich zog die Nase hoch, rieb mir die verquollenen Augen und sah, dass das wohl ein an mich adressierter Brief sein sollte. Vorsichtig löste ich das Papier aus der Schreibmaschine und las.

PAULA,

wenn Sie das sehen, sitze oder liege ich vermutlich tot auf dem Bett. Wahrscheinlich haben Sie einen großen Schreck bekommen, dafür möchte ich mich entschuldigen.

Ich bin nicht gut mit Worten und Schreiben, deshalb kurz und knapp.

Ich habe keine Lust, mich vom Krebs qualvoll niedermachen zu lassen, an Lungenkrebs sterben ist schlimm. Deshalb habe ich mein Ende selbst gewählt.

Bitte kümmern Sie sich um Judy. Ulrich hat mein Testament. Bitte erschrecken Sie jetzt nicht, aber ich habe Ihnen dieses Haus und alles, was darin ist, vererbt. Ebenso das Wohnmobil und natürlich auch die Kisten. Endlich können Sie Ihre Nase reinstecken, ha-ha-ha. Bitte denken Sie nicht, dass ich verrückt geworden sei. Aber Sie wissen von der Sache mit dem Ausbuddeln, ich glaube, das Grundstück ist bei Ihnen in guten Händen. Alles andere kriegen die Kinder.

Bitte kümmern Sie sich um meine *Beerdigung*. Ich möchte einerseits natürlich in der Nähe meiner Frau sein. Andererseits habe ich gehört, dass Sie noch etwas am Meer mit einer Metalldose erledigen müssen. Das wäre genau das Richtige für Helga und

Ich drehte das Blatt um.

mich. Ich werde hier auf dem Friedhof beerdigt, Feuerbestattung. Ulrich wird sich um alles kümmern, auch um *die Sache*. Ich denke, Sie wissen, was zu tun ist, halten Sie sich an ihn.

Ich hoffe, dass Ihre Doktorarbeit gut wird. Ich bin sicher, dass Sie Ihren Weg finden werden, und freue mich, dass Sie doch noch nicht sterben wollen.

Der Spaten ist im Wohnmobil.

Machen Sie es gut,

Helmut

Ich musste den Brief mehrmals lesen, bis ich den Inhalt begriff. Ich konnte es nicht fassen, dass Helmut mir das Haus vererbt hatte. Wir kannten uns doch erst wenige Wochen, das war so absurd.

Ich las den Brief erneut.

»Du gerissener Hund«, flüsterte ich und musste auf einmal lachen.

Judy fuhr hoch und knurrte kurz, sprang dann vom Bett und tappte zu mir herüber, wo ich neben ihr auf den Boden sank und sie wieder umarmte. Ich lachte ihr in den Pelz, während mir gleichzeitig wieder Tränen die Wangen hinunterliefen. Die Hündin hatte anscheinend keine Ahnung, was sie von all dem halten sollte.

Als ich mich wieder einigermaßen gefangen hatte, krabbelte ich auf allen vieren zu einer der Kisten, die überall herumstanden. Der Raum war mittlerweile von der Morgensonne geflutet, sodass ich alles gut erkennen konnte. Ich sah, dass alle Boxen mit Jahreszahlen versehen waren. Ich kroch umher, um mir einen Überblick zu verschaffen, die mit *1962* beschriftete Kiste war anscheinend der Anfang. Ich zog sie zu mir ran, über meine Schulter blickte ich noch einmal kurz zu Helmut. Die Sonne ließ seine Züge weicher erscheinen und sein Gesicht sah tatsächlich so aus, als würde er nur ein Nickerchen machen und jeden Moment hustend aufwachen.

Ich nahm den Deckel vom Karton, holte das oberste Blatt raus und begann zu lesen.

12.10.1962
Hallo Christoph,
hier ist dein Vater. Ich komme mir komisch vor. Ich vermisse es, dir zu erzählen, wie mein Tag war. Der Pfarrer sagt, dass mir das vielleicht hilft, also versuche ich das. Nein, ich bin nicht plötzlich gläubig geworden, keine Sorge. Vorher hatte ich was Dummes getan, weshalb Mutter wütend auf mich war. Jetzt ist aber wieder alles in Ordnung. Also ein bisschen, denn tot bist du noch immer. Deine Mutter weint viel, aber das ist ja klar. Ich kann nicht weinen, aber vielleicht kommt das noch.
Ich habe an unserem Flaschenschiff weitergebaut. Der Mast macht mir Probleme und ich habe Holzleim daneben getropft. Auf dem Hauptdeck ist jetzt ein großer Leimfleck, schade. Ich weiß nicht, was ich noch schreiben soll.
Ich höre jetzt auf.
Ich hab dich lieb,
Vater (Helmut)

Ich ließ das Blatt sinken und starrte Judy an, dann holte ich die nächste Seite aus dem Karton.

13.10.1962
Hallo Christoph,
ich konnte das Problem mit dem Leim auf dem Deck lösen.
Man sieht nur noch einen ganz kleinen Fleck, nicht der Rede
wert, keine Sorge. Das Schiff sieht schon gut aus, ich bin im-
mer noch beeindruckt, wie du das Steuer festgeleimt hast. Das
hast du wirklich gut gemacht. Du warst immer schon geschick-
ter als ich.
Gestern ist dein Kaninchen gestorben, das hatte ich gestern nicht
erwähnt. Ich wollte es dir eigentlich gar nicht sagen, aber ich
will ehrlich zu dir sein.
Der Tierarzt sagte, es sei vielleicht eine Kolik gewesen.
Es tut mir leid.
Ich hab dich lieb,
Vater (Helmut)

Ich hob einen Stapel Papier aus dem Karton und blätterte flüchtig durch. Er hatte seinem Sohn wirklich jeden Tag einen Brief geschrieben. Ich legte die Blätter wieder hinein, stand auf und öffnete einen anderen Karton.

14.03.1971
Hallo Christoph,
ich habe das Buch jetzt fertig gelesen. Es war in Ordnung, aber
so richtig spannend war es nicht.
Mutters Haus ist fast fertig. Sie ist mit deinen Halbgeschwis-
tern schon eingezogen, ich muss aber noch ein bisschen was an
der Elektrik machen.
Dein Onkel hat sich übrigens ein neues Auto gekauft. Ziemlich
protzig, wenn du mich fragst. Ich muss so etwas nicht haben.
Ich denke darüber nach, wieder mal ein Flaschenschiff zu bauen,

sicher bin ich mir aber nicht. Aber es wäre doch schön, wenn neben der HMS Terror noch die HMS Erebus stehen würde, oder nicht?

Ich hab dich lieb,

Vater (Helmut)

Ich legte den Deckel wieder auf die Kiste und drehte mich um.

2019

Ich hob den Deckel ab und blätterte den Stapel durch, bis ich das Datum vom Vortag fand.

24.08.2019

Hallo Christoph, hallo Helga,

Der Arzt war heute da. Paula hat ihn gerufen, der Hannes kam dann hoch. Er kannte dich, Christoph, auch als kleines Kind, er hat dir damals mal eine Impfung gegeben.

Hannes weiß, dass ich sterben werde. Ich hab ihm gesagt, mir ist's egal. Hab alles erledigt, was es zu erledigen gibt. Keiner weiß von meinem Plan, aber ich werde nicht elend dahinsiechen.

Hoffentlich ist Paula nicht wütend. Sie macht sich ja auch immer so schnell Vorwürfe, am Ende denkt sie wieder, es sei ihre Schuld.

Man steckt eben nicht drin in anderen Menschen.

Meine Lunge tut weh und ich habe große Schmerzen in der Hüfte. Helga, bitte sei mir nicht böse. Es ist nicht wie damals. Ich muss es tun.

Ich weiß nicht, was nach dem Sterben passiert. Die Leute sagen ja immer »nach dem Tod«, aber das ist doch Unsinn. Der Tod ist ein dauerhafter Zustand, das Sterben ist der Übergang.

Auf jeden Fall fänd ich es gut, wenn es ein Danach gäbe. Viel-
leicht ist es ja doch so, dass man sich wiedersieht.
Ihr fehlt mir jeden Tag.
Ich liebe euch beide,
Helmut

Als ich durch den Karton blätterte, sah ich, dass Helmut seit Helgas Tod dazu übergegangen war, die Briefe an beide zu adressieren.

Ich las noch ein paar Briefe und musste an manchen Stellen lachen, in denen er unseren kleinen Roadtrip beschrieb, andere Passagen trieben mir die Tränen in die Augen. Nach einer Weile legte ich den Stoß Papier, den ich herausgenommen hatte, zurück in die Kiste, setzte mich wieder auf den Schreibtischstuhl und betrachtete Helmut.

Ich hatte so viele Fragen. Ob er die Briefe geschrieben hatte, weil er einsam war, oder ob er es aus Gewohnheit getan hatte. Ob er mal einen Tag vergessen hatte. Und was ich jetzt mit all diesen Briefen machen sollte.

Wenn er 1962 damit angefangen und gestern aufgehört hatte, waren das – ich überschlug kurz – über zwanzigtausend Tage. Über zwanzigtausend Briefe.

»Mein Gott«, flüsterte ich. Ich streichelte wieder Judys Kopf, die ihre Nase gegen mein Knie gestupst hatte.

Mittlerweile war es nach sieben. Ich ging in mein Zimmer – Judy lief dicht hinter mir –, holte Ulrichs Karte und wählte die Nummer. Ich hielt kurz inne, schaute aus meinem Fenster auf die Berge und drückte auf »Anruf«.

0

Jetzt sitze ich hier im Wohnmobil, das irgendwie plötzlich meins ist. Damals auf dem Friedhof hätte ich ja nie gedacht, dass es mal so sein würde, aber: Helmut fehlt mir. Ich sitze vor der Schreibmaschine und tippe an den letzten Seiten von etwas, von dem ich gar nicht weiß, was es ist. Ist es ein Buch? Ist es ein Brief an dich? Etwas dazwischen? Auf jeden Fall ist es etwas, das irgendwann mal in einer beschrifteten Kiste liegen wird. Ja, stellenweise ist es nicht wirklich kindgerecht, man denke nur an die Nackten. Aber du bist jetzt andererseits auch schon zwei Jahre älter, ich denke, das geht klar.

Ich war noch ein paar Wochen in den Bergen, habe mit Ulrich den ganzen Testamentskram erledigt, trotz allem viel geweint, oft mit Mama und Papa telefoniert, mit meinem Doktorvater gesprochen, der mir anbot, die Doktorarbeit im nächsten Sommer neu zu starten. Ich darf wirklich raus zum Marianengraben fahren, also zum echten. Ganz wirklich. Und wenn ich da keinen Tim-Fisch oder zumindest eine Tim-Krabbe finde, weiß ich auch nicht.

Das wird *megakrass*. Ganz bestimmt.

Bis dahin habe ich also Zeit für die Dinge, die getan werden müssen. Zum Beispiel muss ich Helgas Kindern einen Brief schicken, den Helmut ihnen geschrieben hat. Darin beichtet er, dass er ihre Mutter gestohlen hat, lässt mich aber zum Glück raus. Laut Testament soll ich den Umschlag abschicken, sobald ich aufbreche. Na, die werden sich freuen.

Ich habe sorgfältig gepackt: den teuren Markenspaten, mit dem Helmut schon seine Frau ausgegraben hat, Vorräte und Klamotten, den kleinen Campingtisch und die Stühle, die Urne mit Helgas Asche, die Dose mit der Asche des T-Shirts und eine kleine andere schlichte Holzurne mit der Hälfte von Helmuts Asche. Ulrich hat dafür gesorgt, dass ich sie bekommen habe. Einen Tag nach der Beerdigung standen er und Hannes vor meiner Tür und hielten mir die Urne hin.

»Hier«, sagten sie, nickten mir zu und gingen wieder.

Ich vergrub eine Hälfte von Helmuts Asche dort, wo wir Helga bestattet haben, den Rest ließ ich in der Urne. Kurz überlegte ich, alle Aschehäufchen zusammen in ein Gefäß zu füllen, fand das dann aber irgendwie seltsam und entschied mich dagegen.

Die Kisten mit den Briefen habe ich alle in Regines Zimmer gelassen, das Bett wurde mitgenommen, weil sich Helmuts Blase beim Sterben entleert hatte und der Geruch nicht mehr verschwand. So ist das eben.

Judy fiepst, ich muss gleich losfahren. Ich bin noch unsicher, welche Stelle am Meer ich aussuchen soll. Vermutlich Dänemark, da, wo wir immer in den Urlaub hingefahren sind, den Rest hebe ich für den Marianengraben auf. Ich denke, es würde dir gefallen, wenn etwas von dir – und sei es auch nur ein Geschenk an mich – dort verstreut werden würde.

Es ist alles vorbereitet, ich muss nur losfahren. Das Einzige, was es noch zu sagen gibt:

Ich liebe dich. Und du fehlst mir.

»Wie lieb hast du mich?«, fragtest du mich.

»Unendlich lieb.«

»Damit kann ich nichts anfangen, sag was anderes!«

»Bis zum Himmel und zurück!«

»Der Himmel hat doch keinen Anfang, das ist doch eine Atmosphääääääre«, sagtest du.

»Hm. Dann so sehr, wie der Marianengraben tief ist.«

»Das sind über elf Kilometer.«

»Genau.«

»Das finde ich gut. Ich hab dich auch so doll lieb, wie der Marianengraben tief ist.«

Du hast mich umarmt und ich habe dir über deine Kükenflaumhaare gestrichen.

»Wir bleiben immer zusammen, oder?«, fragtest du noch.

»Bis einer stirbt, das weißt du doch.«

»Aber wir sterben ja nicht gleichzeitig.«

»Vermutlich eher nicht, nein.«

»Gut!« Du hast gestrahlt. »Und wenn dann einer tot ist von uns, dann muss der andere weiter lieb haben. Dann geht das schon.«

»Dann geht was schon?«

»Na alles! Alles geht dann!«, hast du gesagt und bist vor mir auf und ab gesprungen.

»Okay.«

»Deal?«

»Deal.«

HELMUT (2018)

Anmerkung der Autorin

Als ich mit der ersten Version von *Marianengraben* begann, war ich nach einer Massenentlassung arbeitslos und lebte bereits länger mit schweren Depressionen. Ideale Voraussetzungen, um einen Roman zu schreiben! Nicht. Dieses Klischee, dass man als Künstler:in leiden müsse, um großartige Werke zu erschaffen, ist eben genau das: ein Klischee. Schreiben ist anstrengende geistige Arbeit. Um anstrengende geistige Arbeit zu verrichten, muss man fit sein. Paula, die nach Tims Tod in einer Depression steckt und mit ihrem Studium nicht mehr weiterkommt, kann ein Lied davon singen. Wenngleich sie nicht ich ist, kennen wir uns beide immerhin mit Depression besser aus, als es uns eigentlich lieb ist.

Das Schreiben einer Kurzgeschichte mit dem Titel *Helmut* lenkte mich damals ganz gut ab und war ein schöner Ausgleich zu all der Dunkelheit in mir drin. Es war 2018, als meine Freundin Gina Schad – ebenfalls Autorin – zu mir sagte: »Jasmin, das ist das Beste, was du bisher geschrieben hast!« Ich hatte es eigentlich für die Schreibtischschublade geschrieben und konnte ihre Einschätzung überhaupt nicht teilen. Vielleicht war es die Depression, die mir einreden wollte, ich sei sowieso *zu nichts zu gebrauchen, unfähig, unkreativ, Platzverschwendung, unbegabt.* All das, was einem Depressionen eben so einflüstern. Dennoch blieb ich an der Geschichte dran, denn Helmut hatte mich irgendwie in seinen Bann gezogen. Ich wollte mehr über den alten Mann erfahren, und so warf ich 2018 ein (schlechtes! Wirklich abgrundtief schlechtes, mich schüttelt es bei dem Gedanken daran!) Manuskript mit dem Titel *Marianengraben*, an dem ich seit 2015 gearbeitet hatte (und das schon auf 280 Seiten angewachsen war) weg und fing wieder von vorne an. Diesmal mit Helmut, bis irgendwann auch noch Paula dazukam, dann Tim, dann Christoph und natürlich Lutz und Judy. Mit Letzterer habe ich meine Schäferhündin Chloé in diesem Buch verewigt.

Die folgenden Seiten sind ebenjener Erzählung *Helmut* entnommen und spielen in einer Zeit, die *Marianengraben* um ein bis zwei Jahre vorausgeht. Es ist die Vorgeschichte, die bisher nur Menschen bekannt war, die Helmut sehr gut kannten. Menschen aus meinem Leben, die mal in die Schreibtischschubladen reinschauen durften. Aber vielleicht wird es Zeit, auch eine andere, weichere Seite von diesem knurpseligen Menschen zu zeigen, denn niemand kommt alt und stur zur Welt.

Jetzt, 2024, finde ich es unglaublich, welche Reise *Marianengraben* hinter sich hat, und die Geschichte ist immer noch unterwegs. Es gibt etliche Übersetzungen in andere Sprachen, einen Kinofilm, ein Theaterstück. Hätten Sie mir das vor einigen Jahren prophezeit, als ich depressiv in meinem Bett lag und eine kleine »Fingerübung« namens *Helmut* schrieb, hätte ich wohl das erste Mal seit Monaten wieder einmal herzlich gelacht.

Ich, eine Schriftstellerin. Eine echte Schriftstellerin. Kann ich immer noch kaum glauben, ich sag es Ihnen.

2023 starb meine Hündin Chloé mit dreizehn nach fast zwölf gemeinsamen Jahren. Vier Tage vor Weihnachten, am achten Todestag der Autorin Ianina Ilitcheva, deren Gedicht diesem Buch vorangestellt ist und die meine Freundin war. Ich stelle mir gerne vor, wie die beiden jetzt durch weitläufige Gärten unter Apfelbäumen schlendern, wie sie es beide so gern taten. Vielleicht treffen sie da ja auf Helmut und dürfen sich anhören, dass sie gefälligst auf den Wegen zu bleiben haben. Eine schöne Vorstellung, finde ich.

Helmut (2018)

Heute

Der Kater war tot, daran bestand kein Zweifel. Helmut stand in seinem Garten und blickte auf das schwarze Tier hinab. An den Pfoten hatte es weiße Flecken, am Kopf war sein Fell sehr licht und man sah um die Öhrchen herum die Kopfhaut durchschimmern – ein sehr in die Jahre gekommenes Winz-Raubtier. Um seinen dürren Hals war ein rotes Lederband mit einem Glöckchen gebunden, das die Singvögel vor seiner An-kunft warnen sollte. Wie hieß das Tier noch einmal? Gero-nimo? Flamenco? *Ach nein, Figaro,* fiel es Helmut ein.

Er hatte die Hände in die Seiten gestemmt und besah sich den Schlamassel. Missmutig stupste er den Kater mit einem seiner braunkarierten Pantoffeln an. Sicherheitshalber, man wusste ja nie. Steif rutschte der Leichnam mit einem derma-ßen unangenehm scharrenden Geräusch über den Terrassen-boden, dass sich Helmuts Nackenhaare aufstellten. Er warf noch einen Blick auf die eingefallenen Katzenaugen, seufzte und ging ins Haus. Schon am frühen Morgen solche Um-stände, ihm blieb auch gar nichts erspart.

Er fand es extrem unhöflich, dass sich der Kater seiner Exfrau ausgerechnet seinen Garten zum Sterben ausgesucht hatte, wobei er genau so gut vor ihrem Haus hätte sterben können. Das stand doch direkt nebenan! Wo kämen wir denn hin, wenn jeder einfach stürbe, wo es ihm gerade in den Kram passte? Helmut selbst würde so etwas nie tun. Niemals würde er zum Beispiel in Willis Wohnzimmer kommen, sich hinlegen und einfach sterben, sodass sein Freund die ganzen Scherereien hatte; doch dem Kater war das alles einfach egal. Obwohl er nebenan wohnte und wirklich nur noch fünfzig Meter weiter hätte gehen müssen, starb er einfach hier auf der Terrasse. Helmut schnaubte beleidigt ob dieser ungeheuren Taktlosigkeit und schob das Tier ein paar weitere Zentimeter über den Boden. Steif wie ein Brett.

Er seufzte noch einmal, dieses Mal etwas lauter. Gerade so, als glaubte er, dass sein demonstratives Gestöhne den Kater dazu bewegen würde, aufzustehen und zu sagen: *Oh, entschuldigen Sie bitte, hier zu sterben war wirklich gedankenlos von mir. Ich klettere eben über die Hecke und lege mich in den Garten meiner Besitzerin!* Doch stur, wie dieser Kater war, blieb er einfach reglos liegen und machte Helmut weiterhin *Umstände*.

Helmut war ein Mensch, der Umstände wirklich nicht leiden konnte. Er lebte zurückgezogen in seinem Haus und zog es vor, für sich zu bleiben. Er selbst fiel niemandem zur Last und erwartete im Gegenzug von der Umwelt, sich ebenso diskret und rücksichtsvoll zu verhalten. Sollte das mal nicht der Fall sein, ergriff er Gegenmaßnahmen. Er besaß zum Beispiel ein kleines Buch, in das er die Regelverstöße der Nachbarn eintrug, wobei er hier nach seinem eigens entwickelten Verstöße-System vorging. Er hatte die einzelnen Vergehen in verschiedene Schweregrade unterteilt. Eher kleinere Verstöße wie lautes Türenschlagen bekamen die Stufe Eins zugewiesen, den Verpackungsmüll einen Tag zu früh vorn an die Straße zu stellen, war schon eine Fünf in seiner Skala, und nach zweiundzwanzig Uhr noch laut Musik zu hören oder im Garten zu feiern, war definitiv und ohne Zweifel eine Zehn. Des Weiteren hatte er einen Katalog an Maßnahmen entwickelt, mit denen er die Verstöße ahndete. Leichte Verstöße tadelte er höchstens mit einem Räuspern oder einem bösen Zungenschnalzer, sodass sich der Straftäter angesprochen fühlte und sich zu Recht schämen konnte. Bei mittleren Verstößen setzte es schon einmal einen mit seiner alten Schreibmaschine getippten Brief, den er den Nachbarn dann unter der Tür durchschob. Manchmal rief er die Missetäter auch an oder besuchte sie, um ihnen die Meinung zu geigen. Wenn ein Straftatbestand jedoch die Neuner- oder Zehnermarke erreichte, wurde ein Anruf bei der Polizei oder beim Ordnungsamt fällig. Helmut wusste: Wenn er hier nicht durchgriff, würde das dem Verfall von Recht und Ordnung Tür und Tor öffnen – das konnte er auf keinen Fall zulassen.

Heute war er um sechs Uhr morgens aufgestanden, hatte sich wie immer einen Kaffee gekocht und ein hartgekochtes Ei gegessen, während er vor seiner Schreibmaschine saß. Die Nachbarn zwei Häuser weiter hatten ein Ordnungsvergehen der Stufe Sieben begangen, als sie mit dem Auto beim Einparken die Mülltonne der anderen Nachbarn umgefahren und einfach liegen gelassen hatten. Was für eine unglaubliche Rücksichtslosigkeit! Helmut hatte sich hier mit der Entscheidung schwergetan und kurz überlegt, eine Neun zu verhängen. Aber die Nachbarn hatten noch keine Vorstrafen, es war ihr erster Regelbruch. Er wollte nicht drakonisch sein, Helmuts System kannte durchaus Fairness und Milde, daher ließ er es bei einem Brief bewenden. Strafmildernd kam auch noch hinzu, dass die Nachbarn erst vor einem halben Jahr aus der Stadt hierher in die Vorstadt gezogen waren, und jeder wusste ja, wie es in der Großstadt zuging. Helmut hatte selbst noch nie in einer Metropole gelebt, sah aber im Fernsehen und bei seinen unregelmäßigen Besuchen in der großen Stadt, wie es um Recht und Ordnung dort bestellt war. Kurzgefasst: nicht gut. Die neuen Nachbarn brauchten einfach jemanden, der sie an die Hand nahm und anleitete, jemanden, der ihnen zeigte, wie der Hase hier lief. Und hier lief der Hase nun einmal gemächlich, ruhig und in geordneten Bahnen. Helmut nahm die Rolle des Lehrmeisters gerne an, bisher hatte er noch alle Neulinge dazu gebracht, sich *anständig* zu verhalten.

Jedenfalls hatte er vor ein paar Minuten die Schiebetüren zur Terrasse geöffnet, um frische Luft zu schnappen, und dort den kleinen felligen Leichnam gefunden, der ihm jetzt egoistischerweise den Morgen vergällte.

Nach seinem vierten Seufzer akzeptierte Helmut, dass sich der Kater nicht einfach wieder dematerialisieren würde und ging zurück ins Haus. Langsam lief er durch sein Esszimmer, das sich zum Garten hin öffnete, verfolgt von den Blicken der vielen ausgestopften Tiere, die er vor etlichen Jahren erlegt und präpariert hatte. Helmut hielt kurz inne und betrachtete einen Bussard, dessen Glasaugen mit Staub bedeckt waren, und überlegte, ob heutzutage überhaupt noch Leute jagten oder ob das ein von alten Männern ausgeübter, aussterbender Sport war. Vorsichtig wischte er über die glatte Oberfläche der künstlichen Augen und bereute es sogleich. Er hatte jetzt das Gefühl, das ausgestopfte Tier würde ihn vorwurfsvoll ansehen, ganz so, als wollte es sagen: Du vernachlässigst uns.

Stimmte ja auch. Früher hatte er sich viel Zeit für diese Menagerie des Todes genommen, so nannte seine Exfrau Helga diese seltsame Sammlung. Jede Woche hatte er all die Gefieder und Felle abgestaubt, die Glasaugen abgewaschen und poliert, die Tiere immer wieder zu neuen Szenen arrangiert. Dabei hatte er mit ihnen so gesprochen, als wären sie nicht tot, oder irgendwie doch und gerade deshalb so gute Zuhörer, wer wusste das schon. Als er allein war, hatte er ihnen von Peter erzählt, der sein Cousin und teilweise auch ihr Henker war, und von Helga, die zwar mit dem ständig in Geldnot befindlichen Peter, der immer bei ihnen herumhing, warm wurde, aber nie so richtig mit den ausgestopften Tieren – sie fand sie gruselig. Über dem Bussard hing ein Regal, auf dem Flaschenschiffe standen, die Helmut gemeinsam mit seinem Sohn zusammengebaut hatte, als dieser noch ganz klein und die Existenz von Flaschenschiffen für ihn ein unlösbares Rätsel und unglaubliches Wunder war. Zwischen den Schiffen lagen Muscheln und Kiesel, die man vor lauter Staub kaum noch sehen konnte. Wann hatte er hier eigentlich zuletzt sauber gemacht? Er nutzte das Zimmer nur noch wenig, ein Esszimmer war nicht nötig, wenn man nur ein bisschen Haferbrei aß, Kartoffeln mit Speck und ab und zu ein Schnitzel; und das auch immer allein. Er mied den Raum, wich ihm aus und fühlte sich deshalb schuldig.

Helmut wandte sich ab, ging weiter in die Küche (nicht, ohne noch einmal einen misstrauischen Blick auf den Bussard zu werfen) und holte unter der Spüle eine Mülltüte hervor. Er hielt inne. Das ging so nicht, er konnte Helga schließlich ihr Haustier nicht in einem blauen Sack überreichen, das wäre pietätlos. Wieder einmal dachte er wütend an die Umstände, in die ihn dieses rücksichtslose Katzentier gestürzt hatte. Unsicher strich er sich über seine schütteren weißen Haare und überlegte. Ein Brotkorb vielleicht? Den könnte man hinterher aber nicht mehr benutzen und er hatte ja nur einen. Eine Salatschüssel wäre auch irgendwie seltsam, ganz zu schweigen von der Geschmacklosigkeit einer Backform. Er drehte sich im Kreis und schaute umher, bis sein Blick auf den Stapel frischer Wäsche fiel, den er hier in der Küche abgelegt und noch nicht wieder weggeräumt hatte. Er ging hinüber und nahm ein blaues Handtuch herunter. Darin würde er Figaro einwickeln.

Er ging wieder durchs Esszimmer auf die Terrasse zurück (mit gesenktem Blick, um dem Vogel auszuweichen), legte das Handtuch über den Kater und hob ihn damit auf, wobei er sich auf einem Gartenstuhl abstützen musste. Mit seinen 82 Jahren waren schon solche Alltagstätigkeiten spürbare Umstände, Belastungen, regelrechte Störungen im Betriebsablauf. Während er sich früher hundert Mal am Tag gebückt hatte, ohne es zu merken, würde er sich heute Abend genau daran erinnern können. Alles wird anders, wenn man altert. Jede Bewegung wird eine bewusste Tätigkeit, die mit Anstrengung und Konzentration verbunden ist, eine Choreografie des Verfalls.

Er schlug das Tuch fest um das tote Tier und machte sich auf den Weg zu seiner Exfrau, die irgendwie noch seine Frau war, andererseits aber auch nicht.

1960

Helmut nestelte an seinem Hemd. Der Kragen war bis oben zugeknöpft, aber draußen brannte die Sonne. Eigentlich sollte er für eine Prüfung lernen, aber sein Vater hatte das befreundete Ehepaar Klein und deren Tochter zum Tee eingeladen, und da musste er jetzt durch. Er wusste sowieso, was das werden würde: eine weitere Verkupplungsaktion. Mit vierundzwanzig erst eine Freundin gehabt zu haben (und das vor vier Jahren) war nichts, was der Allgemeinheit verborgen blieb. Die Leute begannen zu reden, und sein Vater versuchte das zu unterbinden, indem er seinem Sohn eine junge Dame nach der anderen vorsetzte. Lange würde Helmut sich nicht mehr vor einer Entscheidung drücken können, das war ihm klar. Er schaute zu seiner Mutter, die ihn nervös anlächelte und fast flehentlich ansah. *Bitte finde sie gut*, schien ihr Blick zu sagen.

Der Vater ging im Wohnzimmer auf und ab, in seiner rechten Hand brannte eine Zigarette, ohne dass er daran zog. Die Terrassentüren waren geöffnet, sodass eine leichte Brise in den überhitzten Raum wehte und die dünnen Vorhänge flattern ließ, aber das half nicht viel. Es waren über dreißig Grad im Schatten, und an diesem Augustnachmittag lähmte die Hitze das ganze Land.

Da hörten sie ein Auto in der Einfahrt, die Mutter sprang auf, der Vater stürzte zur Tür und Helmut erhob sich langsam. Als sie auf die Veranda traten, sahen sie gerade drei Menschen aus einem cremefarbenen Renault Dauphine steigen: ein hochgewachsener, schlaksiger Mann im grauen Anzug, eine rundliche Frau im puderfarbenen Kostüm, die sich mit einer Zeitschrift Luft zufächelte, und eine junge Frau im hellblauen Sommerkleid.

Wie alt sie wohl sein mochte, dachte Helmut. *Siebzehn? Achtzehn?* Auf jeden Fall war sie deutlich jünger als er, und im Vergleich zu den anderen Mädchen, die er in letzter Zeit gesehen hatte, sah sie recht nett aus. Die Elternpaare begrüßten sich eifrig, und Helmut wusste sich nicht anders zu helfen, als dem Mädchen einen Handkuss zu geben – eine seltsam unbeholfene Geste, die wie aus der Zeit gefallen schien. Seine Eltern schauten ihn irritiert an, er wurde rot, aber das Mädchen (»und das ist unsere liebe Tochter Helga!«) lächelte.

Als sie alle auf der Veranda Platz genommen hatten, trug die Haushälterin den Tee auf, wobei sie eine Tasse umstieß, sich ausufernd entschuldigte, wieder hineinging, einen Lappen holte, alles aufwischte, den Lappen auswusch, noch einmal wiederkam, nochmal nachwischte, wieder verschwand, dann mit einer neuen Tasse erschien und den restlichen Tee ausschenkte – während der nicht enden wollenden Aktion herrschte eisernes Schweigen. Haushälterin, das war ja auch so ein Ding. Helmuts Familie konnte sich vom guten Gehalt seines Vaters, der Ingenieur war, und vom Erbe seiner Mutter einen hohen Lebensstandard leisten, zu dem auch Bedienstete gehörten. Ihm selbst war das immer ein bisschen peinlich, da er es unerhört fand, von einer erwachsenen Frau das Essen zubereitet zu bekommen. Er war schließlich selbst erwachsen, konnte sich also problemlos selbst versorgen. Sei's drum.

»Und was wollen Sie mal beruflich machen, Fräulein Helga?«, fragte Helmuts Mutter gerade mit angespanntem Lächeln.

»Unsere Helga möchte gern Sprachen studieren!«, antwortete Frau Klein für ihre Tochter. Helga lächelte einfach und nippte an ihrem Tee.

Wer schenkt denn bei über 30 Grad Tee aus, dachte sich Helmut und versuchte verstohlen, den Schweiß von seiner Stirn zu wischen, sagte aber nichts. Die Teegesellschaft wurde von Wespen umschwirrt, und Helmut wollte sich lieber nicht zu viel bewegen, um die kleinen schwarz-gelb gestreiften Biester nicht wütend zu machen.

»Unser Helmut studiert Forstwirtschaft, stimmt's, Helmut?«, fragte die Mutter eifrig.

»Stimmt, Mutter«, sagte Helmut einfach.

Schweigen.

»Helmut, zeig Helga doch mal den See und unseren Anleger! Vielleicht wollt ihr sogar mit dem Boot rausfahren?«

»Sehr gerne«, antwortete Helmut gehorsam und wandte sich an Helga. »Möchten Sie eine Runde mit dem Boot fahren? Wir könnten uns Limonade mitnehmen.«

»Das wäre nett«, antwortete Helga steif und lächelte.

Helmut ging in die große Küche und nickte der Haushälterin zu, die gerade den Kuchen vorbereitete, stürzte erst selbst ein Glas Limonade herunter und nahm den Krug mit dem Rest und zwei Gläser mit hinaus. Er bot Helga einen Arm an, sie hakte sich unter.

Unterwegs sprachen sie nicht, sahen sich nicht an. Um sie herum zirpte und surrte es, Heuschrecken sprangen zur Seite, als sie sich durch das hohe Gras in Richtung Anlegestelle schlängelten. Von hier aus konnte man schon den See sehen, der in der Windstille wie eine dünne Metallplatte in der Landschaft lag. Keine Bewegung kräuselte seine Oberfläche.

Schon als Kind war der Fernsteinsee sein Lieblingsort gewesen. Wenn man am Seeufer links abbog, kam man zu einer kleinen Höhle, in der Helmut mit seinen Freunden immer Räuberbande gespielt hatte. Einmal waren sie abends einfach eingeschlafen und hatten damit die komplette Nachbarschaft ins Chaos gestürzt, die die Jungs mit Polizei und allem drum und dran gesucht hatte. Die Kinder waren aufgewacht, als sie ein Boot gehört hatten und sahen, dass der See mit Taschenlampen abgesucht wurde. Zuhause angekommen hatte es für alle Jungs erstmal eine ordentliche Tracht Prügel gesetzt, danach gab es drei Wochen Hausarrest. In diesen drei Wochen hatten sie es natürlich dennoch meist geschafft, sich aus dem Haus an den See zu schleichen. *Schade, fast alle sind weggezogen und in der Höhle war ich schon seit Jahren nicht mehr*, dachte Helmut.

Am Anleger angekommen sagte er zu Helga: »Ich würde Ihnen raten, Ihre Schuhe auszuziehen.«

»Bitte, lass uns doch ›du‹ sagen, ja?«, sagte Helga. Ihr steifes Verhalten von vorhin war komplett von ihr abgefallen, sie öffnete ihre langen roten Haare und schüttelte sie aus.

»Gerne«, willigte Helmut ein, »also: Zieh am besten deine Schuhe aus, sonst werden sie vielleicht nass.«

»Ich kann es sowieso kaum erwarten, aus diesen verdammten Dingern rauszukommen«, seufzte sie und streifte ihre Strumpfhosen gleich mit ab. Sofort watete sie in den See und ließ Wasser auf ihre Arme rinnen, um sich abzukühlen. »Das tut gut! Ich hasse Absatzschuhe, aber meine Mutter drängt mich immer dazu, welche anzuziehen, damit ich größer wirke. Uff, aber ganz ehrlich, wen kümmert das?«

Helmut war gerade damit beschäftigt, das kleine weiße Ruderboot loszumachen. Als er sah, dass sie es sich schon gemütlich gemacht hatte, krempelte er auch seine Hosen hoch und zog sein Hemd aus, sodass er nur noch im Unterhemd dastand.

»Oh … ich hoffe, das stört dich nicht? Ich kann es auch wieder anziehen«, sagte er mit einem Blick auf ihr erstauntes Gesicht.

»Nein, schon in Ordnung! Ist ja auch ein schöner Anblick!«, lachte sie und betrachtete Helmuts Oberkörper. Das Training in der Ringermannschaft hatte sich bezahlt gemacht, was den Mädchen gefiel und ihm wiederum egal war. Helmut konzentrierte sich verlegen wieder auf das Boot.

»Also. Was ist dein Fehler?«, fragte Helga, als sie es sich vorn am Bug bequem gemacht und ihre Beine auf die Reling gelegt hatte. Helmut hatte sich noch nicht einmal hingesetzt.

»Mein Fehler?«, fragte er.

»Na, der Grund, wieso deine Eltern dich so dringend verheiraten wollen! Der Grund, wieso wir hier wie eine Kuh und ein Zuchtstier zusammengebracht werden und uns beschnuppern sollen, während unsere Eltern in sicherer Entfernung zuschauen.« Sie grinste ihn breit an.

»Ach so … na ja. Ich weiß nicht. Ich denke, sie wollen einfach, dass ich mit meinem Leben beginne. Also so richtig. Ich bin ja schon Mitte zwanzig. Da heiratet man doch so langsam.«

»Ich dachte, jetzt käme etwas Aufregenderes.«

»Was ist denn dein Fehler?«, fragte Helmut und legte sind in die Ruder, »du bist so jung, wieso wollen dich deine Eltern so schnell unter die Haube kriegen?«

»Das darfst du aber niemandem weitersagen, in Ordnung?«

»Ehrenwort.«

»Ich hatte eine *schwierige Phase*, wie meine Mutter es nennt. Jedenfalls bin ich keine Jungfrau mehr.«

»Oh.«

»Tut mir leid, war das zu direkt? Oh Gott, jetzt ist es mir peinlich! Findest du das abstoßend?«

Helga war rotgeworden und wandte den Blick ab.

»Nein, ich denke nicht. Sollte ich denn?«, fragte Helmut.

»Nun … ja? Laut meiner Eltern zumindest auf jeden Fall. Schließlich bin ich jetzt *Gebrauchtware*, wie meine Mutter zu sagen pflegt«, sagte Helga und ihr Blick war lauernd und schelmisch.

Helmut zuckte nur mit den Schultern und ruderte weiter. Als sie etwa auf der Mitte des kleinen Sees angekommen waren, legte er die Ruder beiseite.

»Hast du einen Freund?«, fragte er sie.

»Nein. Und du eine Freundin?«, fragte sie und lachte.

»Nein!«, sagte er ein bisschen zu hastig.

»Ich habe einen Jungen auf einer Feier kennengelernt und eine Dummheit gemacht. Keine große Sache, ich bin auch zum Glück nicht schwanger geworden, aber meine Eltern haben sich furchtbar aufgeregt, die sind ja noch so ewiggestrig. Mein Vater hat mir hundert Jahre Hausarrest aufgebrummt, und meine Mutter hat wochenlang nur geheult, sie haben mich von der Schule genommen und auf ein Internat geschickt.«

»Das klingt übel.«

266

»Ja, ich weiß. Ich hab die alte Penne aber sowieso nicht gemocht, von daher ist es auch nicht so schlimm.«

»War es das wenigstens wert?«

»Nicht wirklich. Es war nach fünf Minuten schon vorbei
und ich hab nichts gefühlt dabei. Naja wobei, es hat ein bisschen wehgetan, aber sonst nichts. Ich fand das alles ziemlich
banal, ich weiß gar nicht, wieso man da so ein Gewese drum
macht. Du hast sicher schon, oder?«

»Was?«

»Na, du weißt schon!«

Helmut hantierte fahrig an einem der Ruder herum und
wich ihrem Blick aus.

»Was? Etwa nicht? Das gibt es doch gar nicht!«, rief Helga
erstaunt aus und beugte sich vor. »Du bist doch so ein Hüb-
scher!«

»Ich muss viel für die Uni tun. Na ja, und ich bin schüchtern.«

»Das merk ich!«, lachte Helga, reckte den Arm aus und wu-
schelte durch seinen blonden Lockenschopf.

»Du hingegen nimmst nie ein Blatt vor den Mund, oder?«,
fragte Helmut. Er mochte ihre vorlaute Art und stellte fest,
dass er in ihrer Nähe entspannt war. Das gefiel ihm.

»Niemals!«, sagte sie, stand auf – und sprang einfach ins
Wasser.

Erschrocken beugte sich Helmut über die Reling und versuchte dabei, das schwankende Boot wieder ins Gleichgewicht
zu bringen. Die ganze Limonade war verschüttet. Wo war
Helga? Wild suchend drehte er sich im Kreis, als sie plötzlich
rund zehn Meter entfernt wieder auftauchte und winkte.

»Komm rein! Das Wasser ist großartig!«, brüllte sie in seine
Richtung. Helmut überlegte kurz, dann sprang er hinterher.

Helga schwamm zu ihm herüber und versuchte, ihn unterzutauchen, woraufhin er sie lachend von sich wegschleuderte.

»Was machen wir jetzt?«, rief sie ihm zu.

»Ich will dir eine Höhle zeigen, hast du Lust?«

»Klar!«

Sie schwammen beide zum Boot zurück und erst nach etlichen Versuchen schafften sie es mit vereinten Kräften, Helga ins Boot zu hieven. Sie streckte die Hand aus und als Helmut sie ergriff und sich ins Boot zog, kenterten sie fast. Keuchend lagen sie quer über den Bänken.

»Ich rudere jetzt und du sagst mir, wo lang!«, beschloss Helga und setzte sich auf.

»Alles klar. Fahr da rüber, das Boot machen wir an der großen Weide fest.«

Helmut war erstaunt, wie geschickt sich Helga mit den Rudern anstellte. Anscheinend war sie sportlich, denn sie ruderte tapfer die ganze Strecke zum Ufer, ohne auch nur einmal schlappzumachen. Helmut kletterte aus dem Boot und befestigte es mit einem Seil am tiefhängenden Ast einer Trauerweide. Gemeinsam kletterten die beiden über ein paar Steine am Ufer, wateten durch matschiges Schilf und krochen durch ein Gebüsch, bis sie endlich an der Höhle ankamen.

»Du musst dich ducken«, warnte Helmut und schob das Gestrüpp vor dem Eingang beiseite.

Er kroch hinein und stellte fest, dass die Höhle viel kleiner war, als er sie in Erinnerung hatte. Mit eingezogenem Kopf konnte er sich gerade so aufrichten. Helga tauchte neben ihm auf – sie war klein genug, um aufrecht zu stehen.

»Oh, die ist ja größer als mein Zimmer! Das hätte ich von außen gar nicht gedacht!«, sagte sie.

In der Decke gab es eine Öffnung, durch die ein wenig Tageslicht hineinfiel. In der Mitte waren ein paar kleine Baumstämme im Kreis angeordnet, Peters Vater hatte damals geholfen, diese »Möbel« in ihr Räuberhauptquartier zu schaffen. Ein größerer Stein in der Mitte diente als Tisch. Helmut ging geduckt hinüber und setzte sich auf einen Stamm, Helga setzte sich ihm gegenüber.

»Was ist das hier?«, fragte sie.

»Das war unser Hauptquartier. Wir waren eine Räuberbande.«

»Soso. Wen habt ihr hier ausgeraubt? Wiesel und Rehe?«

»Unter anderem. Als wir älter waren, hat mein Cousin Peter hier vor allem Herzen gestohlen.«

»Und damit meinst du Jungfräulichkeiten, oder?«

»Die vermutlich auch, ja.«

Beide schwiegen, Helga hatte einen Stock in die Hand genommen und angefangen, Muster in den trockenen und sandigen Untergrund zu ritzen.

»Wann warst du zuletzt hier?«

»Hm. Ich glaube, das war nach Udos Tod, das muss jetzt so sechs Jahre her sein.«

»Was ist denn passiert?«

»Udo war einer aus unserer Bande, nun ja, wir sahen uns als Bande, eigentlich waren wir eine Gruppe Bengel mit viel Langeweile und zu viel Zeit. Wir waren fünf: Peter, Udo, Wilhelm, Gregor und ich. Unsere gesamte Kindheit war das hier unser Versteck, das Herz unserer Freundschaft, unser Zuhause, all das. Vor vier Jahren jedoch hat Udo aus heiterem Himmel einen Herzstillstand erlitten. Im Schlaf, einfach so, und das als so junger Kerl … War wohl ein unerkannter Herzfehler. Jedenfalls haben wir anderen uns dann noch einmal hier getroffen, wir haben auf ihn getrunken und …«

269

Helmut hielt inne. War es möglich? Er stand auf und tastete sich an einer Höhlenwand entlang.

»Was suchst du?«, fragte Helga. Helmut antwortete nicht, sondern lief weiter, bis sein Fuß an einen Stein stieß. Er reckte die Hände aus und ließ seine Finger über den Untergrund gleiten, wie kleine Bergsteiger, die eine Hügelkette entlangwanderten. Er spürte Sand, Stein und dann …

»Da ist es!«

Als er zu Helga zurückkehrte, hielt er eine kleine Emaillekiste in der Hand, auf der in verblassten Buchstaben der Markenname einer Kekssorte geschrieben stand. Helmut wischte Staub und Dreck von der Dose.

»Das war unsere geheime Kiste, unsere Schatzkiste. Wenn wir Schätze fanden, also das, was wir dafür hielten, packten wir sie da hinein. Und Fotos. Und nach Udos Tod kamen wir her, haben die Kiste geöffnet und den Inhalt untersucht und das letzte Foto von uns fünf, das kurz vor seinem Tod auf einer Kirmes geschossen wurde, ebenfalls hineingelegt.«

»Darf ich mal hineinschauen?«

Helmut öffnete die Dose – es war noch alles drin. Ein kleines, ganz rund geschliffenes Stück Glas, das Gregor vom Grund des Sees aufgesammelt hatte, als er es zum ersten Mal geschafft hatte, tiefer als einen Meter zu tauchen. Ein Foto, als sie alle vielleicht sechs oder sieben waren, im Garten von Helmuts Großeltern. Eine verrostete Taschenuhr, die sie im Wald ausgegraben hatten. Ein Foto von Maria, Udos Schwester, die kurz Mitglied in der Bande war, aber schon bald darauf nicht mehr mit den Jungs spielen wollte, weil Peter sie im Eifer des Gefechts mit einem Stock geschlagen hatte. Die Hundemarke von Peters Hund, der vom Lastwagen des Milchbauern überfahren worden war. *Wie hatte er noch gleich geheißen? Rudi?* Der

Kronkorken der ersten Flasche Bier, die sie damals Wilhelms Vater gestohlen und hier getrunken hatten. Sie waren sich damals alle einig, dass Bier schrecklich schmeckte und wussten nicht, wieso Erwachsene *sowas* freiwillig tranken. Er fand weitere kleine Gegenstände, bei vielen wusste er nicht mehr, woher sie stammten und was sie bedeuteten. Und dann war da das letzte Foto, das sie alle zusammen zeigte. Da war Wilhelm gerade als letzter von ihnen volljährig geworden, was sie auf der Kirmes in der Nachbarstadt gefeiert und ordentlich mit Bier begossen hatten – denn Bier fanden sie mittlerweile doch ganz gut. Kurz darauf war Udo tot.

»Ich habe seit Jahren nicht mehr an die Kiste gedacht. Und an Udo.«

»Wirklich? Du denkst nicht mehr an einen deiner besten Freunde?«, fragte Helga.

»Hm. Vielleicht habe ich es verdrängt. Vielleicht doch an ihn gedacht. Man sagt ja oft Dinge einfach so.«

Beide schwiegen. Wind war aufgekommen und man hörte das zaghafte Plätschern des Seeufers bis in die Höhle hinein, es klang wie unendlich leiser Applaus. Helga stand auf, setzte sich neben Helmut und lehnte ihren Kopf an seine Schulter, wobei sie eine Hand an seinen Nacken legte. Die Berührung ging ihm durch Mark und Bein, so etwas war neu für ihn. Er hatte Angst, dass sie plötzlich mehr wollte, ihn küssen oder sonst etwas und er spürte, wie sich seine Armmuskeln anspannten – doch nichts geschah. Helga saß einfach an ihn gelehnt da, ihre warme kleine Hand an seinem Nacken, während sie mit der anderen Hand weiter Stockkreise in den Sand skizzierte.

»Wir sollten gehen«, sagte sie irgendwann.

»Stimmt«, sagte Helmut. Er nahm die Kiste und stellte sie

wieder zurück an die Stelle, wo er sie gefunden hatte. Als sie aus der Höhle krochen, sich aufrichteten und gegenseitig betrachteten, brachen sie in Gelächter aus. Sie waren schlammverschmiert, ihre Haare staubbedeckt und ihre Klamotten immer noch nicht ganz trocken, weil es in der Höhle viel kühler gewesen war als in der trockenen Augusthitze hier draußen.

»Dein Kleid hat einen Riss«, sagte Helmut.

»Ich weiß. Meine Mutter tötet mich«, lachte Helga.

Als sie nach rund zwei Stunden klatschnass nach Hause kamen, sprang Helgas Mutter auf und legte ihr schnell eine Strickjacke um die Schultern, um die sich unter dem nassen Stoff abzeichnenden Brüste zu verbergen.

»Mein Gott, was ist denn passiert!«, rief sie entsetzt. Helmut sah an ihr vorbei in das panische Gesicht seiner Mutter, die natürlich dachte, dass er wieder einmal alles verbockt hatte.

»Ich bin ausgerutscht, vom Boot gefallen und Helmut ist mir hinterhergesprungen, um mich zu retten«, sagte Helga demütig mit einem verstohlenen Seitenblick zu Helmut. »Da habe ich mir auch das Kleid aufgerissen.«

»So war es«, antwortete Helmut ein bisschen zu feierlich und ernst.

»Sie haben also meine Tochter gerettet?«, fragte Helgas Vater und betrachtete ihr dreckiges Kleid.

»Nun ja …«

»Das muss natürlich belohnt werden! Bitte kommen Sie doch nächste Woche zu uns zum Essen«, schlug Herr Klein vor. Sein eigener Vater gab Helmut einen leichten Stoß. »Sehr gern«, presste dieser heraus.

Helga schaute immer noch auf den Boden, schien aber zu lächeln.